西鶴　闇への凝視

綱吉政権下のリアリティー

有働　裕　著

目次

序章　伴山と芭蕉の旅路――元禄期の「国家」のありさま――　5

第Ⅰ部　「仁政」の闇を読み解く　11

第一章　『本朝二十不孝』が描いた闇――諸国巡見使と孝子説話――　13
第二章　為政者が「孝」を詮議する時――『本朝二十不孝』巻四の四における不孝――　35
第三章　長男を圧殺した「孝」――『本朝二十不孝』巻二の四に描かれた「家」――　51
第四章　怪異に興じる「世の人心」――『懐硯』巻一の一「二王門の綱」に描かれた鬼――　73
第五章　詐欺僧と国の守の対決――『懐硯』巻四の五「見て帰る地獄極楽」の素材と伴山――　95
第六章　共鳴しあう当代説話――伴山の存在と『懐硯』の世界――　119

第Ⅱ部　西鶴の「はなし」とその方法　143
第七章　『暗夜行路』を出発点として――近現代における『本朝二十不孝』の読み（一）――　145
第八章　『本朝二十不孝』は「戯作」なのか――近現代における『本朝二十不孝』の読み（二）――　165
第九章　ポリフォニックな「はなし」の世界――近現代における『本朝二十不孝』の読み（三）――　185
第十章　リアリティと「西鶴らしさ」――近現代における『懐硯』の読み（一）――　207
第十一章　伴山と西鶴の距離――近現代における『懐硯』の読み（二）――　223
第十二章　伴山という方法――近現代における『懐硯』の読み（三）――　247
終　章　「仁政」の闇を見つめる――現代において「西鶴を読む」ということ――　267
あとがき　293

序章　伴山と芭蕉の旅路——元禄期の「国家」のありさま——

「元禄」と称される時期に、二人の架空の旅人が、住みなれた庵《いおり》から歩み出した。一人は、貞享《じょうきょう》四（一六八七）年刊の浮世草子『懐硯《ふところすずり》』に登場する伴山《ばんざん》。もう一人は、『おくのほそ道』という俳文の中の「芭蕉」である。いささか奇異な選択と思われるかもしれないが、この二人の対照的な姿勢をしばし見つめ、この時期の文学にひそむ知的喚起力に言及することをもって、本書の意図するところを示してみたい。

伴山は京都北山の等持院《とうじいん》あたりに住んでいた半僧半俗の男。唐韻《とういん》で経を読んでいるかと思えば、酒を飲んで美女とたわむれる時もあるという、かなり奔放な暮らしをしていた。その伴山が、諸国の「世の人心」を見聞したいと突然思い立ち、五月雨の中を一人歩み始めた。このように『懐硯』の巻一の一には記されている。旅立ちがいつのことであったとは記されていないが、続けて頂命寺《ちょうみょうじ》の仁王像が洪水で流された記述があることから推定するなら、延宝《えんぽう》二（一六七四）年四月ということになる。

『おくのほそ道』の「芭蕉」の方は、江戸深川で自らの庵に隠棲していたが、漂泊の想いがやみがたくなり、旅立ちを決意する。西行ら先人の生涯を慕いつつ数々の歌枕を訪ねようと、元禄二年（一六八九）年三月下旬に、千住《せんじゅ》から日光街道を重い足取りで歩み始める。北関東から陸奥へ、そして象潟《きさがた》を折り返し点に北陸方面をめぐり、美濃大垣に着いたときは晩秋になっていた。

伴山は、作家西鶴によって造形された架空の人物である。もっぱら話の聞き手であり、各章の展開にかかわることは少ないものの、読み進めるにしたがって次第にその存在感は蓄積されていく。

『おくのほそ道』の「芭蕉」は、一般には実在の俳人芭蕉そのものととらえられがちであろう。とはいえ、昭和十八（一九四三）年の『曽良随行日記』の発見以来、『おくのほそ道』本文の記述が虚構に満ちていることは、学界においては常識となっている。

たとえば、三月二十七日に千住を旅立って春日部《かすかべ》まで歩いた実際の芭蕉に対して、『おくのほそ道』の「芭蕉」はそのはるか手前の草加《そうか》にたどりつくのがやっとのことであった。また、雨天の白河の関で新旧二つの関跡を探索した芭蕉に対して、「芭蕉」は卯の花を頭に飾り感動しつつ関を越えていく。松嶋では興奮して句作ができなかった「芭蕉」だが、実際の芭蕉は句を残しており、「芭蕉」が道に迷って思いがけず訪れたという石巻《いしのまき》は、芭蕉一行にとっては予定された宿泊地であった。

とはいうものの、そのようなことは十分に承知していても、読み返すたびに紀行文としての感興が湧き上がってくるのが『おくのほそ道』という文章であり、虚構性を認めたところで、いささかもその価値が減ずることはない。

紀行文のスタイルを意識した文芸は他にもいろいろとあろうが、西鶴と芭蕉という「元禄」のビッグネームが、ほぼ同じ時期に成立した作品において、架空の僧形の旅人に諸国を巡らせ、そのありさまを旅人のフィルターを通して読者に提示していることは興味深い。両者を比較すれば、そのフィルターの質的な差異、そしてそれを通して見えてくる「世間」の対照性が際立ってくる。

伴山の目に映る「世間」では不正が横行し、理不尽な行為や救いのない悲劇、喜劇的ながらも後味の悪い騒動が演じられている。淀川を下る船中では白昼に商人が全財産をかけて博打《ばくち》をし、下総の国の領主の家ではお乳姥《ちうば》の思い込みにより無実の腰元が拷問攻めの末に殺される。出雲では堕胎薬を売っていた両親の罪によって娘が世を捨て、筑紫の山中では頑迷な親元から駆落ちした夫婦が過失から赤子を死なせてしまう。目をそむけたくなるような惨事ではあるが、それゆえにまたのぞき見てみたい。そんな思いが交錯する「世間」の出来事が、伴山の視界には否応なしに飛び込んでくる。

それに対して「芭蕉」はあくまで詩的な夢幻の光風の中を歩んでいく。農夫から借りた馬に乗って那須野の草原を進む「芭蕉」の後には、それを追いかける八重撫子《やえなでしこ》のように可愛らしい「かさね」という少女が造形される。越後路では、大胆にも数日間の記録を捨象してしまって、荒海に横たわる天の川を現出させる。もちろん、優美なことばかりが記されているわけではない。尿前の関では馬の小便の音や蚤虱《のみしらみ》に苦しみ、市振《いちぶり》では遊女の哀しい想いを受け止めきれずに逡巡する。だが、それらはみな俳諧化の手法によって浄化されているといってよい。

そんな『おくのほそ道』の世界は、大きな平安に包まれている。日光東照宮の御光が「恩沢八荒《おんたくはっこう》にあふれ」て「四民」が安堵《あんど》し、穏やかに暮らしている。「天台止観《てんだいしくわん》の月明らか」な出羽《でわ》三山の験効はあまねく広まって御世を鎮めている。「芭蕉」が旅をし続ける諸国には予定調和的な情緒が満ちており、詩化できないような不純物はあらかじめ除去されている。

関ヶ原の合戦以降八十余年を経過したこの時期には、農業をはじめとする諸産業の生産力が急激に向上し、商品経済が飛躍的な発展を見せていた。全国の豊作凶作や大漁不漁の情報は大坂や江戸に素早く伝達され、それにより利潤が左右される商人たちがあわただしく駆けまわり、ますます活況を呈していくこととなる。ただし、人々が求めた情報は農産物や海産物の動向だけではなかったはずである。幕府と諸藩との微妙な力関係や、常にお家騒動の危険性をはらむ大名家の存続の在り方など、封建制下の政治状況も経済活動に大きな影響を与えていた。元禄期を生き抜く上方や江戸の商人たちは、多種多様な諸国の情報を入手していく中で、その諸国の集合体としての「国家」の総体をイメージするようになっていったはずである。その集合体のイメージは、常に新たな情報によって修正される流動的なものであり、また書きかえられていかなければ役に立たないものであった。

しかし、諸国の集合体としての「国家」の総体を知りたいという欲求は、きわめて危険なものでもあったはずである。

西鶴の生涯は五代将軍綱吉の生きていた時期とほぼ重なり、綱吉が将軍となってからの時期が浮世草子作者としての活躍期である。本論において詳述するが、この綱吉の初期の治世は「天和の治」と呼ばれる「仁政」の時期であり、各地に派遣された諸国巡見使は各藩の政治・経済の状況を報告している。だが、当然のことだが、報告された情報がそのまま発信されるようなことはありえない。たとえば巡見使に記録係として随行した者から漏洩《ろうえい》するようなことがあれば、たちまち処罰の対象となる。その一方で、国守による孝子の表彰などの「無害」な情報は発信され続けていた。

そのような状況の中で、西鶴はあえて架空の旅人に諸国を歩かせ、その不謹慎な半僧半俗の男伴山をフィルターとして巧みに用いて、「仁政」の世に生じている様々なほころびを際立たせたと考えることができる。その

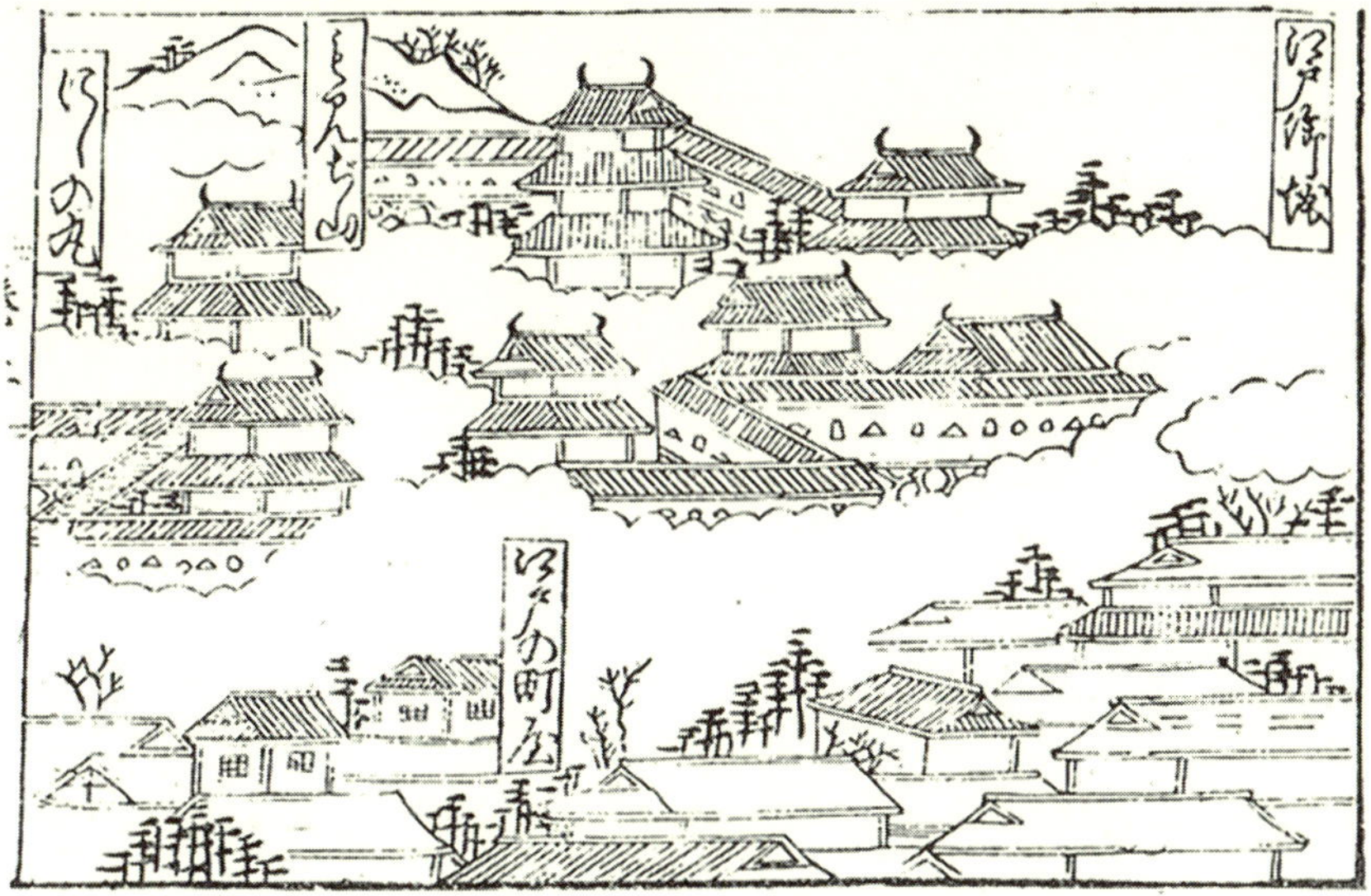

西鶴の著した旅行案内書『一目玉鉾』（元禄二年刊）の巻二に描かれた江戸城と江戸の町屋。

書き方は、『おくのほそ道』の対極にあるといえよう。また、その発想は『懐硯』に先行して貞享四（一六八九）年に刊行された、『本朝二十不孝』にもすでに胚胎していたように思われる。

　では、西鶴のまなざしは、どれほどの「政治性」を帯びていたといえるのだろうか。

　戦後の西鶴研究において、西鶴の政治的姿勢や反体制意識といったものが論じられた一時期があった。だがそれは、近代的概念で作品を裁断する悪弊として糾弾され、ほどなくして顧みられることはなくなった。しかしまた、その結果として、西鶴研究の主流が、典拠さがしや書誌的研究、あるいは既成概念への解釈の埋没に陥ってしまうというということも生じた。

　もちろん本書のねらいは、近代的個人主義思想の萌芽を西鶴作品に見出して評価するなどといった、昭和二、三十年代の観点に戻ってみようなどというところにはない。隠蔽《いんぺい》されがちな諸国の情報に興味関心を抱く町人の存在という「読者の地平」を熟知した作家がいれば、創作意欲を掻《か》き立てられても不思議ではない、と考えてみたいのである。もちろんそれをなしうる技量が稀有《けう》なものであることはいうまでもない。

欺瞞《ぎまん》的な「仁政」と対峙《たいじ》しようとする西鶴。このような前提に立つことが、従来の西鶴研究が陥りがちでな、典拠探しや同時代の常識との共通項探しといった袋小路から脱出するための、一つの方策ではないか。そして、家や地域共同体が崩壊し、あやしげな「絆」によって「国家」という幻影が見え隠れする今の時代にこそ、家や国家にかかわる意識が形成され始めた元禄期の町人の苦悩を、西鶴の「語り」に導かれつつ読み解いてみるべきではないか。三十数年間、自己流の西鶴研究に従事してきた私の中で、このような意識が頭をもたげてきた。

文学研究の中で社会性・政治性を論ずることを極端に敬遠する傾向が、今日の学界に強いことは熟知している。さらに、『本朝二十不孝』と『懐硯』というわずか二作品を扱っただけで、このような大きなテーマに挑むには分不相応であることも痛感している。それでも、先に記したような思いの高まりを抑えがたく、本書をまとめるに至った。多くの方にお読みいただき、ご批正をたまわれれば幸いである。

第Ⅰ部　「仁政」の闇を読み解く

第一章　『本朝二十不孝』が描いた闇――諸国巡見使と孝子説話――

一　『本朝二十不孝』をめぐる論議

井原西鶴には、『本朝二十不孝』と題された、貞享《じょうきょう》三（一六八六）年十一月の刊記（序文は貞享四年正月）を持つ短編集がある。徳川綱吉による孝道奨励政策が行われていた最中に、文字通り、親不孝者の話ばかりを集めた諸国話形式の作品が刊行されたわけである。そして、最後の一話を除き、その親不孝者たちが悲惨な末路を迎えるという展開になっている。

たとえば巻一の一「今の都も世は借物」では、京都室町通りにある大店の息子笹六《ささろく》が、遊興したさに「死《し》一倍《にいちばい》」（父親が死んで財産を相続したら倍にして返すという高利貸し）で金を借りたあげく、まだ元気な父親を毒殺しようとする。ところが失敗して、結局は自分が死んでしまうという一話である。

「世にかゝる不孝の者、ためしなき物がたり、懼《おそ》ろしや」などの教訓的言辞が目立ち、西鶴作品の中でも談理の姿勢が顕著な作品であるとされているものであるが、読者に強い印象を与えるのは、その教訓や談理よりも、各話に登場する親不孝者と周囲の人々の異常なまでの行動と心理である。これらは、それに先だって刊行されたさまざまな孝子説話集を下敷きとして書かれている。

その中には、『孝行物語』『親子物語』といった中国孝子説話集の翻訳物もあれば、『大倭《やまと》二十四孝』（浅井了意）『本朝孝子伝』（藤井懶斎《ふじいらいさい》）などの日本の孝子説話集などが含まれている。また、仏教説話集の中には、『因果物語』や『勧懲故事《かんちょうこじ》』といった不孝説話の前例があり、中江藤樹の『鑑草《かがみぐさ》』等の儒学者の著作にも、凄惨なまでの親不孝者の所業を見出すことができる。これらと『本朝二十不孝』との関連性は、すでに数々の論稿によって指摘されている。

　とはいうものの、従来の言及は、断片的な共通性や典拠関係の指摘に終始する傾向が強かった。その結果、西鶴が先行説話にいかに依拠して創作していたかという側面が強調され、西鶴の創作意識は当時の常識的な認識の枠内にあった、という結論がしばしば導き出されてきた。にもかかわらず、先行する孝行・不孝説話群と『本朝二十不孝』の印象は全く異なる。それはなぜか。

　このことについては、すでに一つの答えがなされている。西鶴は真面目な教訓を述べるつもりなどはさらさらなく、あくまで「慰み草」として、すなわち、一種の「戯作《げさく》」として書いているのだから当然のことではないか。一九七〇年代以来常に西鶴研究を牽引し続け、二〇〇九年に亡くなられた谷脇理史《たにわきまさちか》氏の見解である。[1]この『本朝二十不孝』イコール「慰み草」・「戯作」論の提示には、先行研究で示されてきた真面目で教訓的な読み方、あるいは、それとは対局にある幕府の孝道奨励策への抵抗説などへの批判が込められていた。氏は、西鶴の創作意識を、当時の常識的な認識をいかに面白く作品化して見せるか、という姿勢に限定して把握しようとしたのである。[2]

　この谷脇氏の見解に対して常々疑問に感じていたことは、仮に『本朝二十不孝』の各章に「戯作性」―面白さを追求しようとする精神が見出せるとするならば、はたしてそれは、当時の常識的な孝道観の範囲内に収まるものなのだろうか、ということだった。『本朝二十不孝』という作品の持つ面白さは、「常識」上に構築された安定世界の中で「戯作」を味わうことにではなく、自明と思われていた「常識」を「戯作」の手法そのものが侵食していくところにこそあるのではないだろうか。

実は、このような発想が、近年の研究者の間では少なからず共有されつつあるように思える。『本朝二十不孝』と典拠との関連を俳諧の付合《つけあい》等の方法で追究していくような論法は減少し、幕府の孝道奨励策や当時の「常識」的認識に対する疑問・批判を読み取ろうとする論稿が徐々に増えてきている[3]。

本章では、そのような研究動向の驥尾《きび》につきつつ、私なりに『本朝二十不孝』に内包された「危うさ」について言及してみたい。

二　教訓書の読者と「慰み草」の読者

まず問題にしたいのは、『本朝二十不孝』の執筆に際して、朱子学者の藤井懶斎《らいさい》が執筆した孝子説話集『本朝孝子伝』（貞享二年、西村孫右衛門板行）の今世部が、いったいどの程度意識されていたのかということである。なぜなら、両書の密接な関連を前提とした佐竹昭広氏の一連の論稿が、谷脇氏の「戯作」説と共鳴し合うような形で、学界において大きな影響力を持っていたからである。

佐竹氏が示した見解は、『本朝二十不孝』は『本朝孝子伝』の好評に便乗して作られたものであり、その創作にあたって『本朝孝子伝』今世部の孝子二十人をことごとく親不孝者にすり替え、それに際しては、これも当時流行の「二十四孝」説話を、俳諧的手法を駆使して存分に活用するという方法がとられた、というものであった。

　この二十の孝子説話と『本朝二十不孝』の各章とは、一見無関係であるかのような様相を呈してはいるが、俳諧の付合の手法を用いれば、その関連性が容易に説明できるという。たとえば『本朝二十不孝』の巻三の三は、宇都宮の武太夫という男が水底の漆《うるし》の塊を手に入れて金持ちになるものの、親不孝の罰が当たり息子とともに死んでしまう話である。これは、『本朝孝子伝』今世部六の「絵屋」で、京都の絵屋勘兵衛が父親を安心させるために瓦石を箱に入れて金に見立て、出来成金《できなりきん》を演ずる展開の逆設定であるという。また、巻四の二「枕に残す筆の先」に描かれた嫁姑の間の心の確執も、「二十　宍粟《しそう》孝女」の老父を気遣って嫁《とつ》がなかった娘のけなげさの逆設定ととらえている。

　そして佐竹氏は、「西鶴が本書のなかに秘匿した『本朝孝子伝』を、「二十四孝」説話と絡ませながら追跡する」ことがこの作品の楽しみ方である、と断定する。『本朝二十不孝』を読むことは、すなわち「謎解き」である、というのである。[4]

　この説は、一時期はかなりの説得力を持って認知されていたように思う。佐竹氏の論をふまえて二村文人氏の論が展開され、また、その発想を応用した中村幸彦氏の、『本朝二十不孝』には助作者の手がかなり入っている、という論も登場した。[5]

　しかし、すでに指摘されていることだが、各話の構成や根幹となる内容に関して両書の影響関係を見出すことは難しい。佐竹氏の指摘に従って読み比べてみても、互いに関連づけて読まなければならないだけの必然性が見出せないものが多いのである。その似ても似つかないもの同士を結びつけ、そこにこそ西鶴の秀逸な俳諧の付合の方法があり、その「謎解き」的な読みを西鶴が読者に期待していたのだ、という説にはそもそも無理がある。[6]

　ところで、この「謎解き」という楽しみ方は、ある意味で「慰み」「遊び」としての理解であり、「戯作」的発想に類するもののようにも思えるのだが、谷脇氏はこれに対して否定的であった。『本朝孝子伝』が身を清め心を鎮めて座して読まれるものであるのに対し、『本朝二十不孝』は仕事の合間や寝床の中で、いわば暇つぶしに読まれるはずのものだ。ゆえに、現在の研究者のように、『二十四孝』を含めて三書を読みくらべるような事態はありえない。そもそもそれぞれの読者には住み分けが出来ていたのだ、というのが谷脇氏の理解であった。[7]

　しかしながら、『本朝孝子伝』が貞享二年から短期間に何度も修訂を加えて刷り直されていることや、[8]孝子譚に対する当時の全般的な関心の高さを考えると、両書を完全に切り離して考えることの方が不自然であろう。谷脇氏も、読者の住み分けについての明確な根拠を示してはいない。

　ある時は教訓書を真剣に読み、またある時は気楽に浮世草子を読むというのは当然あり得た読者の姿（もちろんそれを証明するのは難しいことではあるが）ではなかったのか。また、教訓書でステレオタイプの認識が注入される状況があったからこそ、それを相対化してくれる「慰み草」が求められたのではないだろうか。

　ではいったいどのような形で、『本朝二十不孝』は常識的孝道観の枠組みを超えていったのか。そのことを明らかにするためには、改めてこの二つの書を、佐竹氏とは別の角度から読み比べてみなくてはならない。

三　『本朝孝子伝』の孝子説話

確かに、『本朝孝子伝』今世部と『本朝二十不孝』を読み比べていると、両者を関連づけたいという衝動にかられる類似が見られる。ただしそれは、佐竹氏が「謎解き」の「正解」として提示したものとは別の組み合わせであったりする。

たとえば、箱につめた瓦礫を金と偽る「六　絵屋」は、巻三の三「心をのまるる蛇の形」よりも、二千両しかない財産を世間には八千両と偽って相続し、家の繁栄を謀ろうとする巻二の四「親子五人仍書置如件《おやこごにんよつてかきおきくだんのごとし》」を連想させる。また、父母を気遣って独身を通す「二十　宍粟の孝女」の逆設定としては、巻四の二「枕に残す筆の先」よりも、身勝手な娘が結婚と離婚とを何度も繰り返したために家を没落させた巻一の三「跡の剥《はげ》たる嫁入り長持」の方がふさわしいように思える。

しかしこういった、部分的類似性を根拠とした影響関係の指摘は、どこまで追究しても可能性の域を出ることはないだろう。ゆえにその問題に深入りすることは避けたい。とりあえずは、『本朝孝子伝』と『本朝二十不孝』という二つの説話の集まりが、その素材の類似性や登場人物の対照性から、一方を読めば他方を想起させるような存在であったと認識することが許されれば十分である。

ここで問題にしたいのは、このような二つの書が同時代に同じ読者を得ていたことを想起したときに感じられる、その印象の大きな落差である。孝子と不孝者という対照性はいうまでもないのだが、何か本質的な世界観そのものが異なっている。それを、「戯作」化や「逆設定」という表現でとどめずに掘り下げてみたい。『本朝孝子伝』今世部の特質は、おおむね三点に要約できる。第一に、孝行の行為そのものに非生産的で儀礼的なものが多いこと。第二に、貧困であることが孝行の美徳を際立たせている話の多いこと。第三に、その結末として為政者による称賛や金品の下賜を記すものが多いことである。

これらは、次の『本朝二十不孝』序文の記述を想起しつつ読むとき、その落差がより明確になる。

世に天性の外祈らずとも、それ〴〵の家業をなし、禄を以て万物を調《ととの》へ、孝を尽せる人、常也。この常の人稀《まれ》にして、悪人多し。生《いき》としいける輩《ともがら》、孝なる道をしらずんば、天の咎《とがめ》を遁《のが》るべからず。

第一の、孝行の行為そのものが非生産的で儀礼的であることについては、たびたび言及した「六　絵屋」がやはり好例である。箱に詰めた瓦礫を金に見せて親に安心させ、酒を心ゆくまで飲ませるというのは、いわば親に嘘をついて浪費を重ねる行為であるのだが、その心遣いが称賛されている。

「三　雲州の伊達氏」では、伊達治左衛門が魚を得ると、父は膾《なます》、母は羹《あつもの》に作れというので、自らそれぞれに調理して進上するのが常であったという。使用人がいるにもかかわらず、自らそのような行為を厭わず行ったことが褒められている。

「十一　赤穂惣太夫」の惣太夫は、突然郷里に戻りたいと言い出した母親に従って備前岡山を発ち、妻子を伴ってほとんど乞食同然の姿になりながら赤穂にたどり着く。

いずれも確かに親を喜ばせてはいるが、親の身勝手で不合理な要求に従ったままでである。孝心の一途さが讃美されてはいるが、家業を捨て蓄財を顧みない無駄な行為である。このあたりが『二十四孝』のまさに本朝版でもあるのだが、『本朝二十不孝』序文が主張する、「それぞれの家業をなし、禄をもつて万物を調へ」ての孝行との隔たりは明確である。

さて、非生産的な孝行に熱心になれば、当然貧乏にならざるをえない。その貧困によって孝行の美徳が一層際立つように描かれていることが、『本朝孝子伝』の世界の第二の特色となっている。

「一　大炊《おほゐ》の頭源好房《かみみなもとのよしふさ》」は、忠孝の志が深いものの、病弱ゆえに夭折してしまったた弘文院の学士、好房を称えるものである。その説話の後に付された「論」の中では、富貴な家よりも卑しく貧しい家から孝子が出る理由が説明されている。要は、貧しいければ親子助け合わずにはやっていけないので、互いの情愛も深くなるという単純な論理である。

今世部全体を見わたしても、極貧の家庭が多く描かれており、その貧しさの中でも不平を言わず、自らの衣食は顧みずに、そして、稼業よりも親に礼を尽くすことを優先する孝子たちが多い。親が気がかりになってくると農耕を放棄して帰宅するという「十二　由良の孝子」などはそれが端的に現れた例である。また、「十七　鍛匠《たんしやう》孫次郎」は鍛冶屋としての技量がないためにかせげないと明記されているのだが、その職業上の欠点はまったく責められず、貧しさの中で親孝行を尽くしたことだけが強調されている。

したがって孝子たちは当然のことながら無欲であり、周囲の人々や為政者からその孝行ぶりを称賛されても、それを素直には受け入れない。たとえば、「十三　芦田為助」の丹波の芦田七左衛門為助は、その孝行ぶりが福知山城主の松平忠房の耳に入り褒賞が与えられたが、為介はそれを兄に与えようとし、それを兄は固辞して譲り合いとなり、ついにはどちらのものでもなく家の宝として蔵することとなる。無欲さを示すエピソードが、孝心をより尊いものへと高めているのである。

　これに対し『本朝二十不孝』は、序文では、先にも引用したように、まず稼業への専念こそが孝行の前提とされている。また金銭欲や物欲が親不孝の原因となる章が多く、巻一の三「跡の剥たる嫁入長持」のように有り余る金銭が親不孝を誘発するような場合もある。その一方で、文太左衛門（巻一の二）や小吟（巻二の二）のように、貧困の中からも不孝者は出てくる。『本朝孝子伝』では孝行の条件となっている貧困が、『本朝二十不孝』では不孝の原因となっているのだ。

　では、『本朝孝子伝』中の貧窮の孝行者たちは、どのようにして報われるのか。『本朝孝子伝』今世部二十話中、国主等から表彰されたという話が十三話を占めており、中国の「二十四孝」説話などの結末よりもはるかに現実味を持っている。そしてこれは、孝子がほとんど報われることのない、また、不孝者が罰せられる時もそれ以外の罪状で罰せられる『本朝二十不孝』との大きな違いである。

　つまり、『本朝孝子伝』の世界においては「天運」がほとんど介在せず、良君によって行われる憐れみ深い治世が孝行者を救うのである。これに対し、『本朝二十不孝』の世界では孝行者が報われず、さらには為政者の影が薄い。その点ではアナーキーであるとさえいえ、また、天罰や怪異が介在する話が見られる点では非現実的ともいえる。

　そもそも孝子譚を読む一般読者にとっては、現世においてどう報われるかどうかが、大きな関心事ではなかったかと思われる。河内国石川郡の庄屋河内屋五兵衛が書き残した『河内屋可正旧記』に「されば孝行の手本とならん事、其徳きはまりなき物也。今現に褒美として米銭を得たる人々和漢に其例多し[9]」とあるのは為政者に対する期待のあらわれといえるだろう。

また、『本朝孝子伝』今世部「二 今泉村ノ孝子」には、駿河国の富士郡今泉村の五郎右衛門が紹介されているが、『常憲院殿御実記《じょうけんいんでんおじっき》』(徳川実記)には、「儒臣林春常信篤《のぶあつ》に命じ、その伝を作らしめて刊行」させた、と記されており、この伝は『鳳岡全集《ほうこうぜんしゅう》』にも収められている。井上敏幸氏は『本朝孝子伝』への直接転写の関係はないとするが、[10] 藤井懶斎と林家の関りを考えれば、情報収集の段階で共有するものがあったのではないかと推定できる。この今泉村の五郎右衛門は、駿河国引佐郡井伊谷で地代官を勤めていた中井弥五左衛門の日記、[11] また、椋《むく》梨一雪《なしいっせつ》の『古今犬著聞集』(天和四年成)巻十の一「達天下五郎右衛門孝行事」[12] でも称賛されている。それらの内容は同一ではなく、複数のメディアによって様々な情報が発信されるという、当世孝子譚の重層的な流布の形態を目の当たりにすることができるのだが、幕府より朱印をもって賞されたということについては記述が一致している。

奇跡的な天の恵みではなく、為政者からの現実的な見返りが期待できる世界。『二十四孝』のなどの中国説話とは異質な、現実的な認識が、これらの「当世」孝子譚からは読み取れる。

対して『本朝二十不孝』の不孝者たちが破滅して行く過程は、繰り返しになるが、天罰や因果、あるいは偶然などによるものが多い。『本朝孝子伝』の逆設定というよりも全く異質な設定であるというべきで、その点だけでいえば『鑑草』や『勧懲故事』などの不孝説話の怪異性により近いといえよう。

以上の三点の特色は、『本朝孝子伝』の著者が藤井懶斎という極めてストイックな朱子学者であったことを考えれば当然のことではあるが、このような『本朝孝子伝』のあり方自体の特殊性をここで確認しておきたい。そして、もし『本朝二十不孝』が『本朝孝子伝』的なものからの意識的な逸脱を企図したものだとするならば、このような『本朝孝子伝』の世界の背景にあるものが何かを、いま少し掘り下げて見る必要がある。

四　諸国巡見使《しょこくじゅんけんし》と『本朝孝子伝』

『常憲院殿御実記《じょうけんいんでんごじつき》』は、先の今泉村の五郎左衛門について「こたび巡見使見聞して帰り、聞え上しにより、是を褒顕《ほうけん》せられんとて」と記している。林信篤作の伝も同様の情報をもとに作られたものであろう。このような儒者による当世の孝子伝がいくつか作られており、それらは『本朝孝子伝』とも密接な関わりを持っている。

たとえば、今世部の「十四　安永安次《やすなが》」は肥前島原の加津佐村の孝子譚で、自らは衣食足らずとも父母には貧苦を語らず、寒い時も暑い時も昼夜の別なく両親の安否を気遣ったというものであるが、これは林信篤が作った伝をそのまま用いたと記されている。また、「十五　大矢野孝子」は、肥前天草郡大矢野の農夫の話で、凶作の中でも父母を飢えさせず、鮮魚を欲しがれば苦労して入手し、父親の死後は供物をたやさず、母親を背負って寺参りを続ける、というもの。これは、人見友元（竹洞）作の伝を、一字も改めることなく掲載したものだと付記されている。同様に、「一　大炊の頭源好房」は林鵞峰作のものを略述したもの、「十三　芦田為助」は一字も改めずに写したもの、と記されている。

とすれば、『本朝孝子伝』は、官製孝子伝に近い性格を持っていたということになる。巡見使などからの情報をもとに、まずは林家により作成されお上から下される孝子伝があり、それを受けた一種の普及版としての役割を『本朝孝子伝』今世部が果たしていたといえる。その点で、巷説として流布した民間孝行説話や因果譚、中国孝子・不孝説話とは『本朝孝子伝』は性格を異にしていた。

そもそも、林信篤の書いた五郎左衛門伝の情報源ともなった「巡見使」とはどのような存在か。巡見使は、諸国巡見使・巡見の御使とも呼ばれたもので、将軍の代替わりに際して派遣された。幕府が各領主の施政から村落の状況にまで立ち入って民衆の動向を視察するもので、寛永から寛文にかけてその派遣形態の整備が進み、天和元年に至って、全国を八区に区分し、各々に使番・小姓組・書院番の三人編成で派遣するという形態が確立する。近世後期になるとやや儀礼的な色彩が濃くなるが、ここで問題にする天和の諸国巡見使は、綱吉によるいわゆる「天和の治」の徹底を図るものとして、重要な役割を果たしている。

では、実際に天和の巡見使は幕府に対してどのような報告をおこなっていたのか。その内容について具体的に知り得る資料としては、「九州土地大概」というものが内閣文庫に残されている。[13] 二冊の冊子からなるこの資料は、第一冊には、前書き・治政の観察要点・評価基準と、それに基づいた大名・代官の治政評価が記され、第二冊には、国郡の地理の評価基準とその評価を述べている。

もっとも注目すべきは、やはり治政についての評価結果であろう。たとえば、「中の美政」と分類されているものの中に、島原の松平忠房が含まれている。この評価中には「加米奉行」を設けるという政策に続けて、孝子表彰について記されている。

城下島原　松平（深溝）主殿頭（忠房）〔中の美政〕

当領周覧して、替れる風俗なし。然るに、加米奉行と云ものあつて、主人蔵より家中に至るまて、米百石に付て壱石弐斗つゝ取納。家中入用節、加米奉行断、借米せしむ。さて返弁の節、三割利足を付。尤借米員数より、三五年の納崩しに相納せしむ。大抵仁慈の恵に事似たれとも、家中適々借米する者も、上を学て其利をいそき、加米次第に積、豊饒日新。畢竟、愛憐政になそらへて、日々に収斂の沙汰耳多し。賀津佐村農人久右衛門、能父母に孝なり。領主称嘆して、奉養を給事にそ尋常ならす覚ふ。（「九州土地大概」の本文は、多仁論文中の引用を内閣文庫蔵本と照合して確認しつつ送り仮名等を適宜読みやすく改めた。また、原本の片仮名を平仮名欄に改めた。以下の引用も同様。）

この松平忠房は『本朝孝子伝』今世部の中の三つの話にも登場する。「一三　芦田為助」では、丹波国天田郡土師村の万治・寛文ごろの孝子芦田為助を、当時は福知山城主であった忠房がその評判を聞いて感激し、黄金を与えたとする。「一四　安永安次」では、孝子久右衛門が島原城主となった忠房から白銀を賜り、戸税丁役を免ぜられたとある。「一五　大矢野孝子」は、肥前国天草郡大矢の農夫喜右衛門の話で、やはり忠房が白銀を与えている。これらの慈悲深い良君としての忠房像は、巡見使によって報告された通りの姿であるといえる。また、巡見使のチェック項目の中に、孝子の表彰が入っていたことは注目に値しよう。国主にはそういった配慮が求められていたのである。

一方、『本朝孝子伝』に登場する九州の大名に、熊本の細川綱利がいる。「一七　鍛匠孫次郎」で、山鹿郡湯町の鍛冶孫次郎が母親に孝行であったので、綱利が禄を与えたとある。これを見る限りでは名君のように思われるが、「九州土地大概」における綱利の治世は「悪政」に分類され、厳しい評価が下されている。次のようなその悪政ぶりは、『本朝孝子伝』からは窺い知れない実態である。

城下熊本　細川越中守（綱利）〔悪政〕

賢を立るに法無し。伊尹大公望皆な然り。肥州山鹿の処士槙田安右衛門、蓬窓のうちより出て、郡司を勤るに、貢税重し。歛民を恤ことを知らず。故に、田畑九つ納め一つを私田に遣す。亦課役をかくるに暇の日を計らず、口米銀水夫銀と号し取納。納米たらさる者は、出米銀と云て、四壁竹木農具押へて取納。然る時は、力を農畝に尽ことを得ず。旧年当春に至て、餓死数万人。憐むべし。父母凍餓、兄弟妻子離散。其れ国は民と利を同し、禁を設けず。当時安右衛門嬖を以て幸を進。一を以て人を誤千万人者なり。

城下海近。後高山。左右大河。細有て鱗求易し。侍屋鋪町に至るまて、樹木暢茂。土地善といへども。国政悪く、民大に困窮にをよふ。

こうして報告された悪政の当事者は、どのような処分を受けたのだろうか。実は、この天和の巡見使の調査によって直接大名が処罰された例は少なく、越後騒動による松平越後守光長に対するものくらいである。たとえ直接の処分を受けないにしても、多数の改易・減封を実施した綱吉政権下にあって、巡見使の存在は重要で諸大名を恐れさせたものと思われるが、巡見使によって調査された諸大名の不祥事が公にされることはなかった。

天和元年六月、僧一音というものが、いわゆる越後騒動のことを書き記して『越後記』としてまとめたことで八丈島へ流罪となった、と『常憲院殿御実記』は記す。どの程度事実に即していたかは不明だが、「既にこたびつかはされし巡察使に、其所領の民訴状をさゝげ、（小栗）美作が虐政をなげくことも度々なり」といったことと関わりのあったことが容易に想像できる。

また、天和二年四月、江戸山伏町の正木惣右衛門という巡見使に記録係として随行した者が、その際に見聞したことを二冊の記録にまとめ、その写本を売ったことで罪に問われた、と『御仕置裁許帳』にある。その写本の書名も内容も伝わってはいないが、先の「九州土地大概」に記されていたような、諸国の内情を書き綴ったものであった可能性が考えられる。

このような事件の記録は、幕府が公にした孝子伝には記されることのない巡見使の報告、諸国の治政の実情に、一般の関心が集まっていたことを意味する。人々は一方では『本朝孝子伝』を読んで納得しつつも、その一方で隠されている情報を欲していたということができる。

『本朝孝子伝』も『本朝二十不孝』も諸国話の形態をとっている。言ってみれば、『本朝孝子伝』は諸国巡見使の中から、為政者にとって庶民に知らせたい情報のみを増補・偽造して書かれた官製孝子伝的なものであった。皮肉なことに、ここに登場する孝子の多くは極貧にあえいでおり、はからずも地方・農村の疲弊を描き出してもいるのだが、そのことと治政とのかかわりについては一切ふれず、孝子が国主に表彰されるという結末が繰り返されているのである。

そして、登場してくる孝子たちは、ただ孝行なだけでなく、貧しさの中にあっても無欲で従順な、まさしく為政者にとっても「良民」であることが強調されている。

つまり『本朝孝子伝』の世界は、このように、良君による善政が良民に対して行われている世界、為政者の慈愛に満ちた視線が領内のすみずみまで届いている、秩序ある世界なのである。

五　『本朝二十不孝』の世界

それに対して『本朝二十不孝』の世界はどのような性格を有しているのか。一言でいってしまうならば、為政者の視線がほとんど届くことのない、つまり、その影響力を感じさせないアナーキーな世界である。

この作品の読者は、まず巻一の一「今の都も世は借物」の冒頭部分を読みつつ、清水寺の西門から眺める京の町の様子を脳裡に描くこととなる。「立ちつゞきたる軒の内蔵の気色、朝日にうつりて、夏ながら雪の曙かと思はれ、豊なる御代の例」として提示される街並みは、世の泰平と繁栄とを象徴するかのようである。

しかしながら、それらに続いて語られるのは、その「朝日」が照らすことのない影の部分である。小児の疳《かん》の虫を掘り出す、念仏講の仏具を貸し出す、行水の湯沸しをするなど、怪しげで零細な稼業の列挙。そこからは、都市生活の中に貧困が遍在していることが見て取れる。

そして、本章の主人公ともいうべき笹六が頼りにするのは、「長崎屋伝九郎《ながさきやでんくろう》とて京中の悪所銀《あくしよがね》を貸出す男」であり、明らかに違法な商売人でありながら、堂々と新町通四条下るに店を構えている。この伝九郎の店は、「欲に目の見えぬ男達」が群がる、もうひとつの京の「繁栄」が顔をのぞかせる裂け目であり、表と裏の世界をつなぐ通路である。

この一章の結末は、遺産ほしさに父親を毒殺しようとした親不孝者笹六の次のような死である。

願ひに任せ親仁眩暈心《めまひごころ》にて、各々走つけしに、笹六うれしき片手に、年ごろ拵《こしら》へ置し毒薬取出し、これ気付けあり、と素湯《さゆ》取よせ噛《かみ》砕き、覚えず毒の試みして、たちまち空しくなりぬ。さま〲口を開《あ》かすに甲斐なく、酬《むく》ひ立所《たちどころ》をさらず、見出す眼《まなこ》に血筋引き、髪縮みあがり、骸躰《からだ》常見し五つ嵩程《かさほど》になりて、人々、奇異の思ひをなしける。そののち、親仁は諸息《もろいき》かよひ出で、子は先立ちけるを知らで、これを嘆き給へり。欲に目の見えぬ金の借手《かして》は、今思ひあたるべし。

笹六の死は、天罰と言うにはあまりに間の抜けた失敗によるものであり、お上のお咎めなど介入する余地のない展開の結末であった。伝九郎や影の金貸しに公的な処分が下されることはない。この後も同様のことが、京の町では繰り返されていくことであろう。

巻一の二「大節季にない袖の雨」では、伏見の里に住む火桶の文助一家の貧困がくどいほどに強調されている。その遠因は豊臣から徳川への政治権力の移行であった。「千軒あれば友過」という世であれば成り立ちそうな竹箒の細工という商売も、「町作りも次第に淋しく」なる土地では如何ともしがたい。しかし、文助は何の努力もしなかったわけではない。早桃《さもも》作りにも精を出し「幾年か大晦日も心やすく越」すという、そこそこの成功は収めているのだ。しかしながら天災の前にはどうすることもできず、一家五人長持の中にうずくまって時雨をしのぐような生活をすることとなる。

その貧困の中から文太左衛門という不孝者と、その妹の孝行娘とが育っていく。文太左衛門は喧嘩と博打を好み、妹を投げ殺し、不倫をとがめた母親を蹴飛ばすという悪行の限りをつくす。しかし、お上のお咎めを受けることはない。末の妹は孝行を尽すが貧困はどうすることもできず、自ら遊女屋への身売りを申し出る。周囲から多少の同情は寄せられはするものの、その捨て身の孝行が報われることはない。不運な文助夫婦は自害して狼の餌となってしまうのである。

文太左衛門は、たまたま「二人の親の最期所」を通りかかり、そこで足がすくみ、眼が眩《くら》んで倒れてしまう。すると、そこへ親の遺骸を食べた狼が出てきて、鯲《なぶ》り食いにされてしまう。この結末には、「天是を罰し給ふ」と記されてはいるが、いささか白々しく、むしろ因果話的な親の怨念を感じさせる。ともあれ為政者の善政などとは全く無縁のアナーキーな展開であり、斜陽の街伏見のある一家の物語ということができる。

御政道に反した金儲けや浪費、善政の恩恵など全く期待できない極度の貧困、為政者からは罰せられることのない不孝者、報われることのない不運な親や孝行者――こういった状況が『本朝二十不孝』にはあふれている。

町人たちの華美な衣装への浪費はとどまるところを知らない（巻一の三）。盗賊たちはその組織力を強化して町を荒らしまわる（巻二の一）。博打も流行すれば「放埓組《あばれぐみ》」の乱暴狼藉も横行し（巻三の三）、漆の横領が行われる（巻三の三）。篠原進氏はかつてこれを「都市化のゆがみがもたらす新しい悪」と呼んだが[14]、それは「都市化」という問題にとどまらない、不正の遍在するアナーキーな世界の提示である。

その一方で貧困は極度にまで強調され、時には犯罪の原因となっている。小判も見知らぬ熊野山中では心優しい少女までが強盗殺人を思いつき（巻二の二）、鎌倉の才覚男も八十両を手に入れるために油売りを殺し（巻三の四）、繁華な越前敦賀の大湊でも、貧しい夫婦が娘を連れての一家心中寸前にまで追い込まれ（巻四の三）、松前の歴々の武士も、惨めなほどにやつれはててしまっている（巻四の四）。

そして、理不尽な不幸に襲われる人々の多さ。親の言いつけを守った孝行息子が弟たちに殺害されることとなり（巻二の四）、これといった落ち度もない富裕な夫婦が五人の娘に次々と先立たれ（巻三の一）、飲んだくれの不孝

『本朝二十不孝』巻１の２の挿絵。不孝者の文太左衛門が狼に襲われる。

息子に天罰が下って寝たきりになっても、その世話は結局親がするほかはない（巻五の二）。

先にも述べたように、『二十四孝』や『孝行物語』、『大倭二十四孝』などの一連の先行説話に比べて、『本朝孝子伝』はあまりに「現実的」な救済―すなわち為政者による褒賞を強調した異色の孝行説話集であった。その白々しさの対極にある形で書かれているのが『本朝二十不孝』なのである。もちろんそれは、先行説話の非現実性への単なる後戻りではなく、天運のきまぐれをあえて設定して、為政者の無力、貧困の遍在、不正の横行といった世界を提示するものであった。そして、海難によって纐纈《こうけつ》城に流される（巻二の三）など、公権力の枠のはるか外側へと飛び出していく話まで語られることとなる。

六　結語

以上のように『本朝孝子伝』と『本朝二十不孝』とを対

比させて論じてみれば、当然のことながら、西鶴は前者に反発し意図的にその世界を崩そうとして執筆した、という結論を述べたいという誘惑にかられる。佐竹氏とはまったく違う形で、やはり西鶴は『本朝孝子伝』を強く意識していたと。

しかし、そう結論づけてしまうのはやや短絡的であり、その誘惑に対しては禁欲的でありたいと思う。それは、実証が難しいからではない。それによって『本朝二十不孝』を矮小化してとらえることになりかねないからである。

林家などでまとめられた数々の官製孝子伝、そしてその普及版としての『本朝孝子伝』―これらとは、もともと西鶴の現実認識のあり方が全く異なっていたと思われる。「孝」の重要性と善政とがアプリオリに喧伝される世にあって、仮に『本朝孝子伝』が刊行されていなくとも、西鶴が『本朝二十不孝』のような作品を書き残す可能性は高かったはずである。つまり、『本朝二十不孝』の世界は、『本朝孝子伝』だけを意識したものではなく、その向こう側にある官製孝子伝的な発想、さらには為政者の抱く世界観そのものと対峙しているのではないだろうか。

では、なぜそんなものを、西鶴はわざわざ書いたのか―それは、危うきに遊ぶという形を取りながら、ギリギリまで己の現実認識を示したい欲求に駆られていたというほかはない。そしてそれは、「孝道奨励策への反発」といった範疇にとどまるものではないし、「慰み草」としての「戯作」にとどまるものでもない。より大きな「危うさ」を胚胎するものであった。

注

1. 谷脇理史「『本朝二十不孝』論序説」『国文学研究（早大）』三六号　昭和四二（一九六七）年十月。後に『西鶴研究序説』新典社　昭和五六（一九八一）年に再収。
2. 晩年に至って、谷脇氏は幕政批判説へとその主張を変化させつつあった。谷脇理史「転換期の西鶴—貞享三、四年の作品と出版取締り令—」『西鶴への招待』岩波セミナーブックス　平成七（一九九五）年参照。
3. 詳しくは本書第十章参照のこと。
4. 佐竹昭広『古典を読む　26　絵入本朝二十不孝』岩波書店　平成二（一九九〇）年など。
5. 二村文人「『本朝二十不孝』と西鶴の創作意識—付合語による構想—」『国語と国文学』七二六号・昭和五九（一九八四）年七月、同「『本朝二十不孝』と俳諧的連想」『日本文学』三五巻八号・昭和六一（一九八六）年八月、中村幸彦「『本朝二十不孝』助作者考」『江戸時代文学誌』八号・平成三（一九九一）年。
6. この点については、本書第九章に詳述した。
7. 谷脇理史「『本朝二十不孝』の教訓の意味——作者の姿勢と読者の問題——」『雅俗』平成十（一九九八）年一月。
8. 勝又基「『本朝孝子伝』の流行」『金沢大学国語国文』二三号　平成十（一九九八）年二月。
9. 野村豊・由井喜太郎編『河内屋可正旧記』清文堂　昭和三十（一九五五）年。
10. 井上敏幸「第六章　近世—近世的説話の誕生」、池上洵一・藤本徳明編『説話文学の世界』世界思想社　昭和六二（一九八七）年所収。
11. 『静岡県史　資料編12　近世四』ぎょうせい・平成七（二〇〇五）年。
12. 朝倉治彦・大久保順子編『仮名草子集成』巻二七、二八巻、東京堂書店　平成十二（二〇〇〇）年、十三年。
13. 多仁照広「江戸幕府諸国巡見使の監察報告——「九州土地大概」について——」『日本歴史』三一四・昭和四六（一九七一）年七月号参照。「九州土地大概」を多仁氏は「延宝九年九州筋巡見使奥田八郎右衛門忠信の手に成る巡見報告書」であろうと推定している。
14. 篠原進「『本朝二十不孝』の空間」『弘学大語文』十号　昭和五九（一九八四）年三月。

第二章　為政者が「孝」を詮議《せんぎ》する時――『本朝二十不孝』巻四の四における不孝――

一　『本朝二十不孝』の危うさ

『本朝二十不孝』は諸国話形式で書かれている。京、大坂はもちろんのこと、松前、下野、相模、駿河、伊勢、越前、山城、摂津、備前、讃岐、土佐、筑前、長崎といったように、各話の舞台は日本列島上に散在している。そして、それぞれに土地柄の生かされた展開を見出すことができる。

それらはあくまで架空の世界の出来事である。にもかかわらず、実在の地名が記されていることによって、読み手は「現実」が描かれているような錯覚に陥りがちになる。

ならば、この『本朝二十不孝』という作品総体によって、この国の仮想の「現実」が提示されているということもできる。そのような発想で読み直してみるならば、前章でも示したとおり、そこに浮かび上がってくる世界では、為政者の監視の力が微弱であることに気がつく。

不孝者は天罰こそ受けはするが、お上に罰せられることはほとんどない。また、孝行者が表彰されることもない。その一方で、華美な衣装への浪費（巻一の三）や漆の横領（巻三の三）といった、法度《はっと》に反した行為が横行している。篠原進氏がかつて指摘した「都市化のゆがみがもたらす新しい悪」[1]の蔓延《まんえん》、アナーキーな都市空間の一端がうかがえるといえよう。ただし、前章でも述べた通り、この作品には、都市部に限らず、理不尽で救いようのないアナーキーな状況があふれている。

『本朝二十不孝』を論じる際にしばしば引き合いに出される藤井懶斎の『本朝孝子伝』（貞享三年刊）の世界は、良君による善政が良民に施されている世界、為政者の視線が領内のすみずみまで届いている、秩序ある世界を提示するものであった。そのことを思えば、『本朝二十不孝』における為政者の力は、いかにも微弱であると言わざるをえない。

それが何を意味しているのかについては、仮説を前章ですでに述べた。繰り返しになるが、まさに「危うきに遊ぶ」ように、出版取り締まりに抵触しないギリギリのところで、諸国で何が起きているのかを知ろうとする読者の潜在的な欲求に応えよう―もちろんそれは事実を暴露するのではなく、それらしい虚構の話で読者の好奇心をくすぐってみる―という試みではなかったか、ということである。

ところで、本章で取り扱うのは、そのような『本朝二十不孝』にあっては例外的に、為政者のあり方を正面から描いた話、巻四の四「本に其人の面影」である。この例外的な一章を読み解くことを通して、先に提示した仮説を補強しつつ発展させてみたい。

二　松前での「格別」な詮議

『本朝二十不孝』巻四の四「本に其人《そのひと》の面影《おもかげ》」の梗概は、以下の通りである。

松前の城下に長く浪人暮らしをしている岩越数馬《いわこしかずま》という男がいた。奉公の望みがかなわないため、近年は名も夢遊《むゆう》と改めて孔子頭（総髪）にし、虫下しの薬の調合などして生計をたてていた。七十歳になって出家した後も、編笠姿で膏薬《こうやく》を売り歩き、身も心もすっかり町人となっていた。その妻は歴々の息女であり、夫とともに貧乏暮らしを続ける中で、作弥《さくや》・八弥《はちや》という男子二人を、十七と十五の年になるまで苦労して育て上げた。二人とも評判の美少年となり、念友《ねんゆう》（男色の相手）になろうとする者が門に市を成すありさまであった。そんな者達に兄弟もまた情けをかけたく思ったが、父親が油断することなく見張っていたためにかなわず、ままならぬ身を嘆いていた。

ほどなく夢遊は亡くなり、兄弟は悲しんだが、それ以上に母親の嘆き様はすさまじく、悲嘆のあまり醜い姿を世間にさらしていた。が、その母親もほどなく死んでしまう。その夜、近所の者が音曲に興じていると母親の亡霊が現れ、以後は夜毎に騒ぎが大きくなっていった。外聞の悪さを口惜しく思っていた兄弟の前に、ある日の明け方母親が姿を現した。兄の作弥は手を合わせて成仏を祈ったが、弟の八弥は半弓《はんきゅう》で射る。すると母の姿は消え、長年土地の人を悩ませていた古狸がその正体を現した。

これによって八弥の武勇は土地の人々に称賛されて、それが国守の耳に入り、文武の達者が集まって詮議することとなった。その結果は、下々の評判とは異なり、母の姿を見て悲しんだ作弥こそ誠の武士の心底として二十人扶持《ふち》がくだされ、八弥は親の姿に弓を向けた親不孝者として国外へ立ち退かされることとなった。

この一話については、以前から、『二十四孝』の「丁蘭《ていらん》」「剡子《ぜんし》」や、『宇治拾遺物語』巻八の六「猟師、仏を射る事」などとの関連が指摘されている。それらとの詳細な比較検討や、その結論を根拠とした成立過程の推測などについては、すでに井上敏幸氏や佐竹昭広氏、岡田純枝氏らの論稿がある。[2] これらの先行研究についても検討の余地があろうが、ここでの言及は避けたい。というのも、今問題にしたいのが、それらの典拠関係によっては説明のつかないふたつの問題であるからだ。

その一つは、この一話の結末である、兄弟にそれぞれ孝行・不孝の正反対の評価が下され、しかもそれが下々と国守とでは判断が「格別」に、つまり大きく異なっていた、という展開の問題。今一つは、松前という土地の老いた浪人に二人の美少年の息子、という設定の問題である。

三 岩越兄弟の同質性

(1) 詮議をめぐる解釈の対立

まず、国守の「格別」な判断の問題から検討してみたい。これについては、すでに松田修氏・松原秀江氏と箕輪吉次氏とによって、互いに対立する解釈が示されている。

松田氏の解釈は、下々とは異なった判断を下す国守を西鶴が称賛しているととらえるものである。[3] 結末となっているこの評定には、「西鶴の理想的武士像、理性的で人間的である武士像」がふまえられているとし、西鶴は、「下々」の考えとお上の沙汰とを対比させ、後者を高く評価している、という。さらに、「智恵の浅瀬を渡る下々が心ぞかし」(『武家義理物語』巻一の一)という記述とも関連させ、「孝行奨励が国の方針であり、褒賞を得た孝行者が続出した現実の反映」であると、松田氏はとらえている。

これとほぼ同様の見解は、松原秀江氏の論にも見られる。[4] その理由としては、兄弟が美しく成長しているのに対して、両親の晩年があまりに惨めに描かれていることがあげられている。極貧の生活であったにもかかわらず、必死で二人の息子を育て上げた。その両親の苦労を考えれば、いかに醜くともその姿に弓を射ることは許されないはずである。にもかかわらず八弥にそれができたのは、醜かった母の姿をもともと嫌悪していたからに違いなく、それはまさしく不孝である。そのような八弥の本性を下々の者は見抜けなかったが、上つ方の人々は見抜いて判断したのだ、という理解である。

これに対して箕輪氏は、国守の判断そのものが、極端な「孝」意識によりもたらされた愚行として描かれているとする。[5] その根拠としては、そもそも母に関する「世の外聞」を放置しておくことは子としては不孝であり、その実態を明らかにしようとする八弥の武勇は褒められるべきものであることがあげられている。確かに、典拠である『宇治拾遺物語』の「猟師、仏を射る事」を対比させて考えれば、作弥は狸を普賢菩薩と信じ込んだ聖の役、八弥はまさに真実を見抜いた猟師の役回りに当たっている。さらに箕輪氏は、さまざまな資料を用いて、当時の儒教的合理主義の常識から考えても、八弥のとった行動は十分に称賛されるべきものであることを論証している。

この国守の評定に対しては、どちらの解釈が妥当といえるのだろうか。

(2)　不孝者としての作弥と八弥

まず、松田・松原両氏の説から検討を加えてみたい。

確かに兄弟の華やかな「若衆ざかり」の様子に比して、晩年の両親の姿はあまりに惨めである。それは、自らを顧みず我が子だけは立派に育てようと努力した結果であろう。もしそんな母親を嫌悪して弓を射かけたのであれば不孝者とされても仕方はない。だがしかし、思わず手を合わせた作弥の方は果たして孝行息子だろうか。

この兄弟は、母の亡霊と出会う場面まで、まったく区別されずに描かれている。父親が七十を越す高齢で膏薬売りとして働いているというのに、生計を助けようとした様子はみられない。武家の若者として「若衆ざかり」の時期を謳歌したいと望み、「ままならぬ身を恨」むというのだから、当然父親をうっとうしく感じていたはずである。

また、父の死後取り乱した母親に対しても、「あまりに気うとかりき」という記述から考えて、兄弟揃って不快を感じていたと読み取ることができる。そして、父親の死に対しては一応「作弥八弥がかなしみ」という記述があるのに対し、母の死を悼む記述がない。これもまた兄弟ともに母親に対して冷淡であったと理解すべきだろう。

以上のことから考えれば、この兄弟はともに不孝者であったということになる。貧しさの中でも孝行を尽くし、死別に際しては悲嘆にくれ、死後も礼を尽くし続けるという孝子説話の定型と比較するならば、その落差は甚だしいといえる。

そして、見落としてはならないのは、母親の亡霊を見たときの作弥についての記述である。

ありくと、母親の面影《おもかげ》庭に見とめ、親子の中ながらおそろしく、兄の作弥は手を合はせ、「など成仏はし給はぬ。さりとはあさましき御事や」と、涙を袖にしたしける。

『本朝二十不孝』巻４の４の挿絵。狸が化けた老母と作弥・八弥の兄弟。

作弥は何よりまず恐怖心から手を合わせ、成仏できない姿に「あさましさ」を感じているのである。やつれた母親の姿に後悔や畏敬の念を抱いて手を合わせたわけではない。言ってみれば作弥は、母の臨終の夜に音曲に興じていた「臆病者ども」と同じ行動をとっているにすぎないのである。

松原氏も引用しているが、以前浮橋康彦氏は、「この弟には、自分が美少年である自負によって、醜い母親に対する憎悪が潜在的にあったのではないか」[6]と述べている。そのような推測は確かに可能であろう。だが、それは弟に限定して適応されるべきものではない。

このように、母の幽霊（狸）と兄弟が出会う場面まで、この兄弟は区別なく描かれている。一方だけを特徴づける記述は何もない。この場合、一人が孝行息子で一人が親不孝者だから別の行動をとったというよりも、似たり寄ったりの二人が、武勇の有無という孝心とは別の要素によって、たまたま異なった行動を取ったにすぎない。その結果、

「孝」と「不孝」のレッテルがそれぞれに貼られて行く。そのような展開ととらえるべきではないか。

(3) 詮議の滑稽さ

松原氏は、「文武の達者」たちが「詮義」しなければ孝か不孝かを決められなかったことを見落としていた。そこに注目したのが箕輪氏である。下々の評価とは「格別」の評価を、国守が即座に下せたのではなかったのだ。兄弟に対する評価を「詮義」によらなければ決められなかったことを通して、「孝」に対する二元的解釈の可能性が示されていると箕輪氏は考えたのであった。

「武」としての道理の通った八弥の行動が、「文」としての道理によって評価される作弥の行動と対峙され、論議の末に退けられる。箕輪氏はこれを、「孝」であることを他の徳目よりも極端にまで優先させてしまう、綱吉の孝道奨励政策期ならではの、特別な「文」重視の現実の反映とする。すなわち、この一話に込められているのは、為政者による行き過ぎた孝道奨励策に対する皮肉だというのである。

しかしながら、「文」と「武」との論理がこの兄弟にそれぞれ代表させられており、その対立を真剣に西鶴が論じていたといえるだろうか。「孝」を極端に重視する当時の「文」の論理を否定しつつ、本来の「武」の論理をこそ西鶴は称賛した、という読み方は、あまりに理屈っぽくはないか。谷脇理史氏ならずとも、いささか真面目に読み過ぎているとの指摘をせずにはいられないように思える。[7]

先にも述べたように、この二人はそもそも区別されて描かれてはおらず、作弥が「文」で八弥が「武」を象徴するような存在ではなかった。読者が知り得るのは怪異に対して臆病かそうでないかという違いのみであり、全くの似たりよったりの不孝者であった。その二人がたまたま取った行動の違いから正反対の評価を受けてしまう、しかも臆病であった方が「武士のまことある」孝行者として称賛されてしまうことにこそおかしさがあるといえるだろう。

となると、この一話に込められた皮肉は、「武」よりも「文」を優先させたことにあるのではなく、為政者が世間の沙汰に黙っていられなくなり、何らかの評価を下さなければならないと苦心したこと自体に向けられていることになる。『本朝孝子伝』でも、近隣の住民がその孝行振りをうわさし、それが国守の耳に届いて恩賞を得ることになる、というパターンはいくつも描かれている。だが現実には、国守が判断に迷うような事例も少なくはなかったはずである。[8]

また、孝道奨励策の推し進められていたこの時期、国守・領主らは孝行者を顕彰し不孝者に罰を与えるべき立場に立たされていた。後述するが、諸国巡見使らを通しての幕府の視線を恐れるがゆえに、その機会をのがさず活用しようと腐心していたはずである。そのような焦燥感のあまり、二人の不孝者の中から無理やり孝行者を作り出して行く国守がいてもおかしくはない。とすれば、そのような国守の姿を笑い飛ばそうとする諧謔性を秘めた意味深長な一章であるということができよう。

四　松前という設定

(1) 岩越数馬の生きた時代

そして、その国守のいる藩が松前藩であるという設定は、さらに微妙な問題を含んでいる。というのも、この時期の松前藩は極めて危うい状況にあったからである。

少しさかのぼって説明をすることになるが、文禄二（一五九三）年、蛎崎《かきざき》康広は秀吉より蝦夷地交易独占の朱印状の交付を受け、志摩守に任ぜられた。アイヌに対する支配権の確立である。そして、慶長四（一五九九）年に姓を蛎崎から松前に改めて、家康に拝謁《はいえつ》し、慶長九年には家康より蝦夷地の支配権とアイヌとの交易の独占権を保証され（黒印の制書）、近世大名としての松前氏の基礎が確立する。

しかしアイヌに対する政策の失敗と収奪とは、たびたびの蜂起や襲撃を招く。寛文九（一六六九）年にはシャクシャインの反乱があり、幕府は旗本の松前泰広を派遣して鎮圧するとともに、隠密を派遣して松前藩のアイヌに対する収奪の実態調査も行っている。また、寛永年間以降は幼少の藩主が続いたため、代々藩の家老職を務めた蛎崎家の中でも、蛎崎正広系と蛎崎守広系との間での勢力争いが起き、さまざまな不祥事が起きている。

そして、とりわけ延宝から天和にかけて、すなわち『本朝二十不孝』の刊行直前は、問題の多い時期であった。延宝二（一六七四）年、家老松前広隆が江戸藩邸で変死。延宝四年、藩主矩広の寵姫松枝と柏巌和尚との不義密通の密告があり、矩広は松枝を即座に切り捨て、柏巌和尚を流罪にし処刑（門昌庵事件）。松枝は蛎崎友広（守広系）

の縁者でもあり、背後には両蛎崎家の勢力争いがあったともいわれている。延宝六年、家老の松前広諶《ひろただ》が、その弟主膳幸広と争論になり、斬殺される。幸広もまた翌日自尽した。天和元年、老中牧野備後守は、在府中の藩主矩広を自宅に呼び、「松前家中仕置等よろしからず」と厳重な注意をするが、八月に家老蛎崎広明がまたしても江戸藩邸において変死する。

この連続する家老の変死については、松前藩の正史『福山秘府』はただ「其実変死」と記すのみで、詳細は記録していない。また、幕府による厳しい詮議や処分は行なわれなかったが、それは、村上系松前氏である旗本の松前泰広が大目付北条安房守正房、側用人牧野成貞らと親戚関係にあったために、成貞からの私的な忠告のみで済まされたものと考えられている[9]。

このような藩史上の諸事件と照らし合わせてみるならば、「本に其人の面影」の岩越数馬が浪人となった時期は藩主権力が弱体化し始めた万治年間ということになる。また、作弥と八弥が生まれたのはシャクシャインの乱前後。藩政の混乱期に岩越数馬は浪人となり、長い間官職への復帰を望んでこの地を離れずにいたものの、果たせずに死んでしまったこととなる。妻が歴々の息女というのだから岩越家も相応の家柄であったはずである。その血筋ゆえに美少年が生まれ得る可能性があり、また、極貧にあえぐ情況であっても、多くの武士の衆道の対象となりえていたのであろう。そして、「孝行」を称賛された作弥は、父親の積年の念願であった藩士への復帰を結果的には果たしたことになる。

岩越家の苦難の年月は、松前藩の混乱の年月でもあったといえよう。

(2) 諸国巡見使と松前

先のような松前藩の不祥事は、当然のことながら幕府にとっても大きな問題であった。『松前年々記』の天和元年の記事[10]に次のようなものがある。

> 七月三日、巡見保田甚兵衛・佐々喜三郎・飯河傳右衛門小泊ヨリ渡海。此日浪高、巡見中乗船、折戸ヱゲフ辺ヨリ子フタ沖マテ着。津軽ヨリ添来リ候仁之供乗船、小嶋ヱ流着。後日ニ来ル。巡見済八月九日帰帆。
>
> 此年在府之中牧野備後守宅ヱ御呼、松前家中仕置等不宜旨、御老中ヨリ御内意有。

前章で述べた、いわゆる天和の巡見使が松前にも到着したのである。不祥事続きの時期であったために、その調査・評価には厳しいものがあったと考えられる。

前章でも述べたが、諸国巡見使の調査項目の中に、孝子に対する表彰の実態が含まれていたことは注目すべきだろう。天和の諸国巡見使の報告を記したと思われる「九州土地大概」においては、嶋原城主の松平忠房が孝行者の農民を表彰したことが、「尋常ならず覚ふ」と称賛されている。「忠孝をはげまし、夫婦兄弟諸親類にむつまじく、召仕之者に至る迄、憐憫を加ふべし、若し不忠不孝之者あらば可為重罪事《じゅうざいたるべきこと》」[11]と記された忠孝札が全国に立てられていたこの時期、藩主がそれをどれだけ実行できているかが、幕府による評価の観点のひとつになっていたのである。

となれば、「本に其人の面影」に描かれた、国をあげての孝行「詮議」のありさまには、お家騒動ともいうべき情況にあった松前藩だけに、どこか滑稽さを漂わせつつもリアリティのある、必死の努力の姿勢が感じられてくる。

このような諸藩の内情はもちろん極秘のことであったが、一般の人々にとっても大きな関心事であった。天和元年六月には、僧一音というものが越後騒動のことを『越後記』と名づけた書に書き記したため、「空言を流伝せし」罪で八丈島へ流罪となっている（『常憲院殿御実記』）。天和二年四月には、巡見使に記録係として同行した江戸の正木惣右衛門という者が、その見聞を写本にして売ったために罰せられている（『御仕置裁許帳』）。これらの事件は、前章でも述べた通り、人々の並々ならぬ関心を背景にしているということができる。

そして、松前藩の混乱は、上方の町人にとっても、決して他人事ではなかった。寛永年間に松前の城下町が整備され、アイヌとの交易が盛んになり始めた当初から、近江商人はその商品流通にほぼ独占的にかかわり、多くの利益を上げていた。近江商人の手によって、松前から日本海を経由して京大坂へ多くの物産が流入し、さらにそこから新たな販売ルートで拡散していく。そのような情況にあって、松前藩の内情は上方町人にとっては身近な関心事であった。

(3) 岩越父子の設定の不自然さ

先にも述べたが、岩越数馬はかつて松前藩士であったと思われる。長年浪人しているが、「歴々の息女」を妻としていること、息子について「流石《さすが》、うまれつき美敷《うるわしく》」と記されていることから、それなりの家柄であったと考えてよい。

しかし、七十歳で出家し、その数年後に息子作弥が十七歳、八弥が十五歳になったとすると、数馬の五十代以降に生まれた子ということになり、いささか不自然である。しかも、「三十年になる編笠」を使っていることを考えると、四十代にはすでに浪人生活に入ったということになり、そのような中で高齢でありながら子を授かるというのもまた不自然である。妻が若ければ話は別かもしれないが、四十過ぎの貧乏浪人のところへ歴々の名家から若い娘が嫁入りするはずはないと考えると、やはりありえない設定といえる。

これは、西鶴がしばしば用いる誇張的設定と考えるべきだろう。『西鶴諸国はなし』巻五の六「身を捨て油壷」の、十八歳までに十一人の夫と死別した女、『本朝二十不孝』巻一の三「跡の剥《は》げたる嫁入長持」の、十四歳から二十五歳までに十八回の離縁を繰り返した娘と同種のものではないだろうか。

つまり、西鶴は、親は貧苦の末に醜くなるが道楽息子たちは若衆盛り、という対照性を印象付けるために、不自然は承知でこのような設定にしたと考えられる。醜く老いつつも子供の行動を監視し制限する親と、老醜を嫌悪する多感で遊び盛りの若い息子達、というイメージの組み合わせの必要から、七十対十七あるいは十五という数字は選ばれた。それによって浮かび上がってくるのは、子のために我が身をかえりみず必死に生計を立てていこうとする親と、若衆盛りを謳歌したいと願う親不孝な息子達という構図、すなわち孝子説話の完璧な逆設定である。

五　結語

同じように親不孝者であった兄弟が、藩をあげての詮議の末に、一方は「当分二十人扶持《ぶち》下し置《をか》れ、末々御取立《とりたて》あるべき」身となり、一方は「御取あげもなく、此国を立退」くこととなってしまう。しかも、そのような不可解な判断を下した藩は、不祥事続きで注目を集めていた松前藩であった。『宇治拾遺物語』から抽出された古い説話のパターンは、このような展開や設定の付加によって、極めて刺激的な一章へと変貌をとげたことになる。

そして、このことは、西鶴の視線が、単なる説話的興味や孝不孝の論議を超えて、為政者のあり方を見据えるものであったということを示している。

もちろんこの一章は、特定のモデルを有した小説ではないし、実際の事件に取材して批判や主張を述べようとするものではない。ただ、松前に対する読者の関心を刺激しつつ、ありえそうな嘘を書くという行為によって、藩政や幕政の愚を浮き彫りにしているのである。また、その愚かさを提示しておきながら、「格別」という両義性を持った語で韜晦《とうかい》しつつ締めくくるところに、西鶴の語り口のしたたかさがあるといえよう。

最初にも述べたように、『本朝二十不孝』においては、為政者について言及すること自体が例外的である。他には、「備前は心学盛にして、人の心も直《すなを》になり」（巻四の一「善悪の二つ車」）という池田光政の治政にふれた例をわずかに見る程度である。だがそのことは、本章だけが例外的な発想や認識によって書かれていることを意味するものではない。他の章においては、あえて公権力を描かないことでその存在観の希薄さを感じさせる、俳諧の「ぬけ」のような手法が用いられていると考えることができよう。だとすれば、それらと本章とは表裏一体の関係にあるととらえるべきであろう。

注

1. 「『本朝二十不孝』の空間」『弘学大語文』十号、昭和五九（一九八四）年三月。
2. 井上敏幸「『本朝二十不孝』の方法」『語文研究』第三一・三二号、昭和四六（一九七一）年、佐竹昭広『絵入本朝二十不孝』岩波書店、平成二（一九九〇）年、岡田純枝「『本朝二十不孝』巻四の四「本に其人の面影」考」松本寧至『中世文学の諸問題』新典社・平成十四（二〇〇二）年。
3. 『日本古典文学全集　井原西鶴集（二）』小学館　昭和四八（一九七三）年。
4. 松原秀江「『本朝二十不孝』論―存在の根拠としての親―」『語文』四一号・昭和五八（一九八三）年五月。
5. 箕輪吉次「『本朝二十不孝』の背景―その二元的世界―」『学苑』五四一号・昭和六十（一九八五）年一月。
6. 浮橋康彦「『本朝二十不孝』における悪の造型」『新潟大学教育学部紀要』一一巻一号・昭和四五（一九七〇）年三月。
7. 谷脇理史「『本朝二十不孝』論序説」『国文学研究』三六、昭和四二（一九六七）年十月。『日本文学研究資料叢書　西鶴』有精堂・昭和四四（一九六九）年、『西鶴研究序説』新典社　昭和五一（一九八一）年に再収。
8. 箕輪氏も前掲論文で指摘していることだが、『古今犬著聞集』には、一度はその罪をとがめられながら孝行のための悪事であったということから、罪を許されて賛美されたという例が三例記されている。
9. 『松前町史　通説編』第一巻・昭和四九（一九七四）年。
10. 『松前町史　資料編』第一巻・昭和四九（一九七四）年。
11. 塚本学『徳川綱吉』吉川弘文館・平成十年（一九九八）年。

付記　本稿の元となったのは、『国語国文学報』第六五集（平成十九〔二〇〇七〕年三月）所収の拙稿である。本稿と類似した指摘が、篠原進「西鶴のたくらみ―後味の悪い小説」『江戸文学』三六号（平成十九〔二〇〇七〕年六月）にあるが、両者は全く別個に書き進められて偶然にも同じ着眼点に到達したものであることを記しておきたい。

第三章　長男を圧殺した「孝」――『本朝二十不孝』巻二の四に描かれた「家」――

一　「家」の物語としての『本朝二十不孝』

不孝話というものは、当然のことながら親と子の間で展開される物語である。ゆえにそれは「家」の物語でもある。少なくとも『本朝二十不孝』においてはその傾向が強い。

目録に記されている各章の副題には、すべて家業か屋号が含まれている。その多くは、

巻一の一　今の都も世は借物《かりもの》
　京に悪所銀《あくしよがね》の借次屋《かりつぎや》
巻一の二　大節季《おほせつき》にない袖《そで》の雨
　伏見に内証掃《ないしようはき》ちぎる竹箒屋《たけはゝきや》（傍線引用者、以下同）
巻二の四　親子五人仍書置如件《よつてかきおきくだんのごとし》
　駿河に分限風《ぶげんかぜ》ふかす虎屋《とらや》

のように家業を示すものであるが、次のように屋号を記したものもある。

巻三の四　当社の案内申程おかし

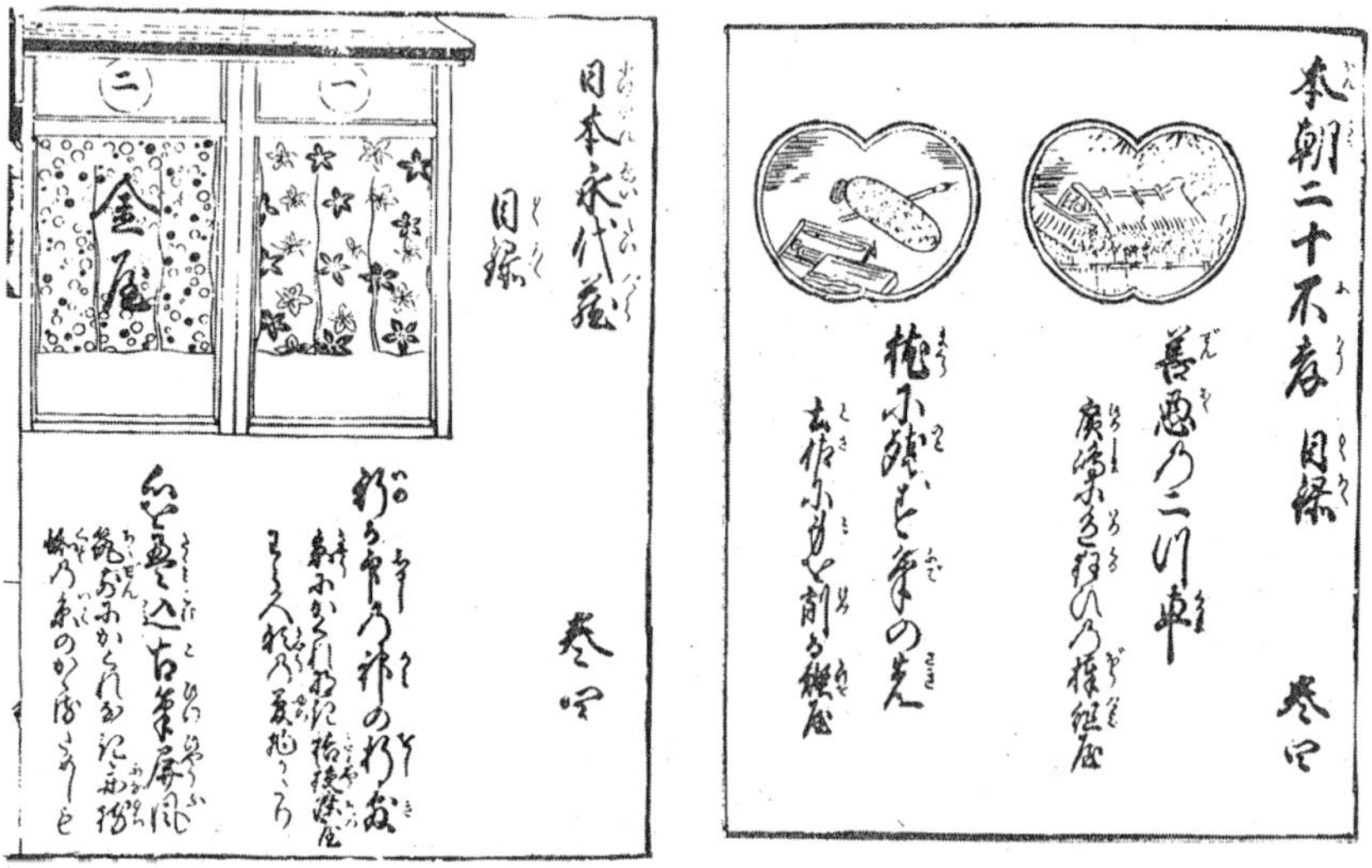

＊『本朝二十不孝』の目録（右）と『日本永代蔵』の目録（左）

　鎌倉にかれ〴〵の藤沢屋《ふぢさわ》

そして、目録上部には、家業と縁のある品々の絵が配されている。この趣向はそれまでの西鶴作品には見られない。二年後に刊行された、商家の浮沈を題材とする『日本永代蔵』（貞享五〔元禄元・一六八八〕年刊）の目録の趣向に先行するものである。

「家」というものを強く意識していたことは、本文中に、「家栄《さか》へ、家滅《ほろ》ぶるも、皆これ、人の孝と不孝とにありける」（巻二の四「親子五人仍書置如件」）といったような、孝・不孝と「家」の盛衰とを結びつけた記述が見出せることからもうかがえる。さらに、多くの章が、次のように、「家」の滅亡をもって親不孝話が完結していることも、そのことの裏付けとなろう。

　此事顕《あら》はれ、数年《すねん》か様《やう》の事を押領《をうりやう》せし科《とが》とて、此家《いへ》闕所《けつしよ》せられて、親は所を立退《たちのき》、漸々《やうやう》命を助かり、悲しき浮世に住《すみ》ぬ。（巻三の三「心をのまるゝ蛇の形」）

それだけに、「家」や「家業」に注目した『本朝二十不孝』への言及は以前からなされている。たとえば松田修氏は、次のように述べている。

不孝づくしがすなわち職業づくしという等式である。換言すれば、それは、職業づくし―職業のさまざまな様態を通じてしか、あるいは様態にふれずには、不孝ばなしが書けなかったということである。[1]

職業すなわち家業の物語としてしか不孝話を書くことができなかった。そこに西鶴の限界が見出せる、という説である。

一方、この見解に触発されつつ、立道千晃氏は『本朝二十不孝』における西鶴の執筆態度を次のように理解した。

道徳（孝）を前向きに考えようとする作者の態度が町人にとっての家の問題のテーマを抱えこみ、「浮世にまよふ」人の様をも描く筆を獲得させた。[2]

立道氏は、家業にこだわったことを松田氏とは逆に、新しい試みとして評価したのである。

『本朝二十不孝』の各説話を、それぞれの「家」の滅亡の物語としてとらえることに異論はない。だがそれは松田氏のように、西鶴であっても「家」という概念から逃れることはできず、個人の姿を描きえなかったと、限界としてとらえるべきなのだろうか。あるいはまた立道氏が推測するように、「家」の大切さを訴えねばならない責任を感じるほどに、西鶴は生真面目な啓蒙主義作家であったのだろうか。

ここで注意しなければならないのは、西鶴の生きた時代、すなわち十七世紀後半が、商人の「家」概念の萌芽期であったことである。[3]つまり、商人の「家」意識は芽生えつつあったものの、強固な経済的・精神的支柱には未だ充分になりえておらず、それゆえにまた、近代人がしばしば抱いた、個を縛る桎梏《しっこく》として嫌悪されるべき

「家」のイメージも定着してはいなかった。『本朝二十不孝』という作品において「不孝」を凝視する西鶴の足場は、そのような過渡的変動の中にあったのではないか。

親が子を殺し、子が親を殺す。そんなショッキングな事件がマスメディアによって日常的に報道される昨今、我々があたかも「家」の崩壊期に立合っているのではないかと実感させられることも少なくない。それゆえに、というわけではないが、商人の「家」の形成期に立合いその光と影を凝視した作家の作品として『本朝二十不孝』を読み直し、その特異性の一端を明らかにしてみようというのが本章の試みである。

二 「家」成立以前の「孝」

西鶴の諸作品を商人の「家」意識成立と関わらせて論じるという画期的な観点は、染谷智幸氏によって切り開かれた[4]。商人の「家」意識とはどのようなものか。染谷氏は大藤修氏の次のような定義を前提として話を進めている。

独自の「家名」「家産」「家業」を持ち、祖先崇拝を精神的支柱として世代を越えて永続していくことを志向する制度的機構[5]

これを受けて染谷氏は、貴族層においては平安末の院政期、武家層においては室町期、農民・町人などのいわゆる庶民においては近世の元禄期（元禄～享保）がその成立期であったことを、多くの歴史学者のほぼ一致した見解であるとしている。

そして、商人を土地に縛りつけてきた中世の「町の論理」はすでになく、といって、商人を家系や仲間諸団体に縛りつける「イエ」制度もまだ確立していなかった時期に、まさに時代の間隙を縫うようなかたちで現れた人間像を描いたのが西鶴であった、と指摘した。その人間像とは、具体的には、「イエ」とは無縁に「一代」限りの色の道を生きる『好色一代男』の世之介であり、また、「イエ」という新しい組織の「永代」の繁栄を模索する『日本永代蔵』の中の商人たちである。その際、染谷氏は「イエ」と表記して、家屋・家族等と区別して論じているが、本稿においては同様の概念を、「家」の表記で統一することにしたい。

ところで、「家」の意識が充分に芽生えていなければ、親への「孝」の意識も成立しえない。このことは、至極当然の理屈であるように思われる。

たとえば妻鹿《めが》淳子氏は、岡山藩を中心とした善事褒賞に関する膨大な資料調査をふまえて、「孝」が庶民の徳目として実際に定着していったのは近世中期以降のことであったとする。しかもそれは、初代藩主池田光政の先駆的な領民教化の政策が十分に定着することなく終わった後、近世初頭以来の農業生産や経済活動の膨張が停滞しはじめた時期になって、すなわち二代綱政・三代継政のころの藩財政の窮迫を背景として、ようやく家長を中心とした「家」制度の維持が重視されるようになったと述べている[6]。つまり、経済の停滞が「家」と「孝」との定着の要因であったわけである。

しかしながら、そのような形で後々庶民の間に定着していった「家」の意識と、宋学（朱子学）でいうところの本来の「家」とは同じではなかった。当然、それに伴って「孝」の概念にも差異が存在している。

渡辺浩氏によると、中国における「家」は「厳格に父系でたどって同一の祖先を有すると観念される宗族として」認識されており、「家業」の尊重や「家督を継ぐ」といった観念はないという。[7] それゆえ、「家産」とはその一族の個々人が財産を持ち寄ってプールしたものの総体であり、相続の際は兄弟で均等に分割するのが原則であった。そのため個々人は、会計を共にする生活的・経済的共同体よりも、同じ父系の血を受け継ぐ宗族に属しているという意識が強い。結婚しても女性がもとの姓を失うことがないのは、そのような背景によるという。したがって「孝」の概念もまた「己のうちに親の生命の延長を認め、親のうちに己の生命の本源を認め、かくて両者を分けへだてなき一つの生命の連続と認める」という認識から出発しており、[8] 祖先の霊を祀ることが最大の孝行となる。家業や家督の相続とは無縁のものであるという。

近世初期の通俗的な啓蒙教訓書において示された孝行には、このような宋学的な理解がむき出しのままで提示されている。当時芽生え始めていた日本の商人の「家」継続への願いからすれば、違和感の強いものであったといってよい。

たとえば、「二十四孝」説話には、父に代わって息子が虎に食われることを希望した「楊香《ようきょう》」、老母の食を確保するために我が子を埋めようとした「郭巨《かっきょ》」、離別して五十年になる母に会うために妻子を捨てた「朱寿昌《しゅじゅしょう》」などが登場する。いずれも家系の継続性という観点から考えれば、きわめて危険な行動といわねばならない。

また、貧者であることがあたかも孝行者であることの条件の如く主張するものもある。『勧孝記』（明暦元年刊）に収められている話や藤井懶斎の『本朝孝子伝』（貞享二年）「今世部」の「大炊の頭源好房」などがその代表例である。それどころか、『本朝孝子伝』の「絵屋」や「鍛匠孫次郎」では、稼業に精を出さず、親を喜ばすために浪費を重ねる形での孝行までが称賛されている。商人にとっては、全く実感の伴わないものだといってよい（第一章参照)。

「家」を血族・宗族の総体ととらえ、「孝」は天の意志にかなう行為だからこそ天の力によって報われる、という理解に立つ宋学的な世界観。それは、当時の商人に芽生え始めていた意識―血族を中心としながらも、奉公人までを含みこんだ経済共同体としての「家」の繁栄を希求しその実現に尽力するのが「孝」だ、という意識とは大きく乖離《かいり》していたのだ。

三　家訓の中の「孝」

だとすれば、西鶴が『本朝二十不孝』の序文で述べているような金銭の蓄積による孝行は、宋学的な発想からは逸脱したより現実的なものであり、それだけに商人にとって受け入れやすいものであったはずである。そこには立道氏が指摘したような、「家」の経済的繁栄を「孝」の問題としてとらえるという発想が確かに見出せる。ただし、それを西鶴の創作意図と直結させてしまう前に、同様の発想を商人の家訓や家法の類で確認してみたい。

家訓や家法というもの自体、「家」意識が確立していたからこそ書き残そうとするものである。それゆえに、現存する商家の家訓のほとんどは、享保以降に成立している。ただ、例外的に早く成立したものとして、慶長十五年に記された島井宗室の十七条の遺言状(「生中心得身持可致分別事」)の存在が知られている。[9] その第一条の冒頭には、次のように記されている。

一、生中、いかにも貞心りちぎ候はんの事不及申、親両親・宗怡《そうい》両人、兄弟・親類、いかにもかう〳〵むつまじく、其外知音之衆、しぜん外方之寄合にも、人をうやまいへりくだり、いんぎん可仕候。まずは家族親類あるいは周囲との良好な人間関係とともに、孝行が重視されているといってよい。ところが、第二条以下の内容はそれに反して周囲との協調性に乏しく、それがまた後代の家訓の類とは大きく異なる特色となっている。

すなわち、「五十に及候まで、後生ねがひ候事無用候」「四十までは、人をふるまい、むさと人のふるまいに参まじく候。一年に一度二度親兄弟親類は申請、親類中へも可参候。それもしげ〳〵と参候ずる事無用候」「下人・下女にいたるまで、皆〳〵ぬす人と可心得候」といった、偏屈なまでに禁欲的で厳格な訓戒である。

この宗室の遺言状には暖簾《のれん》や家名を誇ろうとする意識が乏しい。そしてこの遺言状は、たとえ他人から「ひけうもの・おくびやうもの」と言われてもこの十七条を守り、島井の家名は宗室一代限りとし苗字を神屋と改めよ、と記して結びとなる。まさに「一代」的な発想のもとに書かれており、冒頭で孝行に触れてはいても、そこから家業の永続的繁栄を望む「家」意識へは展開していかない。予測不可能な変動の時代を生き抜く処世術が主たる内容である。

おそらくは、そういった発想は当時一般的であったのだろう。近世初頭に成立した家訓としては他に住友家のもの（文殊院の旨意書）が知られているが、ここには「孝」の文字すら記されていない。[10] 寛永ごろから刊行されていた数種の「長者教」においても同様である。[11]

西鶴より後の時代となると、多数の商家の家訓類が残されており、「家」意識の確立が明確に把握できる。たとえば、三井高平の『宗竺遺書』（享保七年）には「我が家累代の家業あり、依て以て家を興し来れり、決して他業に指を染むる勿れ」[12]とあり、伴家の『主従心得草』（寛政五年）には「吾は即ち先祖の手代なりとおもふべし」[13]とあって、いずれも祖先から子孫へと続く「家」の繁栄と祖先への「孝」とが強く意識されている。

先にも述べたように、このような観念は西鶴の時代においては決して強いものではなく、元禄から享保にかけてがまさに転換期であったと思われる。しかしながら、その前から下部構造において「家」確立の動きがあったことを証明したのが乾宏巳氏であった。

乾氏は、大坂島之内菊屋町の住民動向を調査し、寛永十六（一六三九）年の時点では婿や養子など家相続の意欲を示す家族形態が見られず、万治二（一六五九）年においても依然として家督意識は弱いままであったのが、明暦二年十二月から寛文元年八月までの間に家持の交替・分割などの流動化が始まり、屋号の形成が急速に進展したとしている。そして、天和二（一六八二）年九月の人別帳から、家と稼業の定着や奉公人雇用の安定化などの傾向を見出している。[14]親類や使用人までを含みこんだ広義の、経済共同体としての「家」意識確立の基盤がこの時期に整い出していたということができよう。

残念なことに、家訓に関していえば、天和・貞享・元禄といった時期の資料に恵まれていない。ただ、白木屋の家訓である寛文一〇（一六七〇）年の「家法」と宝永五（一七〇八）年の「御家式目」との差異は、この間の商家の意識の変化を知る一資料といえるだろう。[15]

一、御公儀様より仰せ出され候御法度の旨相守り申すべき候事

一、衆中誰に寄らず悪事は申すに及ばず非儀申さる者御座候はゞ、見附け次第少しも隠し立てず早速申出でべく候、勿論心入れ合点参らざる者御座候はゞ、誰事に寄らず申し進むべき事

一、諸事非儀之れ無き様に人々我を慎しみ正直に相勤め偽なる儀申すまじく候殊に他所に於いて女さばくり仕り申すまじく候事

いる。

このように、寛文二年のものは極めて簡潔かつ常識的なもので、「家」や「孝行」の字句は見当たらない。これに対し、宝永五（一七〇八）年の「御家式目」は十九条の式目の前書きとして次のような文章が掲げられて

夫、古今君臣天下を平にし、治国世盛なるをおもんみれば、皆是仁義礼智信に顕る故に、上より下万民に至る迄身に法るを元とせり、（中略）人は天地陰陽の精気を享けて生る者なれば、人道を乱し天理を背く者其明罰蒙らずと云ふ事なからんや、此道理をおもんばかり慎む者は忠孝の二つを失はず、敬愛其身に有り福祐招かずして来たらずと云ふ事なし、又神明が所罰を恐れず家法に背き、ほしいまゝに忠孝仁義に違ふ者は、我と其身を亡す事昔も今も数ふるにいとまあらず（以下略）

まるで武家のものであるかのような格調の高い文面であり、「家」の意識と「忠孝」の強調が目立つ。その一方で、この後の条目には年齢別の衣類に関するきまりなど、具体的で詳細な指示もなされている。

宗室の遺言状にはじまり、近世後期のものに至るまで、一貫して商家の家訓において強調されているのは、まず公儀に対する服従であり、次いで法度の遵守である。ただそれが、万人に通用する常識的概念の提示にとどまっていた段階から、商人としての「家」繁栄の願望と結びつき、親や祖先に対する「孝」具現化の方法として認識されていく過程を見て取ることができる。移入された宋学的な「家」「孝」の概念とは異なる、経済共同体としての「家」意識の定着である。

四　「家」の二面性—あこがれと重圧と—

　このような「家」・「孝」意識の確立の背景に、幕府の政策的な動きがあったことは間違いない。すなわち、一種の支配システムとしての「家」の確立であって、「なまのファミリー」とは異なった、「擬制的性格」[16]を備えていたということである。商人の側からすれば、公儀に従い法を遵守するという態度の表明が「家」を尊重することであり、家訓や家法の制定にほかならなかったということになる。

　しかし、先の乾氏の論からもわかる通り、家名や家督の確立は、上からの政策によるものばかりではなく、経済的基盤の変動に伴って必然的に発生したものという側面をも持つ。だとすれば、商人の「家」意識について、「擬制的性格」とは異なるもう一つの性格—ある種の憧憬の対象としての「家」を想定することができる。染谷氏のいうところの、「それまでバラバラにあった個人をつなぐ、新しい共同体の意識として人々に希望をもって迎えられた制度」としての「家」の可能性である。[17]

　つまりは、家人自らがその経済力の発展とともに自然発生的な「家」意識を醸成しつつある時期に、幕府による政策的な擬制としての「家」もまた支配層から提示され、その両者の微妙な混在の中でこの時代の商人たちは生きていたということになる。

　とすれば、それぞれの「家」と関係づけられた「孝」の概念もまた、二重に存在することとなる。すなわち、商人が自らつかみえた「家」という共同体の繁栄のための「孝」と、公儀の意向に対して決して違背することなく家の存続を保守するための「孝」である。宮本又次氏は、商家の家訓を網羅的に調べたうえで、それらがあまりに保守的・消極的であることを指摘しつつ、表向きの家訓・家法と実際の商業活動の心得とは異なっていたはずだと述べているが[18]、そのような二重構造は当然ありえたであろう。

渡辺浩氏は、先にも述べたように、近世初期において朱子学は決して支配的なものではなかったとする。その原因は、直輸入されたその生硬な論理はとても日本人に消化できるようなものではなかったからで、それが可能になったのは、伊藤仁斎の登場以降、すなわち、現実との折り合いをつけつつ儒教の論理を修正する姿勢を持ちえるようになってからだという[19]。つまり当初は、階級の上下を問わずその論理は「浮いた」ものと受けとめられ、煙たがられる存在であった。それが綱吉という「個性的」な将軍の登場によって喧伝されるという事態に対しては、当然のことながら違和感が強かったはずである。

長子相続を基本とした家産・家督の永遠の継承と繁栄とを願うような「家」概念の基盤が生まれつつある中、商人はそれと同時に擬制的なタテマエをも受け入れなくてはならなかった。だが、厳しい競争の中で自分の「家」を維持していくということは、ただ公正と正直とを貫き陰徳を積み重ねればよいというきれいごとでは済まされない。商人としての「家」「孝」を尊重することが、時には公儀の意向と齟齬《そご》してしまうことは多々あったはずである。

そして、その商人の抱える矛盾と苦しみとを、西鶴は見逃さなかった。

五　虎屋善左衛門の策略

巻二の四「親子五人仍書置如件《よつてかきおくだんのごとし》」は、理想的な繁栄を迎えた「家」と思われた駿河府中呉服町《するがふちゅうごふくまち》の商家虎屋が、わずかな間に崩壊・衰亡へと至る物語である。

まず冒頭では、風邪の病の流行にかこつけて、人の命のはかなさ、世の無常が提示される。虎屋の悲劇はすでにこの段階で暗示されているといってよい。問題は、どのように悲劇が発生するかにある。

続いて提示されるのは、理想的ともいうべき、まさに絵にかいたような虎屋善左衛門の「家」の繁栄のさまである。それを支えるのは、主人が自ら法体して善入《ぜんにゅう》と名乗り、隠居することによって確立された経営体制である。

　惣領を善右衛門《ぜんゑもん》、是《これ》に家督を渡し、二男善助《ぜんすけ》には殿方《とのがた》の商《あきなひ》、二男善吉《ぜんきち》に町屋《まちや》、善《ぜん》八に寺方《てらかた》と、それ〳〵に商売の道筋をつけ、

つまり、ここでは親の財産を子供らが分割して受け取るという方法ではなく、享保以降制度化されていく長子相続法が先取りされているのである。それが、親である虎屋善左衛門の知恵というかたちでなされていることに注目したい。

この家長中心の分業協力体制による一家の繁栄は、家族による座敷能という形で象徴的に表現されている。

　いづれも若盛《わかざかり》にして器用に勝《すぐ》れ、笛・鼓《つづみ》・太鼓をならべて、朝暮《ちょうぼ》、座敷能《ざしきのう》を、善入太夫《たいふ》をし給へば、四人の子共囃方《こどもはやしかた》を勤め、手代あまたあれば、ワキ・ツレ・地謡迄家内《うたいまでかない》にて仕舞《しまひ》、歓楽ならびなく、

このような享楽的な行為は「僭上《せんしやう》の沙汰」[20]というべきものであり、『西鶴織留』の巻三の二にも「又能はやし、乱・道成寺まで伝授して、其身太夫に望みなく、素人芸には用なし」と記されている。しかし、この座敷能こそが虎屋善左衛門の戦略を象徴的に示すものであった。息子たちそれぞれに専門性を持たせて家業を運営し、それを太夫役が統括している。しかも、そこにはあまたの手代が参加している。奉公人までも包み込んだ「家」共同体の理想的な姿がここには示されている。

繁栄を誇っていた虎屋であるが、その夕暮れからにわかに善入が危篤となり、状況は一変する。「かゝる時節には、妻子ならでは頼みなし」と「浮世の限りと思ひ定め」た善入は、「書置状を残さんと、四人の子共」を集め、実は見かけほどには財産はないのだと打ち明け、密かに次のように伝える。

内蔵《うちぐら》の鑰《かぎ》渡すなれば、諸道具改《あらた》むべし。我名跡《わがみょうせき》をつがせぬれば、此屋敷、万事を此まゝ、善右衛門にとらすなり。有銀《ありぎん》は、甲乙なしに、四つにわけて譲るなり。

演能の役割分担に象徴されるような、家長を中心に家族が一体となる経営形態が先端的な戦略だとすれば、このように家業の運転資金ともいうべき財産の四等分はそれに反した相続法である。すなわち、長子相続の形態が確立する以前の方法だといえる。

なぜそのような方法をあえて指示したのか。それは次のように説明される。

爰《ここ》に、秘密の内談有《あり》。手前《てまへ》よろしき人には、大分《だいぶん》の金銀をもあづけ、縁組の為にもなり、彼是《かれこれ》勝手のよきおほし。それによつて、我分別して、世の聞《きこ》え計《ばかり》に、ない金子を書置《かきおき》する事ぞ。必ず心にて済すべし。漸々《やうやう》小判弐千両ならでは、浅間《せんげん》を誓文《せいもん》にて、外《ほか》になし。是を八千両にして、「壱人に弐千両づゝ」と書置《かきをく》なり。

父善左衛門の思いは、いかにして「家」を守るか、というところにあったといってよい。その意味で、「一代」の時代を経過した後の、新しい商人タイプである。そして彼が「家」を守るために選んだ手段が、二重の遺言と言う方法である。

遺言状（譲状）によって財産分与を支持することは、公的な方法であった。京都においては、すでに明暦元（一六五五）年に、所司代の牧野佐渡守よって、当主が生前に町年寄・五人組に申し出て譲状を作成し、町役人に届け出ることが命じられている。[21] そのようなものを簡単に無視するわけにはいかない。

なぜそれにあえて嘘を書かねばならなかったのか。農民や町人においては古くから長子相続と均分相続が併存していたという見解が一般的である。とりわけ徳川幕府の成立から天和・貞享までの経済膨張期にあっては、人口増加や農地拡大を背景として、兄弟間での均分相続が多かったという。[22] しかしながら、そのバブル状態に翳りが見えはじめ、しかも十分な資産が残っていないとするならば、それを分散させず、長子相続をした上で協力して家業を継承させなくてはならない。

虎屋も本来はそうすべき状況にあるのだが、一方では見せかけの繁盛の外皮を脱ぎ捨てるわけにはいかない。「無用の潜上なれ共、人間は外聞」とばかりに、上昇期の分限者らしく、八千両もあるから四人で分けてもびくともしない、という外見が必要だったのである。それを皆が「心にて」、すなわち「心の中だけで、納得して」すませた。[23] 均分相続は表向きだけの嘘と承知の上で、受け入れたのである。だから、実際には長子が相続し、弟たちは「何によらず少しも背く事な」く従え、ということにひとまずは決まった。

この時期の商人においてはまだ先駆的ともいえる長子相続形態は、享保以後に制度化が急速に進んでいく。これを、幕府権力による商人の家産の固定化をねらった政策の影響、という側面のみからとらえる傾向が旧来は強かった[24]。だが、この話での虎屋の描かれ方などから考えてみても、町人の「家」の形成と自立の動向にも注目する近年の見解には妥当性があると思われる[25]。

公的に書き残された遺言と、内談による肉声の遺言とが残されたこと。この二つの遺言の背景には、善入こと善左衛門が自分の「家」を守るために考案した、したたかな方策があった。

六 長男の悲劇

善左衛門の策略は実行に移された。

此通りに遺言状《ゆいげんじやう》を認《した、》め、それより四五日過て、極《きはま》る往生を各々《おの〱》悲《かなし》み、野辺《のべ》の送り、花をふらし、死光《しにびかり》とや、挑燈《てうちん》道をかゝやかし、葬礼迄《そうれいまで》を人うらやみける。

おそらく葬儀の仕方も生前指示されていたのだろう。虎屋の演出は見事に効果を上げており、世間をあざむいた。ただ、この直後に「地獄・極楽の道も銭ぞかし」という語り手の茶化しが入り、遺言の二重性の危うさが想起されるようになっている。

そして、その世間をあざむくほどに見事な演出が仇となってしまう。こともあろうか、当の弟たちが「世上にも誠にせぬ事なり」と疑い、公の遺言状通りの相続を要求し、そのために長男は自殺に追い込まれる。ここでは遺言状の存在が重要な意味を持っている。

弟たちの強引な要求態度を見た長男は、内々に蔵の中を見せたくらいでは納得しないと判断したのだろう。なにしろ、「何か隠す事には非《あら》ず。親の遺言の通りに、金子渡し給へ」と責めたてるのである。程なく弟たちは役人に訴え出て、遺言書どおりの配分の実行を迫ると言う手段をとるはずである。第三者立ち会いのもとでの財産の精査となれば、その結果、弟たちの長男への疑念は晴れたとしても、父親が公的な遺言状に偽りを記したことが明らかとなり、「家」は信用を失うこととなる。善右衛門の言うとおり、「親の辱《はぢ》を顕《あらは》し、又、断り申せば、家の滅法《めつぼう》」となって、まさに父親に対する不孝となる。それを避けるための唯一の方法が自殺だったということになる。これで父親の「悪事」は露見することがなくなり、当面の「孝」は保てた。

商人の「家」の表の顔と裏の顔との板ばさみに苦しみながら、父に対して「孝」であろうとして死を選んだ善右衛門。しかも、その二つの顔は、そもそも父善左衛門が「家」の長きにわたる繁栄を願って案出した方策であった。自殺を選ぶという展開は多少オーバーな演出のように見えるかもしれないが、それだけに家長の肩にかかる圧迫感の重さが際立つ。「善右衛門の自殺は、親の恥を隠し、弟たちの反省を促すことが大きな目的であった」[26]という理解ではいささか軽過ぎるといえよう。

また、この一話を「二十四孝」の「田真　田広　田慶」の逆設定としてとらえる見方があるが[27]、そのような趣向にとどめてしまうのも表面的な理解であろう。

田真・田広・田慶の三人の兄弟が、親の残した財産を全て三等分したが、庭先の一本の紫荊樹までも三つに切り分けようと決めると、それが枯れてしまった。そこで反省して、そのまま残すようにすると木も元気になったというこの一話は、兄弟で均等に財産を相続するという中国での伝統的な「家」意識[28]を否定するものでは決してない。木のエピソードは、ただ「草木心あり」ということを通して兄弟の和が孝行に通じるということを強調したにすぎない。一素材となった可能性はあるにしろ、近世日本の商人の「家」成立期における苦悩の形を描き出したこの話を読み解く鍵とするには単純に過ぎる。

末尾には、「家栄へ、家滅ぶるも、皆これ、人の孝と不孝とにありける」という記述がある。これは、この一話が、親が残した二重の遺言によって生じる長男の悲劇であったことをふまえると、極めて複雑な意味を発することとなる。表面的には三人の弟たちの不孝話に見えるこの話は、孝行者の長男がまさに「孝」に押しつぶされてしまう話なのであった。

また、長男が幽霊となって現れ、その言に従って妻と子が敵《かたき》をとるという展開は非現実的ではあるものの、単に因果話的要素の摂取といった解釈では片付けられない。「家」の繁栄を願う長男が、家産を分散させてしまいかねない弟たちを残して自ら命を絶たねばならないという悔恨。それは、幽霊となってもなお長子相続の原則を貫いてどこまでも「家」を守る―弟たちによる家産の分散を許してはならない―という、親に対して「孝」でありたいという執着の強さを描き出したものともいえよう。

しかし、それほどまでに強い長男の「孝」心も報われることはないだろう。「子細聞つたへて、弟《をとど》三人の大悪をにくみ、兄の心底おしはかりて、見ぬ人迄も袖を滴《した》しける」とあるとおり、「家」継承のために腐心する多くの商人たちには、虎屋の悲劇は涙なくしては聞けないものであったはずだ。ただ、「子細」すなわち、善右衛門が命をかけても隠したかった虎屋の内証の実態は、商売仲間では周知のこととなってしまったのである。これでは商売が立ちゆくはずはない。

『本朝二十不孝』巻２の４の挿絵。善右衛門の敵を、その妻と遺児が乳母の助けをかりて討つ。

さらに「其跡は、二つ子の善太郎にしらせけるとなり」という記述も象徴的である。安永以降の資料に基づく調査ではあるが、中埜喜雄氏は、残存家族員が幼少男子とその母のみであるような相続の結果「家」が絶えてしまうようなケースは、「現在の〝町内〟の規模で二年に一軒の割合いで」あったと述べている。[29] 二歳の子が背負わなければならない運命は、きわめて苛酷なものであった。

そのようなことから考えると、善右衛門の「孝」への執念も空しく、その後虎屋は滅亡に向うことが暗示されていると理解できる。

七　結語──悲劇の背後にあるもの──

これまでの章において私は、『本朝孝子伝』と『本朝二十不孝』とを比較して、次のように述べた。『本朝孝子伝』の世界は、良君による善政が良民に対して行われている世界、為政者の慈愛に満ちた視線が領内のすみずみまで届いている秩序ある世界である。それに対して、『本朝二十不孝』の世界は、為政者すなわち公権力の視線がほとんど届かず、その影響力を感じさせないアナーキーな世界である、と。

『本朝孝子伝』と『本朝二十不孝』とにこのような差異が明確にあるということについては、訂正の必要はないだろう。しかしながら、支配層の権力の影が、さりげなくも巧みに描かれていた可能性をも、考えてみる必要がありそうである。少なくとも、巻二の四「親子五人仍書置如件」に関しては、遺言状（譲状）で商人の相続が管理される状況の成立によってこそ、虎屋の悲劇は生じたと言えるのではないだろうか。

商人の「家」意識やそれを存続させるための制度の萌芽期であったこの時期に、そこに胚胎している矛盾と苦しみを、西鶴は早くも鋭く抉《えぐ》っていたのである。

注

1. 日本古典文学全集『井原西鶴集（二）』解説、小学館　昭和四八（一九七三）年。
2. 立道千晃「『本朝二十不孝』における孝道観―同時代意識からの再検討」『近世文学　研究と評論』三八　平成二（一九九〇）年六月。
3. 乾宏巳『近世大坂の家・町・住民』清文堂　平成十六（二〇〇二）年。
4. 染谷智幸『西鶴小説論―対照的構造と〈東アジア〉への視界―』翰林書房　平成十七（二〇〇五）年。
5. 大藤修「農民の家と村社会」『日本家族史』梓出版社　昭和六三（一九八八）年。
6. 妻鹿淳子『近世の家族と女性―善事褒賞の研究』清文堂　平成二十（二〇〇八）年。
7. 渡辺浩『近世日本社会と宋学』東京大学出版会　昭和六十（一九八五）年。
8. 滋賀秀三『中国家族法の原理』創文社　昭和四三（一九六七）年。
9. 中村幸彦『日本思想大系　近世町人思想』岩波書店　昭和五十（一九七五）年。

10　住友修史室「文殊院の研究」『泉屋叢考』第二輯　昭和二六（一九五一）年十一月。
11　注9の中村氏前掲書。
12　『宮本又次著作集第二巻　近世商人意識の研究』講談社　昭和五二（一九七七）年〔初版　有斐閣・昭和十六年〕。
13　注12の宮本又次前掲。
14　注1の前掲書。
15　白木屋『白木屋三百年史』昭和三二（一九五七）年。
16　朝尾直弘『都市と近世社会を考える』朝日新聞社　平成七（一九九五）年。
17　注4の染谷氏前掲書。
18　注12の宮本氏前掲書。
19　注7の渡辺氏前掲書。
20　『新日本古典文学大系76　好色二代男　西鶴諸国ばなし　本朝二十不孝』岩波書店　平成三（一九九一）年の佐竹昭広氏による脚注。
21　山中永之佑「徳川時代における京都町人の「家」と相続」『阪大法学』四四、四五　昭和三八（一九六三）年二月。
22　注6の妻鹿氏前掲書。
23　日本古典文学全集『井原西鶴集（二）』の松田修氏による現代語訳。
24　注21の山中氏前掲論文。
25　注3の乾氏前掲書。
26　日本古典文学全集『井原西鶴集（二）』における松田修氏の頭注。
27　注20の佐竹昭広による脚注参照。徳田進氏、井上敏幸氏による指摘がある。
28　注7の渡辺氏前掲書。
29　中埜喜雄『大坂町人相続の研究』嵯峨野書院　昭和五一（一九七六）年。

第四章　怪異に興じる「世の人心」——『懐硯』巻一の一「二王門の綱」に描かれた鬼——

【『懐硯』巻一の一「二王門の綱」冒頭部分】

朝顔の昼におどろき、我《われ》八つにさがりぬ。日暮て道をいそぎ、何国を宿とさだめがたきは身の果《はて》、墓《はか》なやとおもひ込しより修行に出給ひ、世の人ごゝろ銘々木々の花の都にさへ人同じからず、まして遠国《ゑんごく》には変われる事どもありのまゝに、物がたりの種にもやと、旅硯《たびすゞり》の海ひろく、言葉の山たかく、月ばかりはそれよ、見る人こそたがへと、おもしろおかしき法師の住所《すみ》は、北山等持院《きたやまとうぢいん》のほとりに閑居《かんきよ》を極め、ひとりはむすばぬ笹《さゝ》の庵《いほ》格別にかまへて、頭《かしら》は霜を梳《けづ》りて残切《ざんきり》となし、居士衣《こじころも》の袖を子細《しさい》らしく、名は伴山《ばんざん》と呼べど、僧にもあらず俗ともみへず。朝暮《てうぼ》木魚鳴《なら》して唐音《とういん》の経読《きやうよみ》など、菩提心の発《おこ》し、釈迦《しやか》や達磨《だるま》の口まねするうちにはあらず、唯謡《うたひ》のかわりに声をたつるのみ。不断《ふだん》は精進鱠《しやうじんなます》、あるにまかせて魚鳥《ぎよてう》もあまさず。座禅の夢覚ては美妾《びせう》あまたにいざなはれ、鹿子《かのこ》の袖ふきかへし、とめ木のかほりきく間も、紙袋の抹香《まつかう》のにほひうつるも、煙《けぶり》は皆無常のたね。はじめて仮衣《かりころも》の裾《すそ》短く、草鞋《わらんじ》に石高なる京の道をふみだしに、

《現代語訳》

「朝顔がもはや昼になったのを驚くように、私も盛りの年を過ぎてしまった。日が暮れたので道を急ぐものの、どこを宿にするのかも定められない我が身の行く末は、はかないものだ」と思いこんでから修行に出られたこの人は、「世の人心はまちまちなもので花の都でさえそうなのだから、まして遠国へ行けばさらに変わったことがあるはずだ。それをありのままに書き記して、物語の種にしてやろう」と、旅硯の墨もたっぷりと、言葉も数をつくして書き記しつつ、「月はさすがにどこでも同じだが、違うものは見る人の心だ」などと言う。この面白おかしい法師が住んでいた所は北山の等持院《とうじいん》（京都市北区等持院町・臨済宗）のほとりで、閑静な暮らしを満喫し、一人で住むには過分な笹ぶきの庵をこしらえ、白髪混じりとなった頭を散切りにし、僧衣をもっともらしく着こなして、名前は伴山《ばんざん》と名乗ってはいたが、僧であるようにも俗人であるようにも見えない。明け暮れ木魚をならして唐音の経を読んだりするが、求道心から釈迦や達磨の口真似をするのではなく、ただ謡の代わりにやっているだけ。普段は精進料理で我慢していてもあれば魚も鳥も残らず食べる。夢うつつの座禅から覚めれば大勢の美妾たちにいざなわれ、風にひるがえる鹿子の袖の香木の薫りをきくというありさま、そうしている間にも紙袋の中の抹香臭い匂いは鼻につくもので、これも煙と思えばすべて無常の種である。初めて旅衣を裾短かに着て、起伏の多い京の石敷きの道を踏み出したが……

一　伴山の旅立ち

『懐硯《ふところすずり》』は貞享四（一六八七）年三月刊、五巻二十五話からなる諸国奇談集で、現存本は全て再版本と思われる。目録題に「懐硯物目録」とあり、柱刻は「宿」。序文の年記の左側に署名を削りとった跡と思われる空白があり、署名はないものの、西鶴作とされている。

先に示したこの『懐硯』の巻一の一「二王門《におうもん》の綱《つな》」の冒頭部分は、この作品全体の発端ともいうべき役割を果たしている。すなわち、「おもしろおかしき」法師伴山が旅立つまでのいきさつが記されている。

かつての研究においては、伴山という人物の設定を作者や成立の問題と直結させて極めて安易に論じるのみで、手法としてはほとんど顧みられることがなかった。戦前の山口剛氏、片岡良一氏から戦後の暉峻康隆《てるおかやすたか》氏に至るまで、この作品を西鶴作であるとしながらも、伴山を設定した効果については否定的に言及するか、全く無視するかであった。[1]

森銑三《もりせんぞう》氏に至っては、この伴山の存在そのものを西鶴作ではないことの根拠として用いている。すなわち、序文の「我」と作者とを同一視し、その旅の行動範囲から、『近代艶隠者《きんだいやさいんじゃ》』を書いた西鷺《さいろ》が作者であると推定し、[2] さらに、伴山を「余計な人物」と評して、この書に勿体《もったい》をつけようとした編者北条団水の作為が見える、とも述べている。[3]

また、中村幸彦氏は、本書の柱刻の「宿」と当時大坂近辺に「一宿尊者」なる文人が実在していたことなどを関連させ、他作者の文章に西鶴が加筆した可能性を提示している〔4〕。

このように、西鶴作であるか否かということは、『懐硯』の研究史に常につきまとってきた問題である。だが、この問題についての議論の多くは、実証的というよりも、優れた作品であると評価する論者が西鶴説を主張し、文学作品としての欠陥を指摘する論者が非西鶴説・他作者補作説を唱えるという主観的傾向が強かった。その際、伴山という存在が必ずしも全章を通して有効に機能していないことが、常に問題とされてきた。いずれにせよ、作者の直接的な意思表示を伴山に性急に求める姿勢が、この作品の読み方を一面的なものにしてきたと思われる。

今日この作品は、その内容・文体の特色から、西鶴の作品とほぼ断定されている。その詳しい経緯については第十章以下で述べるのでここでは言及しない。今試みてみたいのは、とにもかくにも眼前に存在しているこの作品に対して、伴山の存在意義を問いつつ検討してみることである。

たとえば、巻一の一後半は、章題ともなっている頂命寺の仁王の腕にまつわる、以下のような一話となっている。

降り続いた五月雨によって京の三条縄手《さんじょうなわて》あたりは洪水となり、頂命寺《ちょうみょうじ》総門の仁王像も流され、岩角にあたって砕けてしまった。七条あたりに流れ着いたその片腕を、樵木屋《こりき》甚太夫という男が拾い上げ、当家の重宝の「鬼の腕《かいな》」ということにして半櫃《はんびつ》に入れ、しめ飾りをして内蔵に収めた。甚太夫が日ごろ「そまつなる事とていわざる者」であっただけにこのことは評判になり、町内の年寄りや無分別な若者が十一人、それぞれに護身の工夫をして、怖いもの見たさで押しかけてきた。夜になって人々の注目する中で蓋を開けてみると、この腕が動いたように見えたので大騒ぎとなり、怪我人も出る始末であった。翌日、頂命寺の仁王の腕であったことが判明すると、昨夜のことは笑い話となってしまい、甚太夫は「二王門の綱」と呼ばれるようになった。

雨の日の暮れ方の薄暗がりの中で、木像の腕を鬼の腕と見誤った甚太夫の心理。その言葉を信じて大騒ぎする周囲の人々の好奇心。「世の人心」の一面を鮮やかに描き出したとする、従来のこの話に対する高い評価は決して的外れではない。

だが、この話における「世の人心」の描出には、どのようなオリジナリティがあるといえるのだろうか。後述するように、鬼の噂《うわさ》に翻弄《ほんろう》される京の人々については、『徒然草』という先例があり、また、甚太夫のような間違いをしでかす人物は、笑話の愚か者譚《たん》に類例が見出される。ありきたりの題材だということもできよう。

もちろんそれに対しては、諸注釈が示すように、延宝四年の洪水によって仁王門が流された事件を取り入れるという時事性があるではないか、という返答がすぐに戻ってくるだろう。また、鬼の腕を恐れつつも好奇心を抑えきれない人心の印象の鮮やかさにおいて、『徒然草』をはるかに凌駕《りょうが》していることも確かである。

だが、それだけでは、旧知の素材を当世風に巧みに書き改めたにとどまる。伴山という特異な存在をあえて設定し、「世の人こゝろ銘々木々の花の都にさへ人同じからず。まして遠国にはかわれる事どもありのまゝに、物語の種にもや」という高い調子で始められた諸国物語であれば、何か独自な人間把握の観点が表出されていてもよさそうなものである。

以下では、先に述べたような西鶴・非西鶴説の論議には立ち入らない。この話に描き出された人間像について、伴山の存在とかかわらせつつ、一つの理解を示すことにする。

二 『徒然草』五十段の「鬼の女」の影

『懐硯』は『西鶴諸国はなし』にくらべて、素材の奇談性に頼らずに書かれており、現実的な人間の心理を描き出そうとする傾向が強い。いいかえれば、原拠ばなれがより著しい、という指摘がくりかえしなされてきた。[5]

確かに、『諸国はなし』に比べて、典拠・原拠と断定できるものを有する話は少ない。また、指摘できるものにしても、そのことでそれほど読みが変化するとは思われないものが大半である。これは、『懐硯』の原拠研究が不十分な段階にあることに起因するのではなく、この作品本来の性格によるところが大きいと考えられる。

このことは、これまで西鶴の作家的成長と結び付けてしばしば説明されてきた。奇談的素材をそのまま無作為に提示した『西鶴諸国はなし』から、人間観賞の態度が深化した『懐硯』へ、という把握の仕方である。この二作品をそのように対照させてとらえることについては異論が提示されてもいるのだが、[6]ともあれこの二作品の性格に隔たりがあることは事実である。

ある話の原拠を探し当てて、それを根拠に作者西鶴の興味の所在を推測する、というのが長年『西鶴諸国はなし』に対してとられてきた常套的な言及の仕方であった。その限界についてはすでに論じたことがあるが、[7]『懐硯』という作品は、元来そういった読みを拒否する性格をそなえている。とはいうものの、個々の章をあらたに読み直そうとする試みにおいて、そのことが意識されることは思いのほか少なく、巻一の一「二王門の綱」もまた、原拠の問題を中心として論じられてきた。

『懐硯』巻1の1の挿絵。洪水に流されていく頂命寺の仁王像。

この一話については、対照的な評価が提示されている。「世の人心」に対する西鶴の秀逸な批評精神が読み取れるとする檜谷昭彦《ひのたにてるひこ》氏[8]や井口洋氏[9]の論と、軽口本の一類型として他作者の加筆の可能性を主張する井上敏幸氏の論[10]である。

檜谷氏は、この話に『徒然草』五十段―応長のころ、伊勢の国から女の鬼がやってくるといううわさで京の人々が大騒ぎをしたが、虚言だったという話―をオーバーラップさせた上で、「今もおろかなるは世の人ぞかし」という伴山の感想に注目する。すなわち、兼好と伴山との同質性を前提に、「伴山という傍観者は作者の隠れ蓑であり、おろかな〈世の人ごころ〉を批判する」として、本話を「単純な浮世の噂話の域を超えて文学的現実へと上昇する」ものととらえた。

井口氏は、この檜谷氏による指摘を支持しつつ、『徒然草』五十段では兼好も興奮状態にある群衆の一人であったという理解に立ち、伴山もまた、動いたように見えた仁王の腕に「ふしぎや」という感想を人々とともに発する存在であったとする。そして「伴山―作者自身もまた、その「おろか」さを共有するものとして、人の心の「ふしぎ」さを詠嘆した」と解釈し、世の人心の愚かさに対する作者の寛容な視点を見出しているのである。

いずれも、伴山の述懐を作者のものとしてとらえ、『徒然草』五十段との主題の同一性を前提として本章の文学性を評価するものである。そして、そのような文学性を認めうるからこそ、西鶴作と断定できるという結論へと至っている。

しかしながら、『徒然草』五十段の世界では、「その比、をしなべて、二三日人の煩《わづら》ふことの侍りしぞ、かの鬼のそら事は此しるしを示すなりけりと言ふ人も侍りし」―先の鬼の噂は疫病流行の前兆ではなかったか―という結びが示すとおり、怪異への畏怖心が完全否定されているわけではない。ところが「二王門の綱」の結びは明らかに笑話のオチの形となっており、怪異性は否定されてしまっている。

その点に注目したのが井上敏幸氏で、本話の結びは『百物語』（万治二年刊）の上巻二十三話などに見られる笑話[11]を取り込んだにすぎず、「羅生門の鬼伝説と『百物語』による一篇の笑話」として解釈するべきだという説を提示した。だとすると、そこに『徒然草』と比肩しうるような高度な文学性などとても見出すことはできない。したがって、西鶴以外の人物による加筆を考えた方が妥当ではないか、というのが井上氏の結論である。

西鶴作品であるか否かについては、再三述べてきた通りここで問題にするつもりはない。そのようなことより本話が、『徒然草』五十段にも通じる人間性への批評をにおわせながらも、『百物語』のような笑話的なオチを結びとして用いているという事実に着目すべきであろう。さらには、従来のような原拠ばかりに重きをおいた理解が、あまりにも多くの他の要素を切り捨ててきたことも問題にすべきだろう。本話の記述は、実に多様なコンテクストとの関連を示唆しているように思われる。たとえば洪水で流されて砕けた「二王」が延宝四年の事実をふまえていることは間違いないとして[12]、そのことのこの一話の中での扱われ方についてはより深く考察する必要がある。

三　怪異をひきおこさない「仁王の腕」

十一人の見守る中で甚太夫が櫃《ひつ》の蓋を開けたとき、「ふしぎや此かいな誰目《たが》にもうごくと見え」たという。これは文脈上、単に誰の目にもそう見えただけ―恐怖心と好奇心とがそう見せただけ―であったと理解すべきだろう。ただ、少なくともその時人々は、「動いた」と実感したはずであり、それを信じた「洛中の人々」が「門に市なして」見ることを望んでいる。それが翌日、正体は頂命寺の仁王の腕だとわかると、誰もこの時の実感を問題にしなくなっている。

翌日のこの「人心」の変貌ぶりには、これは鬼の腕などではなく木像の腕にすぎなかったのだから、昨夜の「怪異」は単なる見誤りだという理屈が貫かれている。この騒ぎに振り回された人々はそう納得したからこそ、甚太夫が「二王門の綱」と嘲笑的に呼ばれるオチが成立しているのである。

だが、同時代の読者の間には、仁王像の腕だからこそ怪異が生じていいはず、という理屈もありえたはずである。事実、この章前半での仁王が流された場面の描写では擬人化がなされているし、類似した説話との連想関係において、それはさほど奇異な発想ではなかったと思われる。『元亨釈書《げんこうしゃくしょ》』巻二十八「寺像志　六」には、仁王に関するものではないが、「和州葛城尼寺弥勒銅像」や「遠州鵜田寺薬師像」、「紀州那賀郡慈氏寺大殿中像」などで、一部分が破損され仏像が声を発した、という記録がある。いずれも、不信心な人間を警告する悲痛な叫びとして語られている。また、同じ巻の「和州村崗寺三像」についての話は、仏像となるべき木材に霊力が秘められていることを説くもので、古くは『日本霊異記』にも収められている話（巻中第二十六「いまだ仏像を作りをへずして棄てたる木、異霊《くす》しき表《しるし》を示す縁」）であり、『今昔物語集』巻十二の十一、『扶桑略記』（聖武天皇下、天平感宝年閏五月二十一日条）、『本朝高僧伝』巻七十五などにも同話が見られる。

これに類する話が、近世期を通して勧化本にも見られ、『観音感通伝』（潮音道海著、寛文二年刊）にも、「一木放光」「藤房刻像」などの話が収められている。『懐硯』刊行当時も、十分に多くの聴衆を持ちえた話であり、読者を持ちえた奇談であった。

このような仏教説話群――『懐硯』の同時代文学としての――を視野に入れる時、そして、『懐硯』が廻国僧の体験談という擬似仏教説話の外観を備えていることを意識したときに際立ってくるのは、本話の仁王の無力さ、霊的な力の乏しさである。この印象は、『宗祇諸国物語』巻二の「仁王現相撲」などの奇談・笑話的なものを視野に入れても変わることがない。

しかも、頂命寺の仁王は、鎌倉時代初期の大仏師運慶の作として知られ[13]、都の人々の信仰を集めていた。名所記類には、以下のように記されている。

○多聞持国　日蓮宗頂命寺は高倉二條の北にあり。二條東河原町に移す。此寺の楼門左右に多聞持国両像あり。佛工運慶の作る所なり。男女疾病平復をいのるに霊験あらたなり。願成就の時大きなる草鞋を造りて掛之。然るに右の両像を世人あやまりて二王の像と号す。（孤松子『京羽二重織留《きょうはぶたえおりどめ》』巻三・貞享三年刊）

頂命寺　二條河原ニ在リ。日蓮宗二十一箇寺ノ随一ニシテ、日祝之開基也。細川若狭ノ守、大壇越トシテ頂命寺ト号ス。然レドモ、若狭ノ守其ノ家系ヲ詳ニセズ。楼門ノ内ニ持国ノ像、西ニ多聞ノ像有。運慶ノ刻ム所也。世ニ誤テ二王ノ像ト謂フ也。男女疾病平復ヲ祈ル。其ノ願成就日、大ナル草鞋ヲ以ツテ其ノ前ニ掲グ。（黒川道祐撰『雍州《ようしゅう》府志』巻四寺院門上・貞享三年）

さらに、頂命寺の仁王と、本話の主人公ともいうべき樵木屋甚太夫の住む七条付近とは縁が深い。『京雀』巻六（浅井了意・寛文五年刊）に「材木を商売とする也」と記された七条通材木町は、金光寺のあった地域と隣接する。『雍州府志』巻七「土産門下」によれば、金光寺のあたりは慶派の仏師たちの住した七条仏所のあったところである。

頂命寺の仁王と七条仏所のあった地が結びつけられ、材木を商うものが主要な登場人物として登場している。にもかかわらず、これらの関連があえて無視されている。たとえば、運慶作であるからということで甚太夫が我がものとして秘匿したく思う、あるいは、信心を集めていた頂命寺の仁王の腕であるだけに怪異性が信じられる……。そういった展開の選択肢は十分にあったはずである。拾い上げられた時点では、誰もそれが頂命寺の仁王の腕であるなどとは知りえなかっただろう。だが、それが運慶作の木造の一部だとわかってしまうと、人々が目撃したはずの「怪異」の信憑性は消え去り、その腕そのものの価値は誰も顧みなくなる。

こういった点をよくよく考えてみれば、この、頂命寺の仁王像の腕だからこそ何も起こるはずがないという醒めた認識の仕方、あるいは、こういった認識が通用してしまう世界は、当時の読者にとってかなり刺激的なものではなかっただろうか。本話の素材と展開とは、当時流布していた仏像霊験説話の類型を明らかに連想させるものでありながら、それを思い浮かべた時にはたちまち不協和音を発生させ、もはや名刹《めいさつ》の仁王の腕などになにも畏怖を感じることのない人々の姿が意識化させられる。これは、『百物語』上巻二十三話が毘沙門《びしゃもん》にまつわる愚か者譚ではあっても、毘沙門への信仰心を毫も否定するものではないこととは大きな開きがある。

ところが、仁王像への畏敬の念は皆無ではあっても、鬼という存在への好奇と恐怖の念を本話の登場人物たちは有している。鬼の出現の噂に狂奔する愚かな人々の姿は、やはり『徒然草』と共通した一面を持つ。となると、仁王像と鬼とを対比させて当時の人々の心のありようを示したということができる。

ただ、仁王像への畏敬の念を忘れさせたもの、本話に登場する人々を衝き動かしているものは、実は鬼への恐怖心ではなかった。

四　甚太夫の不自然さ

本話の主人公甚太夫は、結果的には周囲の人々をあざむいたことになってしまった。普段は「そまつなる事」を言わぬ者が、「鬼の腕《かいな》」に「律儀におどろ」いたことの結果である。だが、果して甚太夫は、心から鬼の存在を畏怖していたのだろうか。そして、一目見た時にこれが本当に鬼の腕だと信じ込んだのだろうか。

「剣巻」の「白毛隙ナク生繁リ、銀ノ針ヲ立タルカ如クナリ」（参考源平盛衰記）、『太平記』巻三十二の「毛の黒く生えたる手の、指三有て爪の鉤《かがまり》たる」といった鬼の腕の描写を念頭におく限り、仁王像の腕とは間違えるはずはないように思える。そもそも、大雨で増水した川で流木を拾う材木屋が、仁王像の腕を鬼の腕と見誤るなどということがありえるのかどうか疑わしい。

もし彼が、「鬼の腕」かどうか疑問を持ちつつ言いふらしたのであれば、それは狂言「仁王」[14]を思わせる人物設定だといえよう。

狂言「仁王」は次のような内容である。

貧苦に悩む者が仲間と相談し、一人が仁王になりすまして、「上の山へ天から仁王が降りなされた」とふれて回り、それを信じた者たちから寄進の金品をだまし取ろうとする。思惑通り在所の者が信じてやって来てさまざまな願をかけて拝むが、こそぐられた仁王が動き出したことから正体がばれてしまう。

小山広志氏によれば、室町中期にはこういった悪事を働く者がしばしば現れていたという[15]。仁王でないものを仁王に仕立て上げ、動いたことが仁王ではないことの証となって、笑いを誘う狂言の世界。それに対して、動いたように見えたことがただの仁王像の腕を鬼の腕へと「格上げ」してしまう本話の世界。ここからまた仁王の描き方の相違を検討することもできようが、問題にしたいのは、甚太夫にもこの狂言の登場人物にも通じるような作為―単なる愚かさの枠には収まらない策略―があったのではないか、ということである。

かりに、甚太夫が意図的に人々をだましたとまで考えるのは深読みにすぎるとしても、なぜ「鬼の腕」を寺社に収めたりせず、「家の重宝」にしてしまったのか。そしてまた、「めしつれたる男」には「かまへて沙汰する事なかれ」と言っておきながら、なぜ「日比《ひごろ》そまつなる事」を言わぬ本人の口から、このことが知れわたっていくのか。正直な人柄だけに珍品を手にした嬉しさを隠しきれなかった、彼は愚かだが憎めない小人物だった、と解釈すればよいのかもしれない。だが、半櫃に収めてしめ飾りをして蔵に納め、周囲の人々の関心が高まると、それに応えるように、「既に夜にもなれば、見る時も今なるべし」とわざわざ危険なはずの夜を選び、「人よりことさらに身をかため」て、注目を浴びつつ「是なる櫃《ひつ》にあり。蓋《ふた》をあける」と言い放つ。

こういった姿は、鬼に対する素朴な恐怖や好奇の念とは異なった不自然さ―わざとらしさを感じさせる。あたかも何かの筋書きをふまえて行動し、自ら演出をしつつ、ある結末へ向けて周囲の期待を盛り上げているかのようである。

甚太夫の滑稽さは、単に仁王像の腕を鬼の腕と思い込んだ愚かさ以上に、こういった一連の不自然な―どこか芝居がかった行動にあるといってよい。もちろんその際、甚太夫が演じている配役は渡辺綱《わたなべのつな》である。

五 「伝承」を演じる甚太夫

言うまでもなく、「二王門の綱」は「羅生門の綱」のもじりである。では、このもじりが成立するための前提は何か。羅生門で鬼の片腕を切り落とした渡辺綱が、それを櫃に入れて保管していたものの、母（あるいは叔母）に頼まれて仕方なく蓋を開けて見せようとしたところ、たちまち母は鬼の正体を現して腕を取り返して飛び去った、という展開の伝承である。これを井上敏幸氏は「何によったということも不必要なほどに人口に膾炙《かいしゃ》したものだった」とする。しかし、このような一連の展開が成立するまでには、いささか複雑な経緯があった。

鎌倉末期までに成立し、読み本系統の『平家物語』に付された「剣巻」の記述では、一条堀川の戻橋で綱は鬼と出合い、その腕を名刀「髭切《ひげきり》」で切り落とすが、七日間の謹慎の六日目に綱の養母に化けた鬼がやって来て奪還していく。『太平記』巻三十二「直冬上洛事付鬼丸鬼切事」では、大和国宇多に出没する牛鬼が相手の話となっている。腕は櫃に収められ、「七重に七五三《しめ》を引き四門に十二人の番衆を居て」守られている、といった記述だが、舞台は羅生門ではない。

観世小次郎信光作とされている謡曲『羅生門』では、綱と鬼との出会いの場所が羅生門となる。『今昔物語集』『十訓抄』などにみえる羅生門の鬼の伝説と、渡辺綱の伝承との付会がなされているのだが、鬼に襲われた綱がすぐその腕を切り落とし、鬼は虚空に逃げ去ったというところで終わっており、「鬼の腕」が奪還されたという展開はない。

羅生門で渡辺綱が鬼の腕を切り、それが綱のもとで保管される―そのような、本話の下敷きとなりえる展開の確立は、古浄瑠璃の「酒呑童子」と深くかかわっているものと思われる。「酒呑童子」の外題を持つ古浄瑠璃正本は、寛文期以降のものが数種現存するが、いずれも初段で羅生門の鬼と綱との説話を語り、二段目以降がいわゆる大江山の酒呑童子退治の話である。鬼の腕の描写、腕を箱に収める場面などに具体性が伴うようになり、また、東洋文庫蔵の「酒呑童子」の挿絵には、綱の叔母が切り取られた鬼の腕を手にする場面が描かれる。この場面が見せ場となっていたことをうかがわせるものであるが、その腕は、あたかも仁王像の腕と見誤りそうな形状に描かれている。

寛文期以降の成立と思われる絵巻・奈良絵本の『羅生門』[16]は、まず冒頭で大江山の酒呑童子退治を簡略に紹介し、その残党が羅生門に現れたので綱が出かけて行った、という展開である。綱は鬼の腕を切り落とすものの帰路で奪い返され、その鬼が今度は大和の宇多《うだ》に姿を現す。以後は『太平記』巻三十二と同様の展開となる。ここでも鬼の手は「朱の唐櫃」に収められて「注連飾《しめかざ》り」をされ、「御てんの、にはには。十二人の、とのゐ人」を置いている。こういった細部の類似から、市古夏生氏はこれを「二王門の綱」の原拠としている。[17]だが、この絵巻・奈良絵本の展開はいささかくどく、後に井沢蟠竜が『広益俗説弁《こうえきぞくせつべん》』（正徳五年刊）で指摘したように、「別にかはりたる方便もあるべきに、おなじごとくにばけたるにおなじやうにたぶらかされしも、一笑すべし」といった感がある。

本話は、展開としては古浄瑠璃、細部においては『太平記』や絵巻・奈良絵本との関係が深いということになろうか。鳥居フミ子氏は、新宮内正本「しゆてんとうし」以降の古浄瑠璃において、酒呑童子退治の前に羅生門の鬼と綱との伝承に関する場面が置かれているのは、先行の御伽草子等の踏襲ではなく、古浄瑠璃作者の脚色ではないかとの説を提示している。[18]寛文期以降のものとされている絵巻・奈良絵本の『羅生門』の展開も、古浄瑠璃の流行に影響され、それを『太平記』と組み合わせたものと考えることもできよう。『松平大和守日記』に、寛文二年以降しばしば上演の記録があること、寛文から貞享にかけて刊行された正本が数種現存していることなどからも、影響力の強さが想像できる。

羅生門の鬼の伝承と渡辺綱の説話とが結びつけられ、寛文期以降の伝承の中で新たに細部が整えられていく。その中で、鬼の腕を収めた櫃（箱）の蓋を取るという行為が、劇的なクライマックスにふさわしい行為としての位置を占めるようになっていった。それを背景として、甚太夫のような男にも、自らその役を演じてみたいという欲求が生じるようになったのではないだろうか。

六　十一人の「宿直人」

このような古浄瑠璃における羅生門伝承の展開は、まさに芸能的な俗なる伝承として、「剣巻」や『太平記』などの記述とは区別された形で流布していた。[19]だが、その俗説が本話の原拠である、ということを指摘しただけではあまり意味がない。むしろ、甚太夫の行動の根拠であったと理解してこそ、そのおかしさが際立ってくるのではないか。

そして、伝承をなぞるように演じているのは甚太夫だけではなかった。ぜひとも鬼の腕を見たいと熱望した、命惜しみしない老人や無分別な若者たちがいた。一方で、身代のよい者が「しんしゃく」して遠慮したこともあって、「彼是十一人見るにきはめ」られる。ここには、篠原進氏のいうように、「身分や状況に応じて可変する世の人心」が確かに読み取れる。[20]ただし、より興味深いのは、「彼是《かれこれ》十一人見るにきはめ」られたというように、あたかも協議をして人数を定めたように記されていることではないだろうか。

十一人という人数はもちろん『太平記』や奈良絵本の「十二人の宿直人」を意識したものだろうが、一人欠けているのが気になる。単なる誤記であろうか、あるいは十一人とする伝承があるのだろうか。一人分の空席が伴山のために残されている、あるいは、読者のために残されているとも考えたが、深読みの誹《そし》りを免れえないだろう。

ともあれ、ここでは十人余りの人々が、「宿直人」の役割を演じようとしていることに注目したい。この夜に当然の展開として鬼の出現を予想し、その恐ろしい場面に自分も立ちあいたいと期待しているからこそ、頼光から賜った名刀ならぬ「重代」の太刀を差し、節分の豆・棒・乳切木《ちぎりき》・長刀《なぎなた》などのさまざまな護身の具を身につけて、震えながら「その時」を待っているのである。

この人々の滑稽な姿の描出が本話の白眉ともいえるのだが、その行動の根底にあるのは何か。綱の叔母は「鬼のかたちを見し人は、来世はうかぶ」（『新群書類従』所収「酒呑童子」）という理由で綱に懇願したというが、彼らにはそのような素朴な衝動はなかったものと思われる。自ら「宿直人」の役割を演じてみたい、怪異の起こる場所に居合わせてみたいという意識、すなわち、「是末代のかたり句なれば」という、新たな伝承の継承者になりたいという思いであった。

もともと渡辺綱と鬼の腕の伝承において、綱や宿直人の身を守ったのは、ほかならぬ「仁王経」であった（『剣巻』『太平記』や絵巻・奈良絵本『羅生門』）。このことが全く忘れられているのもまた、皮肉が効いているといえようか。そして、このような「演ずる人々」にとって必要不可欠であったのが、悪天候という舞台であった。「ものすさまじく、雨落ちて、俄かに吹き来る風の音に」という謡曲の詞章を引くまでもなく、この羅生門の伝承が激しい雨の中で展開することは周知のことであった。

この巻一の一という章が伴山の旅立ちの章であり、それが激しい雨の中ではじめられることについては、「不確かな存在である人間の換喩」としての「水」の一態としての雨の提示、あるいは、伴山を衝き動かしている「冒険じみた期待と緊張感」の表現、といった指摘がすでにある。[21] だが、この羅生門の鬼と綱の伝承をふまえて考えた場合、このような天候は当然の設定であったということができよう。そしてまた、この雨の中で京の町を南下していく物好きな伴山も、やはりこの時の宿直の一参加者としての資格を有しているというよう。

七　結語―伴山という枠組み―

仁王という題材や七条という地名が想起させる展開―すなわち、眼前にはないテキストが暗示され、眼前のテキストとの共鳴の可能性が生みだされる。予想された展開が全く無視される中で浮かび上がってくるのは、この騒ぎの中で右往左往している人々を衝き動かしているものの異様さである。その心を支配していたのは、鬼への素朴で土俗的な恐怖心や畏怖心ではなく、芸能によって形成された、当時としては新奇で通俗的な渡辺綱の伝承であり、それにかかわりたいという好奇心であった。つまり、本話は「渡辺綱伝説の当世化[22]」ではなく、「当世化された渡辺綱伝説」に振り回される人々を描き、都の「人の心」のありようを示したものではなかったか。

このような甚太夫と周囲の人々の行動を見つめる伴山は、「今もおろかなるは世の人ぞかし」「かりそめ事にして世のつゐへとなりて」といった月並みな感想を述べるだけである。その点では伴山は『徒然草』の兼好に匹敵するような批評精神は持たず、まさに笑話のはなし手の位置にとどまっているかのようにみえる。だが、本話の示唆するものは単なる軽口のレベルにはとどまってはいない。

人々の衝動の根源にあるものをあらわに指摘し批判したとするならば、たちまちそれは当代の人心の軽薄さを糾弾する説教者の口調とならざるをえない。それを避けて、むしろ京の町に生じている新しい心のありようの面白さを提示しようとしたからこそ、あえて気楽で無責任なはなし手を設け、笑わせた後にそれだけでは済まされない何かが印象に残るような枠組みを作る必要があったのであろう。すでに指摘されているように、伴山は世間の批判者たる高僧ではなく「おもしろおかしき法師」として形象されており、そのような伴山を読者に繰り返し想起させる存在である[23]。このことにはやはり積極的な意味があったと考えるべきだろう。

では、笑わせただけではすまされない何か、教訓や軽口にとどまらない積極的意味とは何か。とりあえずここでは、京都を舞台として、都市型の怪異と畏怖のあり方を見つめる傍観者としての伴山の役割を提示しておきたい。土俗的な信仰や霊験が通用しなくなり、芸能によって語られる怪異を恐れながらも演じてみようとする人々を、教訓者とは異なる視座から見つめるということの特異性である。これによって、人々の心のあり方を異化することが可能になったといえるのではないか。

伴山のような視座の確立は、当時にあって決して突飛なことではない。冨士昭雄氏が指摘しているように、この時期市井に身を置きつつ半僧半俗の隠者を気取る事が一つの流行ともなっていた[24]。また、その裏付けは西鶴作品の中にも見出すことができる[25]。あるいは、芭蕉が『鹿島詣』（貞享四年）において、自らのことを「僧にもあらず、俗にもあらず」と紹介していることなども、『懐硯』における「僧にもあらず俗ともみへず」との類似から、「艶隠者」型人間像の普遍性を示すといってよい。ただ、それを浮世草子の手法として西鶴は独自の形で結実させているのである。

では、その独自性の本質はどこにあるのか。それについては、以下の章で言及する。

注

1. 水谷不倒『浮世草子西鶴本』水谷文庫　大正十五（一九二六）年『谷不倒著作集』第六巻　中央公論社　昭和五四（一九七九）年所収。山口剛『西鶴名作集』日本名著全集刊行会　昭和四（一九二九）年の解説。藤村作校訂・解説『改訂西鶴全集（帝国文庫）』前・後博文館　昭和五年。山崎麓『井原西鶴（岩波講座日本文学）』岩波書店　昭和八（一九三三）年。藤井乙男『西鶴名作集（評釈江戸文学叢書）』講談社　昭和十（一九三五）年。尾崎久彌『江戸小説研究』弘道閣　昭和十三（一九三八）年。暉峻康隆『西鶴　評論と研究　上』中央公論社　昭和二三（一九四八）年。
2. 森銑三『（人物叢書）井原西鶴』吉川弘文館　昭和三三（一九五八）年、『森銑三著作集　続編』第四巻　中央公論社　平成五（一九九三）年所収。
3. 森銑三『西鶴本叢考』東京美術　昭和四六（一九七一）年、『森銑三著作集　続編』第四巻所収。
4. 中村幸彦「西鶴文学の軌跡」『国文学』昭和四五（一九七〇）年十二月。
5. 暉峻康隆『西鶴　評論と研究　上』、神堀貞子「西鶴諸国ばなしと懐硯」関西大学国語国文学会編『島田教授古希記念　国文学論集』昭和三五（一九六〇）年、など。
6. 江本裕「西鶴に於ける説話的方法の意義―雑話物を中心として」『国語国文研究』一号　昭和四八（一九七三）年八月、市川通雄「題材に関する西鶴の関心と意識―『懐硯』をめぐって―」『文学研究』三八号　昭和四八（一九七三）年、など。
7. 拙著『西鶴はなしの想像力―『諸艶大鑑』と『西鶴諸国ばなし』翰林書房　平成十（一九九八）年。
8. 檜谷昭彦「情報文化としての西鶴文学」『解釈と鑑賞別冊』至文堂　昭和五八（一九七八）年。
9. 井口洋『西鶴試論』和泉書院　平成三（一九九一）年。
10. 浅野晃・谷脇理史編『西鶴物語』有斐閣　昭和五三（一九七八）年。
11. 『百物語』上巻第二三話は、毘沙門を信仰する粗忽者が、参詣の途中溝を跳び越した折に脇差を落とし、それを拾って毘沙門からの授かり物と信じ込み、知音を招いて酒をふるまい披露に及んだところ、あらためて見てみると本人のものであるとわかり、笑われるというもの。

12．市古夏生「『懐硯』二題」『国文白百合』十八号　昭和六二（一九八七）年三月。
13．ただし、『京童跡追』（中川喜雲・寛文七年）はこの仁王を運慶作ではなく安阿弥（快慶）の作であるとしている。
14．寛文十九年成立の大蔵流虎明本、正保三年以前成立の和　泉家古本、元禄十三年成立の狂言記外五十番などの狂言台本に収められている。
15．『日本古典文学大系42　狂言集　上』岩波書店　昭和三五（一九六〇）年解説による。
16．横山重・松本隆信編『室町時代物語大成』巻十三　角川書店　昭和六十（一九八五）年による。
17．注12の市古論文。
18．鳥居フミ子『伝承と芸能―古浄瑠璃世界の展開―』武蔵野書院　平成四（一九九三）年、『近世芸能の発掘』勉誠社　平成七（一九九五）年。
19．『前太平記』（藤元元・貞享から元禄ごろ刊）などの史書の体裁をとるものは「剣巻」に依拠しており、地誌類でも『菟藝泥赴』（北村季吟・貞享元年成）や『雍州府志』などの学術的な趣のものは羅生門と渡辺綱について全く記していない。それに対して、『京童』や『京雀』などの通俗的生活のものは、「渡辺の源五綱といふもの、ふ、この門にして鬼を退治しけりといふ」（『京雀』巻六）などと、この伝承を羅生門の項に記している。また『公益俗説弁』は、宇治橋姫の伝承をふまえて、「羅生門の鬼が事は、右の俗説に小異を設けたるものなり。評するに足らず。」と記している。
20．篠原進「午後の『懐硯』」『武蔵野文学』四三号　平成七年（一九九五）年十二月。
21．前掲の篠原論文、及び、平林香織「『懐硯』における話のネットワーク」『長野県短期大学紀要』五二号　平成九（一九九七）年十二月。
22．注20の篠原論文。
23．杉本好伸「『懐硯』の構成をめぐって」『安田女子大学　国語国文学論集』十八号　昭和六三（一九八八）年六月。
24．冨士昭雄「西鶴の艶隠者」『江戸文芸』第十一号　ぺりかん社　平成十（一九九三）年。
25．『本朝二十不孝』巻四の二「枕に残す筆の先」の冒頭の記述など。

第五章　詐欺《さぎ》僧と国の守の対決――『懐硯』巻四の五「見て帰る地獄極楽」の素材と伴山――

一　狼狽《ろうばい》する伴山

『懐硯』に収められている話の中にあって、巻四の五「見て帰る地獄極楽」は、語り手である伴山の表情が、比較的よく見える一話である。

巻一の一「二王門の綱」の冒頭部分においては、「僧にもあらず俗ともみへ」ない「おもしろおかしき法師」の伴山が紹介され、その見聞記が本書であるという趣向が示されている。しかし、すでに指摘されているとおり、この枠組みは『懐硯』のすべての話において有効に機能しているとは言い難く、全く伴山が登場しなかったり、登場はしていても形ばかりにとどまっている話もある。[1]だが、この巻四の五は、衆生《しゅじょう》を惑わす世帯仏法は「こゝろの闇」より起こると断定する伴山の目に、讃岐の海辺の村の子供たちが仏具を投げ壊す光景が映る、という場面で始まっており、そこに彼の狼狽ぶりを読み取ることができる。

伴山は、決して高徳の名僧などではない。先にも述べたとおり、巻一の一冒頭部分において紹介されている伴山は、「おもしろおかしき法師」であり、魚鳥を食して美妾と遊ぶといういささか不謹慎な僧である。その伴山でも、仏具を破壊する光景に対しては、さすがに怒りを抑えることができなかった。そして、この「邪見《じやけん》の浜里」の様子を「いたましく」思い、「か丶る狼藉《ろうぜき》」が許される理由を尋ねずにはいられなくなる。

仏像や仏具を粗末に扱ったり、破壊したりすることを戒める話は、片仮名本『因果物語』巻中の二「仏像ヲ破、報ヲ受ル事　付堂宇塔廟ヲ破、報ヲ受ル事」など、仏教説話にいくらでも類話が見出せる。当然のことながらそれらは、いずれも仏罰が下る結末となる。伴山も「法師」であるならその類いの教訓を述べるべき立場にあったといえよう。にもかかわらず、ここではその怒りのやり場失ってしまうことになる。本話においては、その後「邪見の浜里」の子供らがどうなったかなどは、もはや話題となりえない展開が続くのである。

伴山は、この乱行を放置する里人に、理由を尋ねる。そこで聞かされた顚末《てんまつ》は、不思議な術を使って民衆の信心を集めていた僧が、今の世に仏の奇特などありえないと力説する国の守に拷問にかけられ、すべては金銭目当ての詐術《さじゅつ》であったことを白状して裁かれた、というものであった。このような話を聞かされては、子供らが仏像を破壊するのも仕方なく思え、仏罰を説いて説教する気持ちも失せてしまうのは当然のことである。

彼がもし信心深い高徳の僧であれば、この現実を正面から受け止めて、限りなく慨嘆し苦悩しなければならない。あるいは、何かこじつけてでも、仏教者としての義務感から、どうにかして整合性を持った結論を導き出そうと模索したことだろう。それこそが、仏教説話の常套《じょうとう》的な結び方であるはずだ。

しかし、この『懐硯』全体にかけられた「伴山というフィルター」[2]は、一種の安全弁の役割を果たしており、この一話の読みを求心的につきつめていく力、語り手の仏教者としての良心を追い詰めていく力を吸収してしまう。「おもしろおかしき」旅の法師は、この事態に驚嘆しつつも、読者に対して説教者となるだけの資格を有していないし、そのような気概もない。[3]ただ呆然としていることしかできない存在として、すでに読者との間で了解がなされているのである。

この一話の結びで、伴山に一部始終を伝えた里人は、まことに「仏法の瑕瑾《かきん》」である、という感想をもらす。この感想は、おそらくは聞き手に回っていた伴山にも共有されていたものであろうが、重要なのは、仏教を信心する立場から僧の堕落を憂うる里人や伴山と、その堕落した僧である空楽坊を裁いた国の守との間に、意識の大きなずれが見られることである。このことは、後で詳述するが、先行する類似説話との大きな違いである。それらの多くは詐欺僧を嘲笑したり裁いたりする側の立場から、結末が明るく語られている。それに対してこの話では、手の込んだトリックを駆使する空楽坊と、尊大なまでに確信に満ちた態度をとる国の守という、二人の人間像のぶつかり合いを前に、里人の、そして伴山の思いは、絶望の淵の前にたたずんでしまうことになるのである。

『懐硯』に伴山を設定した西鶴の意図については、諸国話形式であることの強調や謡曲における廻国の僧の模倣といったことがしばしば言われてきた。しかし、「見て帰る地獄極楽」の冒頭部分には、そのレヴェルにはとどまらない、思いのほか作為的なものを読み取ることができそうである。いってみれば、この話―詐欺僧と国の守の対決―を記すにあたって、作者はかなりデリケートな配慮を施している。そのねらいは何か。本話を「欲心にかられた悪事を企んだ話」[4]と分類することが誤りではないものの、その悪事を因果応報の理で戒めるだけの教訓話には収まりきらない、何かを有しているといえそうである。とりわけ、空楽坊と国の守の人物像に関しては、論じられていないことが多いように思われる。

本稿は、この両人物に付託されたイメージを、素材となったと思われる説話・巷説等との関連から浮かび上がらせつつ、この一話の読みの可能性と伴山の役割とを考察するものである。

二　楽空坊の系譜

詐欺僧がその正体を暴かれるという展開は、先にも述べたとおり、説話文学にその先例が見出せる。

本話との関連が既に指摘されているものに、田崎治泰氏による『宇治拾遺物語』の巻十の九「空入水《そらじゆすい》したる僧の事」[5]、箕輪吉次氏による同巻十二の九「穀断《こくだち》の聖《ひじり》露顕事」や巻一の六「中納言師時《もろとき》法師の玉茎検知《たまくきけんち》の事」などがある[6]。これらのいわゆる「誑惑《きょうわく》の法師」についての説話が、『宇治拾遺物語』を知る者には、まず想起されるだろう。しかしながら、これらの世界は、本章とはかなり異なっているように思われる。とりわけ、これらに登場する法師の矮小《わいしょう》さと、そして、その笑話的な結末とにおいて顕著である。

『宇治拾遺物語』では、随求陀羅尼《ずいぐだらに》を額の傷に込めたという山伏が、昨夜の鋳物師の妻との不倫のいざこざからの怪我であることが露見しても、すました顔で言い訳をし、笑いに紛れて姿を消す（巻一の五）。取り去ったはずの男根をさらけ出してしまった法師は、ただ笑われるだけである（巻一の六）。供物を目当てに入水を企てた聖は、逃げ出した時に頭を打ち割られはするものの、その後「先の入水の上人」などと平気で名乗っている（巻十一の九）。久しく修業を積み、高僧として帝からも奉られていた「穀断の聖」は、真実が暴露されると、哄笑の中で姿を消す（巻十二の九）。不実を暴く者にも、そして、説話の語り手にも、この「誑惑の法師」らをどこまでも厳しく糾弾しようとする姿勢は見られない。彼らは笑われることで許される程度の愛すべき悪人とみなされていたのである。

そのような大らかさと、本話の世界は大きく隔たっている。さまざまなトリックと、訓練によって身に付けた「飛行の術」によって、おびただしい数の信者の尊崇を集めた空楽坊は、子分たちを巧みに操る組織力をも身につけた、悪党の親玉でもある。それに対する国の守も、どこまでも自らの信念を貫いて拷問を続け、空楽坊を厳しく罰するだけの精神力を持つ。この二人の人間像に注目するならば、田崎氏の指摘したもう一つの類話、『古今著聞集』巻十二の「後鳥羽院の御時、伊予国の博奕者天竺《てんじく》の冠者が事」の方が、先の『宇治拾遺物語』の諸話に比してはるかに原拠としての可能性が高いといえよう。[7]

後鳥羽院の御時、伊予国に天竺の冠者という者がいた。山の上に祠《ほこら》をかまえ、母の死体に漆を塗ったものを祀り、山裾に拝殿を建てて、八乙女、神楽男などを置いていた。この天竺の冠者は空を駆け、水の面を走るという評判なので、当国隣国よりおびただしい人が集まった。

その冠者が、毎日山上から馬に乗って下ってくると、人々は鼓をたたき、歌を唱えて喝采した。目を病んだ者や腰の痛む者が、天竺の冠者に財を納めて祈祷してもらうと、たちまち治ったので、ますます評判は高くなった。やがて冠者自ら「我は新王なり」と称し、鳥居の額に新王宮と書くようになった。

この事を耳にした後鳥羽院は、冠者を捕えて神泉苑《しんせんえん》に召しすえて、「汝、神通のものにて、空をとび水の面を走るなるに、この池の面走るべし」と、池に入れてみたが何もできなかった。「馬によく乗りて山の峰より走りくだすななるに」と馬に乗せてみたがやはり駄目で、「大力の聞えあり」と賀茂の神主能久と相撲をとらせたところ、池に投げ入れられてしまった。溺れて浮き上がってきたところを矢で射られ、拷問を受けた後に投獄された。

この天竺の冠者は、高名の博奕打ちで、その仲間八十余人が諸国に分かれて神通力のうわさをたてたのだが、あまりに手広くやりすぎて都まで聞えたために、このような目に合ったのであった。

この「天竺の冠者」のことは『明月記』の建永二年四月二十八、二十九日にも記述がある。となれば、『古今著聞集』以外にも説話としての情報源の可能性はありえようが、いまのところ他の記述を知らない。伊予と讃岐という隣接する舞台設定。山の峰を馬で走り下ることと山の峰から飛び降りて見せることとの類似。多くの手下を使っての情報操作やトリック。「見て帰る地獄極楽」は、この説話に材をえていると見てほぼ間違いはないだろう。

しかしながら、両者の間には、明確な差異も存在する。

まず、蘇生というトリックの有無である。「見て帰る地獄極楽」というタイトルが示す通り、これが本話の中心的な要素であるが、「天竺の冠者」にはこのような行為は見られない。

そして、霊力を誇示した者が罰せられる必然性の差である。「天竺の冠者」の場合、新王と称したのであるから、国家権力への挑戦者として罰せられるのは当然のことである。この説話を意識したとき、人々に信心を起こさせた空楽坊という「高僧」を、「末代におよびて比類《このたぐひ》のあるべき事にあらず」ということで責めることの、理由の乏しさが際立ってくる。国の守は、蘇生のような奇特の存在そのものを否定しようとしており、空楽坊は詐欺僧に違いないと最初から確信しているのである。

だが、これらの差異も、『懐硯』の完全なオリジナリティというわけではない。それを究明するためには、今少し他の先行説話の検討が必要である。まずは、空楽坊の蘇生が持つ意味を、その素材の面から考えてみることにする。

三　蘇生する空楽坊

空楽坊は民心を欺《あざむ》くさまざまなトリックを用いているが、その最大のものは、先にも述べたとおり、地獄極楽からの蘇生であった。これが「国中にかくれなく」評判となったことが、国の守に裁かれるる直接の契機ともなった。

このことについて田崎氏は、『醒酔笑《せいすいしょう》』巻一「謂へば謂はる、物の由来」のなかの、「娑婆で見た弥次郎」の由来譚との関連を指摘している。〔8〕それは次のような笑話である。

いにしころ、佐渡の島銀山《かなやま》出来、人多く集まりぬ。その時一人の聖ありて、十穀をたち、禁戒をまぼり、六時不退《ろくじふたい》の称名たゆむ事なく、「いき仏《ほとけ》とはこれならん。参れや、拝めや」とて、昼夜のわかちなく、男女袖をつらぬる中に、弥次郎といふ者、その道場をはなれず給仕しけり。かの聖、年月を経て後、頼りに入定《にふじやう》せんと披露する。各《おのおの》落涙し、名残を惜しむ。来る二十日を限り、時を定め、山の原に大いなる穴をほり、法衣を着し入りすまし、外より土をよせ、かたくうづみ畢《をは》んぬ。奇特なる行状なりし。かたはらに沙汰するを聞けば、金掘《かねほり》を頼み過分に物をとらせ、ぬけ道をほり置き、その身は恙《つつが》なく行ひうせたる、などいふ者もありけり。

かくて三年を過ぎ、かの聖を信仰せし弥次郎越後に渡り、さる所にてくだんの聖にあひぬ。疑ふべくもな

『懐硯』巻４の５の挿絵。飛行の術を村人に見せる空楽坊。

し。すなわち近く寄り、「そなたそれではござらぬか」。聖、「いや、そちをば夢にも知らぬ。われも、さいふ者でもなし」と争ふ。俗あらかに証拠を引きしかかる時、かの聖、「げにもげにも、よく思ひあはすれば、娑婆で見た弥次郎か」と申したりき。それよりこのことばありといふ。（鈴木棠三校注の岩波文庫による）

詐欺僧が入定《にゅうじょう》のトリックを用いるという点で共通してはいるが、蘇生そのものを奇特として示そうとしたわけではない。それどころか、生きている姿を弥次郎に見られたこと自体が失敗であり、笑話としてのオチにつながっている。また、空楽坊に比してこの聖は極めて矮小な存在である。入定三日後に蘇生して見せて民衆を信じ込ませる空楽坊は、この笑話だけを背景として考えたのでは理解しがたい。

空楽坊の用いた蘇生のトリックが、これほどまでに人々の尊崇の念を勝ち取ったのには、それなりのリアリティが感じられたからであろう。この『醒酔笑』の一話とは全く異なる系列の他の説話群、おそらくは、智光法師の蘇生譚が背景として意識されていたのではないだろうか。

『日本霊異記』中巻の七「智者の変化の成人を誹《そし》り妬みて、現に閻羅《えんら》の闕《みかど》に至り、地獄の苦を受けし縁」は、行基の悪口を言った河内国安宿郡鋤田寺の僧智光が、地獄に落ちて閻羅（閻魔王）に苦しめられ、九日後に蘇生して改心するというものである。智光は、病気になって一月ほどしてから臨終となった時、弟子に「我死なば、焼くこと莫れ。九日の間置きて待て」と命じている。

命終《みやうじゆ》の時に臨みて、弟子に誡《かた》めていはく、「われ死なば焼くことなかれ。九日十日置きて待て。学生《がくしやう》われを問はば、答へて、『東西に縁《えに》ありて、留り供養したまふ』といふべし。慎《ゆめ》、他《ひと》に知らすることなかれ」といふ。弟子教へを受け、師の室の戸を閉ぢて、他に知らしめず。ひそかに涕泣《な》き、昼も夜も闕《みかど》を護りて、ただ期《ちぎ》りし日を待つ。学生問ひ求むれば、遺言のごとく、留めて供養したまふと答ふ。

時に、閻羅王《えんらわう》の使ふたり来て、光師を召す。西に向ひて往《ゆ》く。見れば前路に金《こがね》の楼閣《たかどの》あり。「こはなにの宮ぞ」と問ふ。答へていはく、「葦原の国にして名に聞えたる智者、なにの故か知らざる。まさに知れ、行基菩薩まさに来り生れたまはむ宮なり」といふ。

（中略）

蘇《さめ》て弟子を喚ぶ。弟子音《こゑ》を聞き、集ひ合ひ、哭《な》き喜ぶ。智光大きに歎き、弟子に向ひて、つぶさに閻羅の状《かたち》を述ぶ。大きに懼《おそ》り念《おも》ひて、「大徳に向ひて、誹《そし》り妬《うらや》む心を挙《おこ》せしことをまうさむ」とおもふ。

これは広く流布した話で、類話も数多く確認できる。『日本往生極楽記』巻二の行基菩薩の伝のなかに簡略化されたものが見え、『本朝法華験記』上巻の第二「行基菩薩」もそれとほぼ同文である。『今昔物語集』巻十一の二「行基菩薩、学仏法導人語」は遺言の部分が欠字となっているが、やはり閻羅王に会い十日目に蘇生する。『扶桑略記』の聖武天皇下条にも、『日本霊異記』の記述が部分的に引かれている。

一見して明らかなように、蘇生をあらかじめほのめかしておき、地獄極楽を見たと体験を語るなど、空楽坊の言動との共通性が見られる。もちろん、これは智光法師の「嫉妬」の心を戒める一話ではあるが、この体験によって改心して徳を高めたという高僧譚として語り継がれたものである。『日本霊異記』の記述と本話との直接の関連性を証明することはできないが、智光の蘇生譚と類似した説話の一群を視野に入れて空楽坊の人物像をとらえ直すことは必要なことであろう。

四　閻魔の判

智光の話に類するものは、当時もしばしば説教の場などで利用されていたものと思われる。それだけに、高僧を演ずる詐欺僧が利用するに好都合であり、民衆もまたそれを疑うことなく受け入れたものと理解できる。ここまでの展開は、当時の読者にとっても、とりわけ不自然には感じられなかったであろう。

しかし、それに続く、閻魔王の判を証拠として見せるという展開はどうだろうか。あまりにもわざとらしい演出であり、これに惑わされる民衆の姿は、まさに「こゝろの闇」を抱え込んだ存在として、読者の目に映ったのではないだろうか。というのも、これは、説経の「小栗判官」を意識したまさに当世風の演出であり、智光の蘇生譚との結合は、かなりの違和感を感じさせると思われるからである。

閻魔王によって体に記された判、おそらくは花押であろうが、このことで当時の読者がすぐに連想したのは小栗判官の地獄からの蘇生の場面であろう。新潮日本古典集成等の底本に使用されている、宮内庁御物の絵巻『をぐり』においては、閻魔が判を記すのは「胸札」である。しかしながら、現存する寛文・延宝ごろと思われる説経正本の記述を視野に入れると、本章との類似性が明確になる。

延宝三年刊正本屋五兵衛板『おぐり判官』には、閻魔王は「おぐりのむな板に」藤沢の上人の伝言を記し、寛文末年か延宝初年刊と思われる『おぐり物語』（草子形、江戸鶴屋版）でも、「おぐりのむないたに」判を書き付けている。この胸板は小栗の胸そのものであって、胸に下げられた板の意ではない。そのことは、万治か寛文ごろの刊行とされている赤木文庫蔵の『〔をくり〕』の挿絵を見れば明らかである。また、佐渡七太夫豊孝正本の『をくりの判官』では、「おくり殿手の内に」記したとなっている。[9]

胸・手と背中との違いはあるものの、[10]直接閻魔の判が体に記されているという演出は、説経の小栗判官を現実世界と混同しつつ享受するような民衆層にこそ、十分な説得力を発揮するものと思われる。空楽坊は、当時流布していた高僧譚だけでなく、民衆に浸透していた芸能の世界のイメージをも巧みに利用して演じていたことになる。このあたり、巻一の一「二王門の綱」で甚太夫が渡辺綱を演じようとしていることとも共通性があるといってよい。

しかし、智光の蘇生譚と説経の小栗判官を安易に結合させるという演出は、無知な民衆を相手にするのには効果的な手法であっても、知識人には容易に見破られる危険性をはらんだものであったはずである。国の守が執拗に疑ったのは、他ならぬこの閻魔の判であった。

五 対決する国の守

それでは、国の守の人物造形の方にはどのような特色があるのかを見てみよう。人々に信心を起こさせた「高僧」を、ひたすら「末代におよびて此類のあるべき事にあらず」という理由で責めている姿には、『宇治拾遺物語』や『古今著聞集』の展開のようなおおらかさが見られず、いささか異様な執念のようなものが感じられる。実は、その点での共通性を持つ為政者像がすでに存在していた。『信長記』巻十三の「売子《まいす》の僧無辺、斬刑を蒙むる事」の次の記述にそれは描かれている。

其の無辺と云ふ廻国の客僧有りけるが、「我は生所も父母もなし、一所不在の僧なり。「我に不思議なる秘法あり。是を伝授の人々は、現世に於ては無量の罪障を滅す」と披露ありければ、在々所々の男女甚だ以て信仰せり。丑の時の受法と云ひければ、夜中に群集する事限りなし。散銭、散米、被物、物禄《もつろく》等席上に充満すれども、さやうの物をば塊視《くわいし》して、其の儘捨置き、一紙半銭も曾て以て私欲とせず。一郷一村に一日二日宛滞在し、夕に来り旦《あした》に過《よ》ぎ、更に三宿の慕《したひ》なし。

或時安土の東、石場寺の鶬鶊坊《さ、いばう》が所へ廻り来たる。三月廿日の夜、御前にして此の沙汰ありければ、「其の客僧こそ聞き及びたる者なれ。少《ちと》見せよ」と、楠長庵に仰せられければ、承つて、鶬鶊坊に同心して登場あれと使を遣ひければ、則ち具して参りたり。

内々此の僧思ふやう、「何様殿中か、或は殿守へも召上げられ、仏法商量の上をも御尋ねあらば、倶舎《くしや》、浄実《じやうじつ》、法相《ほつそう》、三論の沙汰、顕密両宗の事、浄土の厭離穢土欣求浄土、或は教外別伝、不立文字、或は孔孟老荘の道を以て教化し奉り、御崇敬にも預らん」と、笑《えみ》を含み居たる処に、長庵、「彼の客僧具して参つて候」と申しければ、御厩に出て給ひて、立ちながら、「無辺とはきやつがことか」と仰せられ、急度睨《にら》み玉へば、無辺案に相違してぞ見えたりける。

「客僧、生国は」と問ひ給へば、「無辺」と答へ申し、「無辺と云ふ所は唐土の内か天竺の内か」と尋ねさせ給ふに、「天にも非ず地にも非ず、又空にも非ず」と答へ申せば、「天地を離れては何れの所にか、安心立命す」と仰せければ、擬議してぞ見えたりけるに、「有情非情に至るまで、天地を離る事はなし。扨ては汝化生変化の者か、いで試みん」とて、馬の灸をする鉄を赤く焼立て、面上に当てんとし給へば、「是は出羽の羽黒山の者なり」と、ふるひ〳〵ぞ申しける。「扨てこそ生所は顕はれけれ。誠に此の比弘法大師の再誕生はなりとて、奇特を多く見せたるとなり。信長にも奇特を見せよ」と責めつめて宣へば、わな〳〵ふるつて物をも已に申し得ず。

「かやうの売子《まいす》恣《ほしいまま》に徘徊させば、諸人みだりに神仏を祈り、筋なき福《さいはひ》を願ふべし。尤も世の費《ついえ》なり。唯信長が手に懸かり、其の後神変通力を以て再生して見せよ」とて引張らせ、向より引刀《ひきかたな》にて、しづかに裁《たち》割らせ《わらせ》給へば、神変通力の事はいざ知らず。弓手妻手《ゆんでめて》へ分れたり。此の僧一人を害し給ひしは、吁《ああ》億兆の惑を解くにやあらずや。

糾問の執拗さと厳しさ、熱した鉄を用いての拷問、そして何よりも奇特そのものを全く否定するかのような態度など、『信長記』のこの記述と「見て帰る地獄極楽」との間には、かなりの類似性が感じられる。

ところで、『信長記』では、無辺が私欲のない僧であるだけに、一見信長の横暴さが強調されているかのような印象を受ける。ことに、太田牛一の『信長公記』における同話の記述と比べると、信長の無辺に対する処置は格段に苛烈である。『信長公記』では無辺のいかがわしさが明確に指摘されているにもかかわらず、信長の処置は「俗家の頭にて候を、所々挟落させられ、はだかになし縄を懸けさせ、町通りを追放」するにとどまっているのである。もちろん、『信長記』で甫庵が意図したのは、残忍な信長像の描出ではない。「此の僧一人を害し給ひしは、吁《ああ》億兆の惑を解くにやあらずや」で結びとなっている以上、この一節は、信長を儒教道徳の理想的な具現者とする甫庵の文脈の中で、やはり肯定的に記されているととるべきであろう。[11]

となると、やはりここでも「見て帰る地獄極楽」の国の守の特異性が際立ってくることとなる。もしも彼の言動が『信長記』のような文脈の中で語られているのであれば、素直に詐欺僧を懲らしめる英雄として受け入れることが可能となる。だが、先に記したように、伴山を聞き役に設定したことが、それとは全く異なった効果をもたらすことになる。「末代におよびて此類のあるべき事にあらず」という国の守の発言が、伴山の耳にいかに不快に響くかは容易に想像できよう。

さらに、空楽坊を縛り上げてうつろ舟に乗せ海に流す、という処置が、補陀落渡海《ふだらくとかい》を意識した皮肉が込められているとしたらどうか。たとえば、『発心集』に次のような話が収められている。

近く、讃岐の三位と云ふ人いまそかりけり。彼のめのとの男にて、年ごろ往生を願ふ入道ありけり。心に思ひけるやう、「此の身の有り様、万の事、心に叶はず。もし、あしき病ひなんど受けて、終り思ふやうならずは、本意とげん事極めてかたし。病ひなくして死なんばかりこそ、臨終正念ならめ」と思ひて、身燈《しんとう》せんと思ふ。

「さても、たえぬべきか」とて、鍬と云ふ物二つ、赤くなるまで焼きて、左右の脇にさしはさみて、しばしばかりに、焼き焦がるる様、目も当てられず。とばかりありて、「ことにもあらざりけり」と云ひて、其のかまへどもしける程に、又思ふやう、身燈はやすくしつべし。されども、此の生を改めて極楽へまうでん詮もなく、又、凡夫なれば、もし終りに至りて、いかが、なほ疑ふ心もあらん。補陀落山こそ、此の世間の内にて、此の身ながらも詣でぬべき所なれ。しからば、かれへ詣でんと思ふなり。又則ちつくろひやめて、土佐の国に知る処ありければ、行きて、新しき小船一つまうけて、朝夕これに乗りて、梶取るわざを習ふ。その後、梶取りをかたらひ、「北風のたゆみなく吹きつよりぬらん時は、告げよ」と契りて、其の風を待ちえて、彼の小船に帆かけて、ただ一人乗りて、南をさして去りにけり。（以下略）

（巻三の五「或禅師、補陀落山に詣づる事賀東上人の事」）

傍点を伏したことがらを、「見て帰る地獄極楽」の舞台や鉄砲（鉛責め）という拷問と結び付けるのはやや強引と思われるだろう。ただ、粗末な小船で海に流すという処置は補陀落渡海を容易に想起させるものであったはずである。だとすれば、それを処罰の一形態にしてしまった国の守の行動には、仏法そのものに対する挑戦者としての姿勢が明確に読み取れるということになろう。

『古今著聞集』に登場する「天竺の冠者」ほどには政治的に危険とは思われない人物を、『信長記』の処罰ほどの根拠も示さないままに、国の守が一方的に責めつけたという「見て帰る地獄極楽」の展開は、いささか後味の悪い印象を読み手に与える。もちろん、詐欺僧の嘘が暴かれているのは確かであり、実は空楽坊が真の被害者であったなどと曲解したいというのではない。空楽坊という、その「前身」たちをはるかにしのぐ存在感のある詐欺僧と対峙し、一歩も引こうとしない確信に満ちた為政者の姿が、『古今著聞集』や『信長記』の記述を想起させる形で描かれていることを確認したいのである。そして問題は、そのような国の守の活躍を、素直には賛美できないような書き方にしたこと、仏法を否定する合理主義者として描きつつ、それを称えるような文脈には置かなかったことの意味である。

六　幕府の仏教統制と空楽坊

先に空楽坊を、「天竺の冠者」ほどには政治的に危険とは思われない人物だ、と述べた。自ら「親王」と名乗ったりすることなどないからだが、それでも国の守には許しておけない存在ではあった。そのことは、当時の幕府の仏教政策を視野に入れれば容易に理解できる。

徳川幕府の仏教政策の基本方針は、統制と過保護とによって寺院を信仰とは無縁の場にすることにあった。周知の通り、それを支える具体的な制度は、本末制度と檀家寺請制度である。

各宗派ごとに寺院の上下関係を明確にし、本山の権力を絶対化する本末制度は、幕府の支配機構への寺院の組み入れを容易にした。すでに慶長年間から各宗派に対する法度の中で指示が出されていたが、寛永九年、十年に一応の「本末帳」が完成し、寛永十二年には寺社奉行が設置された。

　また、すべての民衆が檀那寺を持つようにした檀家制度は、キリシタンの取締りや日蓮宗不受不施派《ふじゆふせ》への弾圧を目的としたが、結果として寺院は、経済的安定と引き換えに行政組織の末端機関と化し、葬儀と戸籍管理をするだけの、信仰とは無縁な存在となる。この制度も慶長年間から単発的な例が見られるが、宗門人別帳の書式が画一化された寛文十一年ごろが、一応の完成の時期とされている[12]。

　この二つの制度と前後して、幕府による宗教統制が活発化する。寛文五年には寺院に対する諸法度が出され、在家仏教者の活動が禁止されている。

　この月、市井に令せらるゝは、僧侶・修験・願人・行人等俗家をかりて仏壇を設け、利用をもとむることを停禁せらるゝ（『徳川実紀』巻四十一寛文五年十月）

　僧侶市井において、法談すべからず。念仏講、題目講と唱え緇素《しそ》集会することあるべからず（『同』同年十一月）

　空楽坊は、あまりの貧しさに耐えかね、祈祷や術の力によって僧としての地位を築こうとした。それは、寺院を行政の末端機関としての位置に押し込めてしまおうとする幕府の政策から見て、明らかに許されない行為である。空楽坊のような存在は、その奇特の真偽の確認以前に、どうあっても罰せねばならない。それだけに、「末代におよびて此類のことあるべき事にあらず」という国の守の発言は、幕府の宗教統制の本音を物語っているともいえる。

　また、本末関係と檀家制度のなかにすべての寺院を組み入れる幕府の寺院統制は、定められた地域内でのみ、宗教活動を認めるものであった。本寺も持たず檀家制度とも無縁の僧であり、讃岐国の外部からも続々と信者が押し寄せてくるほどの評判となってしまった空楽坊は、この点でも極めて危険な存在である。中世までの仏教説話の世界であれば笑われて姿を消すことで許されそうな空楽坊だが、寛文期以降の管理社会の中では、為政者にとって看過できない存在であった。

『懐硯』の刊行された貞享四年は、幕府の宗教統制が最も活発に行われてた寛文五年から、約二十年間隔たっている。しかしながら、この間にもさまざまな宗教統制・弾圧策が繰り返し発せられ、興味深いことに、かえって市井では加持祈祷が流行したとも言われている。大寺院が自由な信仰の対象ではありえなくなったので、民衆の信仰心、とりわけ現世利益を求める心は、そちらへと向かったというのである。[13]

『玉滴隠見《ぎょくてきいんけん》』には、寛文元年九月のこととして、駿河国由比《ゆい》桜野の時宗僧恵坊が、龍蔵権現へ参詣して弟子尊海のことを祈願したところ、突然龍蔵権現がのり移ってアビラウンケンの文字を書き、託宣を述べるようになったと記されている。これが評判となり、さらに伝え聞いてやってきた病人を平癒させたので、徳もついて富貴になったという。この記事は、「夫《それ》日本は神国とは云へども末世の今もかゝる奇妙の神変あり」と結ばれている。

また、箕輪吉次氏もすでに指摘しているが、さまざまな不思議な術を用いる空観という僧が、延宝ごろいたという。[14] たとえば、『閑際筆記《かんさいひっき》』（藤井懶斎・正徳五年刊）上巻には、次のように記されている。

延宝年中東武ニ、僧空観ト云者アリ。能怪ヲ行フテ人ヲ動カス。蓋シ亦術ヲ知ノミ。官府其妖怪ヲ悪テ是ヲ放逐ス。知ラズ今ナニノ処ニアルコトヲ。

この僧の名は、『玉滴隠見』にも見える。江戸小日向の真言宗の僧で、病人を平癒させ、用水の悪しきを浄水に変えるなど、数多くの神変の嘉瑞を示したといい、その評判を聞いた寺社奉行の井上河内守正利（正則）の頼みで、屋敷の金気臭い井戸水を祈祷によって清水に変えた、と記されている。その他に出自も記されてはいるが、処罰については記述がない。また、『古今犬著聞集』（椋梨一雪・天和四年成稿）は、空観が浄めた清水は「寛文の比より延宝八年今に有」と記しており、こちらも処罰については記載がない。一方、『河内屋可正旧記』（元禄初年〜宝永末年）には、次のような記載がある。

吉野の木食上人の事、参詣せし者のかたりしは、其姿の殊勝なること葉にものべがたし。然共盗人なりし故、京都へ召しとらせ給へりとぞ。其外いはせ村地蔵、尼ヶ崎の空観等種々の手だてをなす事有しが、是皆正法にあらざる僻事をたくみ出して、万民をたばかり、銭を取たる咎によりて仏神の御罰を蒙り、或は御公儀様の刑罰にあへる事共眼前なり。

「尼ヶ崎の空観」とある以上、先の空観とは別人の可能性も高いが、仮にこの空観の処罰が延宝年間であったとすれば、処罰から『懐硯』の刊行までの間は五年から十年ほどのこととなる。

加持祈祷に走ったのは、庶民ばかりではなかった。貞享元年と十一月には、寺社奉行を勤めたこともある松平修理亮忠勝が所領を没収され会津藩主保科肥後守正容に預けられているが、了覚という僧を尊敬し、祈祷らしきものを受けていたことが露見したことによるという。また貞享二年六月、牛込の光明院の僧が遠島を申し付けられている。これらのことは『御当代記《ごとうだいき》』『鸚鵡籠中記《おうむろうちゅうき》』『徳川実記』に記されており、『徳川実記』は「また釈了覚弁に光明院某。邪法の祈祷行ひけるよし発覚し八丈島へ遠流せらる」と記している。

空楽坊と国の守との対決は、古代・中世の説話のパターンの焼き直しにとどまるものではなかった。天和・貞享という時期において十分なリアリティを持つタイムリーな題材であったと考えられる。

七　結語

本話のおもしろさが、空楽坊と国の守という二人の人間像の対決にあることは言うまでもない。どちらも先行する文学作品の中の類似した人間像を踏まえながら、より個性的で当世風の存在感を持った人物に造型されている。

また、民衆像の描出にも注目すべきだろう。伴山は冒頭で「是みなこゝろの闇」と述べているが、この部分を、対訳西鶴全集の訳―だます方もだまされる方も理非に暗いからだ―のようにとらえ、一時は空楽坊の霊力を盲信しながら、仏像仏具を破壊する側にも簡単にまわってしまう、一般民衆の「心の闇」に目が向けられていると理解することは妥当であろう。浮世草子が慰み草である以上は、ただこれらのおもしろさを味わい、楽しめばよいのかもしれない。

しかしながら、そのおもしろさを、伴山という特異な設定で包み込んだことの意味を見落としてはならない。空楽坊と国の守、そして民衆の三者のからみ合いは、ひとつ間違えば幕政への揶揄《やゆ》にもなりかねない。当時の常識的な理解や為政者の公式見解から逸脱する形での人物造型を可能にする、表現構造の特異性を指摘したいのである。

幕政に抵触する内容を扱う以上、通常は、何らかの配慮が必要となる。作者自身の見聞ではなく、あえて伴山という人物に仮託したことの意味は、まさしく「カモフラージュ」や「自主規制」といった理解がふさわしい。[15]

ところがここでの伴山は、それだけの役割にとどまらない。逆に、『信長記』のような文脈で語れば無害なものを、伴山の文脈で―正確には里人の語りと伴山という聞き手の設定をふまえて―叙述されているだけに、危険に見えてくるという役割を果たしている。仏法の春であるはずの今、目の前に見る光景とそのいきさつとは、伴山を「仏法の瑕瑾」を嘆かせるところへ追い込む。伴山は、見事にカモフラージュの働きを果たしながらも、この話の持つ「毒」の部分を強めているということができる。

ここに記されている内容からそこまで読み取るのは、あまりに深読みに過ぎるとの批判を受けるだろうか。「末代におよびて此類のあるべき事にあらず」というただこれだけの記述に、必要以上にこだわり過ぎていると言われるかもしれない。仮に認められるとしても、讃岐の国を舞台とした国の守が先頭に立っての強引な仏教弾圧政策の事実があり、そしてそれを想起させる明らかな記述がなければ、さしてスキャンダラスな内容とは思えないともいえよう。事実、当時の讃岐の藩主松平頼重は、信心深い名君として知られており、本話と結びつくような側面はなさそうである。ただ、讃岐という舞台設定そのものが、何らかのカモフラージュであり、暗示でもある可能性も考えられよう。

寺院の整理もまた、当時盛んに進められていた政策であった。寺院を幕政組織の末端機関に転じる以上、不必要な寺院は整理しなくてはならない。檀家の少ない小規模寺院や、葬儀よりも祈祷を主務とするような僧侶がその対象となる。さらには、僧侶の堕落を厳しく批判した排仏論を受けて、岡山藩や水戸藩では極端な寺院整理が行われていた。備前・備中では約半数の寺が整理されたという。寛文五年前後に活発化したことではあるが、伴山が見た「邪見の浜里」のような光景は、これらの地域を中心にしばしば見られるものであった。そしてまた江戸においても、『天和笑委集』の「寺院破却之事」の記述を信じるならば、『懐硯』刊行の直前の天和二年に次のような現実があった。

五十ケ年以来建立ありける寺院、新地委細御せんぎをとげられ、炎焼しけるはこんりうなく、残有りけるは住持一世を限て破却すべきよし、仰渡され給ふ、是によつて新地たちまち破れ、ながくあとを失ひける故、旦那の面々、ゐはい石塔を引取、他所の寺院にうつして結縁しける、是等に住なれたる僧法師、はたと露命にせまり、すべき手立なく、とんせい執行に出けるものあり、在はいぶせき草庵に籠て、壱筋に未来を頼み、亦は談林諸所に立越え、二度所化に帰りて、学寮の戸ぼそにつかふるものあり、国にかへりてげんぞくしけるものあり、おのがさま〴〵也し（以下略）

強引に仏教統制策を推し進め、出自のあいまいな怪しげな僧侶を弾圧し寺を廃した君主といえば、当時の読者は、備前岡山藩の池田光政、水戸藩の徳川光圀を連想したはずである。備前と讃岐とは地理的には瀬戸内海を挟んで向かい合っており、近接しているといってよい。そして、当時の讃岐藩主松平頼重は、徳川光圀の実兄であった。本話の国の守とこの実在の二人の君主とは、容易に連想の糸が繋がりうるものであった。

もちろんそれは、あくまで連想される存在にとどまり、直接批判の対象になっているわけではない。ただ、強行に仏教統制策をおこなった実在の君主のイメージを借りつつ、幕府の政策の象徴としてこの話の讃岐の国の守は造形されている。そして、その姿を読者に再認識させる役割を、伴山は担っているのである。

注

1. 各章の内容と伴山とのかかわり方から『懐硯』の全章を分類した論に、浮橋康彦氏の「西鶴『懐硯』における五つの類型」(『新潟大学教育学部紀要』十六号　昭和五十(一九七五)年三月)がある。
2. 篠原進氏は、「日暮れて道をいそぐ」初老の男という設定を強調して、「伴山というフィルター」という語を用いている(「午後の懐硯」『武蔵野文学』四三号　平成七(一九七五)年十二月)がある。
3. 杉本好伸氏は、伴山の「おもしろおかしき法師」としての形象が、読者に繰り返し想起される書き方がなされているとしている(「『懐硯』の構成をめぐって」『安田女子大学国語国文学論集』十八号　昭和六三(一九八八)年六月)。
4. 冨士昭雄氏による決定版対訳西鶴全集『西鶴諸国ばなし　懐硯』(平成二(一九九二)年・明治書院)の解説。
5. 田崎治泰『校註　懐硯』昭和四十(一九六五)年　笠間書院。
6. 箕輪吉次『西鶴選集　懐硯(翻刻)』平成七(一九九五)年　おうふう。
7. 田崎氏前掲書。
8. 田崎氏前掲書。
9. 横山重校訂『説経正本集』第一、第二　昭和四三(一九六八)年・角川書店。
10. 小栗判官を意識したなら、なぜ胸ではなく背中なのかという疑問も生じるが、これについては答えを有していない。ただ一般に、痛さの問題から、腹や胸に入墨をする例は他の部分に比べて少ないという。また、『元亨釈書』巻十二「忍行」には、三宝字を額に阿弥陀像の図を背中に入墨した、阿波の釈仙命の話が載るが、本話とのかかわりは不明。
11. 小林健三「江戸初期に於ける史論の一形式について―甫庵本『信長記』を主として―」『史学雑誌』三八編八号　昭和二(一九二七)年。
12. 圭室文雄『江戸幕府の宗教統制』(昭和四六(一九七一)年　評論社)、高埜利彦「幕藩制国家と本末体制」(『歴史学研究　別冊特集』昭和五四(一九七九)年十月)、同「江戸幕府と寺社」(『講座日本歴史5　近世1』昭和六十(一九八五)年　東京大学出版会)などによる。
13. 辻善之助『日本仏教史　第九巻　近世篇之三』昭和二八(一九五三)年　岩波書店。

14．箕輪氏前掲書。
15．谷脇理史『西鶴　研究と批評』平成七（一九九五）年　若草書房。

第六章　共鳴しあう当代説話——伴山の存在と『懐硯』の世界——

一　見えない水子の霊

『懐硯』巻四の三「文字《もじ》すわる松江《ずんこう》の鱸《すずき》」は、以下のような一章である。

神無月の朔日、伴山は出雲大社に詣でた。その近くの草庵では、若い娘が黒髪をおろして尼になるところであった。どんな事情からかと見物人に尋ねたところ、次のようないきさつを教えられた。

出雲大社の傍らに住む浪人拵拵老《とへいろう》丸之介は、密かに堕胎薬《だたいやく》を売り、富貴に暮らしていた。その娘は美女であったが、縁づいてもなぜかすぐに離縁されてしまう。四、五年の内に五か所から去られて嘆いているうちに、丸之介夫婦は疫病で死ぬ。娘は隣里の男に求婚されて祝言をあげ、初夜を迎えるが、娘の寝姿にとりついている多数の赤子の霊が見えたため、すぐに離縁される。そうとは知らず、繰り返される不幸を嘆き悲しんだ娘が出雲大社に詣でて、その理由を問うたところ、親の犯した罪の報いによる我が身のあさましい姿を霊夢で知らされる。それにより発心した娘は、さらにその帰途において、松江で拵拵老と記された鱸があがったのを見て親の霊に違いないと思い、いっそう信心を深めた。そして、親と水子の菩提《ぼだい》を弔うために尼となる決心をしたのだという。

数奇で哀れな娘の運命を記したこの一章は、いくつかの説話的要素の組み合わせによって成り立っている。堕胎された水子の霊が報復するという怪異譚、縁結びの神である出雲大社が因果を解くという霊夢譚、罪深い者が死して魚となりその身に痕跡《こんせき》を残すという因果応報譚。いずれにせよ、仏教的な教訓色が濃厚で、これらは相互に響き合って堕胎の罪深さを強調する一話を形成している。

もちろん、そういった古典的ともいえるパターンの組み合わせだけで成り立っているのではない。当時の読者にとって耳新しい話題も取り入れられていた。前田金五郎氏は、鱸に文字が記されていることについて、『山鹿素行年譜』貞享元年三月十六日の条に「能州ヨリ大鱸ヲ献ズ云々。長四尺余、上ニ文字四アリ。」と記された事件との関連を指摘している。[1] また、箕輪吉次氏は、殺生の報いにより魚に生まれ変わった話として『摂陽奇観』巻十七「鯉塚の由来」をあげ、この鯉には文字ではないが巴の紋があったことを指摘している。[2] しかしこれらは本話の部分的な趣向についての、一素材としての可能性を指摘したにすぎない。

やはり、「文字すわる松江の鱸」全体の展開上の骨格とも言うべきものは、説話文学と深い関連性を持っている。仏罰により動物と化す応報譚は仏教説話ではありきたりのパターンと言ってもよく、多数の類話がある。また、出雲大社の神が自らの無力を霊夢で告げ知らせるところは、『宇治拾遺物語』巻三の十四「伏見修理大夫俊綱事」での熱田神宮との類似を指摘することもできる。そして、堕胎の罪という主要素と水子の霊が多数取りついての報復という最も印象的な場面から考えれば、次に引用した平仮名本『因果物語』（寛文年間刊）巻五の六「はらみ子をおろして、むくひける事」が、本章に最も近似した話といえるだろう。おそらくは西鶴が直接これを利用したか、あるいは、同系統の伝承によったものかと思われる。

> 京の五条、西の洞院に、七がかゝとて、子うませの隠婆《うば》有しが、しかも、子をおろす事の上手也、はらみたる女ども、たのみにゆけば、毒をさして、子をおろし、賃をとりて、ゆる〳〵と、世をわたる事、年久し承応のはじめ、わづらひつきて、打ふし、大熱気おびたゞし、目は、血を入たるごとく、赤くなり、耳はつぶれて、きこえず、手あし譫言《そゞりごと》には、あら、おそろしや赤子どもの、四方より、あつまりて、我にむとりつき、せむるぞや、手あしへも、うしろへも、くらひつきて、さいなみ、髪の毛を、かなぐりて、ぬくなり、あら、いたや、くるしや、これ〳〵、みえぬか、とりのけて、くれよや〳〵、といふ
> 西寺町、西方町の長老をよびて、さま〳〵、すゝめらるれとも、耳にも、いらず、人をも、見しらす、あがき死にしけり
> 命のうちに、日比の悪行のむくひけるこそ、かなしけれ、まして、来世の事、おもひやられて、あはれなり
>
> （『仮名草子集成　第四巻』東京堂出版による）

この『因果物語』巻五の六と「文字すわる松江の鱸」との相違点としては、堕胎した本人にではなく、その娘に赤子の霊が取りついていることがまずあげられる。もちろん丸之介夫婦も祟りによって病死したと考えるべきかもしれないが、その死の記述は娘の悩み苦しみに比べて極めて簡略で、立入った憶測を拒んでいる。

さらに、『因果物語』では、取りついて責める水子の霊が本人にしか見えないという怪異であったものが、本人だけには見えない、他人にしか見えない、という展開に代なっている点が注目される。

二　怪異と向き合わない伴山

近代的な発想で考えれば、『因果物語』の方がありえそうな話ではある。「脳脚幻覚」―脳の中の睡眠と覚醒のリズムをつかさどる部分の付近を犯された患者が見る幻覚―のパターンの中には、数多くの奇妙な形の小動物や小人が現れてまとわりつくというものがあるという。[3] だとすれば、人々が実際に『因果物語』に記されたような「事件」に遭遇することもあったと考えられよう。また、山岡元隣の『百物語評判』（貞享三年刊）に見られる程度の合理的精神があれば、堕胎を商売としてきた者が良心の呵責にたえかねて気の迷いを起こし、幻覚を見たとることもできただろう。

それに比べれば、「文字すわる松江の鱸」のように、赤子の霊が本人以外の者に見え、本人には見えないという方が、ありえない話である。そのような主筋に、他の奇談的要素をも組み合わせた展開なのだから、怪異性はいっそう増幅されているといえよう。にもかかわらず、この一話を、単なる非現実的な怪異譚として読み過ごすことはできない。なぜなら、娘の結婚願望とその挫折という、きわめて現実的な心情を中心にこの一話がまとめられているからである。

祝言の翌日を待たずに離縁されることが四、五年の内に五回繰り返され、「いまだ縁のきたらざるもの」と悔やみ続けた果てに、六度目も同じ結果となって「是はいかなる因果。もはや縁のみちは絶へたり」と自暴自棄になる娘。それでもあきらめ切れずに、出雲大社にその理由を尋ねずにはいられなかった執着。水子の霊の復讐が、

『懐硯』巻４の３の挿絵。娘には水子の霊が取りつき、鱸には親の名が浮かび上がる。

この娘にだけは見えない怪異であったからこそ、この苦しみは長く続いたのである。西鶴は、怪異の見え方を『因果物語』とは逆転させることにより、結末の到来を遅らせたといえよう。娘の目に見えてしまえばすぐに結末（発心）へと至ってしまう展開を、苦悩の末に悲哀と疑問とが極限に達するまで引き延ばす。

そして、その憤りに近いともいえる感情を一気に発心へと転じさせたのが、出雲大社の霊夢と親の名を記した怪魚という二つの怪異であった。娘が自分の目には見えない水子の霊の存在を受け入れて結婚願望を封印してしまうには、あるいは、そういった展開を読者に自然なものと感じさせるには、この二段構えの罪の報いが必要とされたのであろう。

怪異を否定して現実を描くのではなく、怪異性を高めつつそれを利用して現実的な「世の人心」を描いた一章——典拠・類話との比較からはこのような結論が導き出せる。もっとも、以上の説明だけでは、叙述の詳細に立ち入ることなく構成面の分析のみによった性急な結論と言われかねない。そこで忘れてはならないのは、娘の心情を凝視するように読ませる上での、伴山の果たしている役割である。

『懐硯』の多くの話がそうであるように、「文字すわる松江の鱸」の中での伴山に関する記述は、冒頭と末尾のみである。そして、これまた他のほとんどの話と同様に、伴山は事件そのものに直接かかわることなく、傍観者の位置にいる。本章の冒頭部分で確認してみよう。

神無月の朔日《ひとひ》の日、出雲の国八重垣の宮居《みやゐ》にまふでけるに、海辺浪高《かいへんなみたか》く松にあらしひゞきて、殊更に神さび、社僧神主の外、民家の門を閉て、むかしよりの教《おしへ》を守り、よろづの鳴《なり》をしづめける。まことに日本の諸神《もろがみ》此大社《やしろ》にあつまりたまひて、男《なん》女の縁《えん》をむすび給ふといへり。其二柱《ふたはしら》を立出、かたべなる杉《すぎ》むらの茂き一里に入しに、四阿屋《あづま》づくりの藁葺《わらふき》の庵《いほ》に、八十餘才の法師、真言律《しんごんりつ》をおこなひすまし、最《いと》殊勝に住《すみ》なさりけるに、おのづからの生垣を破り、片板戸《のねと》押たをして、南面《おもて》の縁側西の飄《すあま》、人みな立こぞり物見るけしき、いかなる事ならんと、我も其人なみに立のぞけば、いまだ脇ふさぎて間もなき女の、うば玉の黒髪をみづから鋏にして散行柳のけうとく、あたら花の春をまたずや。「こはいかなる事」とたづねしに、上髭りんとつくりたる男のかたりけるは、

この冒頭部に示されているように、丸之介の娘と直接に向かい合い、その親の罪深さや恐ろしさを正面から受け止めようとしたのは、八十余歳の真言律宗の僧であり、伴山は一見物人にすぎない。そこが、謡曲に登場する「諸国一見の僧」や『撰集抄《せんじゅうしょう》』の西行、あるいは『近代艶隠者《きんだいやさいんじゃ》』（貞享三年刊）の西鷺軒橋泉などの、伴山の前身ともいうべき者たちとの決定的な違いである。伴山は、娘の背負っている罪や因果、そしてその報いとしての怪異

とも、向き合おうとはしていない。「春の花」をまたずに若くして髪を下すことを惜しみ、その心のありように関心を抱くというのは、いわばありきたりの野次馬の関心の持ちようである。

それゆえに末尾も、

いよ〳〵後世のいとなみして、彼これの菩提《ぼだい》を祈らんと、此老僧に頼みて剃髪《ていはつ》するにて侍るとかたりけるを、聞くにあはれましぬ。

と、きわめてありきたりの感想が述べられるにとどまる。深遠な真理や痛切な教訓の提示はなく、人格者伴山を印象づける特異な要素は何もない。まさに平凡な見物人として、娘の背負いこんだ因果の道理よりも、因果を背負い込んでしまった娘の心のありように目を向けているのである。言い換えれば、結婚願望を信仰によって封じ込めるほかはない宿命の理不尽さが読者に印象づけられることになる。娘が納得して出家しようとしているにもかかわらず、親の悪行が子の幸福を踏みにじってしまうことの悲劇性の方が喚起されるのである。

三　伴山の視線

きわめてありきたりの感慨しか述べていないものの、伴山の存在が一定の読みの方向性を読者に示すものになっている—はたしてそれは、他の話でも言いうることなのか。また、そう考えてみることは、個々の話の読みにどれほどの有効性を与えることになるのか。そして、もしそうであれば、「集」としての『懐硯』全体はどのような方向性を示していることになるのか。

結論を急がず、まずは具体例をあげて検討してみたい。たとえば、「文字すわる松江の鱸」と同様の伴山の役割を、巻一の二「照《てら》を取昼舟《ひるふね》の中」にも見出すことができる。「人の身はつながぬ舟のごとし」ということわざで始まるこの話は、以下のような内容である。

伏見で大坂への昼の下り船を持つ伴山は、折よく借りきりの船に便乗させてもらうこととなった。船の借り主は、播磨の浄土坊主・近江の布屋・長崎の町人・大坂長堀《ながほり》の材木屋の一子清兵衛の四人であった。清兵衛はかつて親が倹約を重ねて貯めた金を色の道に使い捨て、二十二歳の時に勘当された男であった。江戸を経て越中へ行き、五年間苦労した末に金子三百両を仕出して、その地の宝と言われるほどの商人となった。この旅は、故郷に錦を飾り、両親と再会するためのものであった。だが、ふとしたはずみで船中でのカルタ博奕《ばくち》に加わってしまい、八軒家に着いた時には、他の三人に全財産を取られてしまっていた。清兵衛は仕方なく、わずかな路銀を船頭が取った寺銭《てらせん》（場所代）の中からめぐんでもらい、長堀の実家には帰らずに、歩いて越中に戻っていった。

梗概のみから判断するなら、まさしく「人の身はつながぬ舟のごとし」の具体化であり、人の世の無常を感じさせる一話である。また、博奕の恐ろしさを印象づける展開の末尾に、

かりにもせまじきものは博奕わざ、家をうしなひ身を捨《すつ》るのひとつ是ぞ。

と、きわめてもっともな教訓が明示されているとなれば、無常感と教訓性に読解上の重点を置くべきことはもはや自明といえそうだが、続く最後の一文を見落としてはならない。

前ぶたに三つがあがるにしてからせましき物ぞ。

「前ぶたに三つがあがる」が、前の者が出した十（ぶた）の後に三枚続けて札が出せる意か、前札（配り札）で既に三枚の役がそろっていたことなのか、明らかにはしえない。ただ、博奕に熟知したものの口調となっていることは間違いない。つまり相当に遊びなれた者の目から見て、清兵衛の迂闊《うかつ》な行為を皮肉っているのである。この態度は、美女と戯れ魚鳥も食す艶隠者であった（巻一の一）という伴山の設定とも一致する。つまり、火床《ひどこ》の前—船尾に腰を下ろして一部始終を見物している伴山には、真面目な教訓をする資格もなければ意思もないのである。

無常観や賭博への戒めといった生真面目な視点を放棄して、清兵衛以外の乗客にも注目しながらこの一話を読み直すならば、たちまちそこに「家をうしなひ、身を捨る」どころか、賭博でしっかりと稼いで立ち去っていく、三人の男たちの姿が浮かび上がってくる。

たとえば、小者たちが始めた博奕に手を出した清兵衛は、播磨の長老らの参加によって切り上げる機会を逸してしまうのだが、その場面は次のように描かれている。

てんがうにするうちに銭八百まけになれば、是切《これきり》といふ所へ播磨の長老すゝみ出、後生大事にひねりければ、いゝゝゝゝ九品の浄土かふとて、衆生残らす根から取れば、ひたものに置かけ、つゐまめ板一歩《いちぶ》せんさくに成、長老六七両も勝たまへば、近江の布屋さし出、長崎の人大気にかゝり、三番まきに付目《つけめ》取て山のごとくに置立しに、

傍点を付した「九品の浄土かふ」は九（かぶ）と九品《くぼん》をかけた駄洒落であるが、同様の言い回しは軽口本『鹿の巻筆』（貞享三年）の「三人論議」にも、「九枚もつは九品の浄土、後生に入るなり」と用いられている。これは、博奕好きの若者が何でもその用語にからめて説明するさまが笑いを誘うものであるが、これと同様の卑俗で軽薄な調子でこの僧が博奕に加わっている様が想起される。世事に疎い僧が好奇心から初めて賭けてみた、といった

ものではないのである。

そして、この僧が清兵衛から巻上げた金銭は、あろうことか、本山から住職の認可を得るためにかかった経費の埋め合わせに使われることは、次の記述により明らかである。

つゝきて播磨の長老の仕合、百両餘《あまり》も勝ちて、此度《このたび》の京の入用をしてやり、「不慮に能《よき》同船を致しました」と念比《ねんごろ》にいとまこひおかし。

この「此度の京の入用」の内容は、先に「此たび長老になりての帰るさ」とあることから、知恩寺に支払われたものであるとわかる。幕府によって整備された本末制度にもかかわる、かなりスキャンダラスな内容が描かれているといえよう。

他の二人の乗客はどうか。これまた素人ながら博奕に手慣れているという印象を受ける。まず「近江の布屋」はいかにも手堅いことで知られた近江商人らしく行動している。

布屋は小判十四両と絹綿取て、渋紙包にさせて、舟より足ばやにあがり、こもどりして船頭を呼《よび》かけ、「わらんぢかけが片足あるはづじや、見てたもれ」と、是まで取て帰る。

その手堅い性格のままに博奕を行っているところがおかしい。「長崎の町人」は、

舟は八軒屋につきて、長崎人機嫌よくあがれば、

と記されるのみだが、計算上百五十両ほどは手にしていることになる。つまりは一番儲けたはずである。長崎町人といえば富裕で派手、そしていささか投機的なイメージもあり、近江商人とは好対照の存在である。その両者がそれぞれに賭博の「恩恵」にあずかり、喜々として下船している。

さらには船頭も十両ほどの寺銭をせしめている。そもそも櫓米櫃《ろまいびつ》（船頭用の米櫃）から布袋屋かるた（京五条高倉にあった店のカルタ）を取り出したのは船頭であった。

近世初期において博奕に対する処罰が厳しかったことはよく知られており、博徒であれば死罪獄門あるいは流罪、素人の場合は追放などといった御仕置の例が見出せる。もちろん取り締り切れぬほどに流行していたわけだが、この「照を取る昼舟の中」の世界のように、白昼堂々と一寺の住職とひとかどの商人が大金の動く博奕に参加しているという光景は刺激的である。しかもそれが、博徒が素人をそそのかすのではなく、清兵衛のようにそこそこ腕に覚えのある者から全財産を巻き上げてしまうような、年季の入った博奕好きのやりとりとして描かれているのである。

このような側面は、無常観や教訓性のみで清兵衛の運命を大真面目に論じたときにはすべて見落とされてしまうものである。月並みな教訓を、卑俗な態度でつぶやく伴山の人物像を前提として、この一話のオリジナリティは成立しているのである。

四　伴山とは何者か

『懐硯』という作品において、伴山とはどのような存在なのか。先行研究での扱いは、解釈上無視してもかまわないとするものから、作品解釈の要として重視するものまで、さまざまである。[4]

伴山という人物の設定が、趣向あるいは手法として決して成功していない、と評される場合は、主人公が諸国を巡り歩くというタイプの文学作品ならば本来はこうあるべきだ、というモデルが仮想され、それと伴山との落差が問題にされる。たとえば、謡曲における諸国一見の僧や『撰集抄』における西行のような存在が比較の対象として意識されたりする。見聞する僧が何者かと出会い、会話し、深い感銘を受けて一話が完結する―そのような主情的な世界の求心力を伴山に求めるならば、『懐硯』には失敗作のレッテルを貼らねばならなくなる。仮に伴山の全く登場しない話がいくつかあることに目をつぶったとしても、先に示した通り、伴山の感想らしきものは傍観的であったり、主要な題材や登場人物に焦点が合わせられていないことが多いからである。

それゆえに、片岡良一氏は、伴山の設定について、

> 浮世草子作者としての西鶴が好んで用いた技巧であるが、例によってその技巧が完全に全編を包み切ってはいない。（中略）大体としては、純然たる短編集として取扱った方が相応しい。

と述べている。[5] 暉峻康隆氏も「五巻二十五話はそれぞれ独立した短編として取扱うべきものである[6]」とその見解を継承した。

確かにこの作品は、作品全体を伴山の人格が包み込んでいたり、作品世界のすべてが伴山の心情に収斂《しゅうれん》されていくようには書かれてはいない。これはまぎれもない事実である。

しかしながら、その後の『懐硯』研究は、その不完全さを承知で容認する、あるいは、不完全な部分を想像力で補って完全なものを仮想して論じる、という傾向を強めていったといえる。

もちろん、伴山を西鶴の分身と見なす解釈の系譜は古くから存在する。これは、成立論あるいは私小説的な発想の一類型であり、執筆時の西鶴の実像に迫ろうとする強い欲求に支えられている。しかしその手掛かりとすべ

き伴山の述懐は、ありきたりの内容である。そのため、どうしてもそれらをオーバーに解釈して、人格者西鶴、人生の批評者西鶴の像を無理に作りあげるという傾向が強くなってしまった。[7]

それに対して近年は、伴山を作者西鶴そのものの人格とは切り離して、あくまで小説手法の問題として扱う論が目立つ。その代表的なものは、伴山を作品全体にかかるフィルター——「老い」あるいは無常観の色合いに染めて見せるための—ととらえる発想、あるいは『懐硯』全体をいくつかの回路からなるネットワークとしてとらえ、その要《かなめ》に伴山を置くという発想によるものである。[8]

これらの論考は、「手法としての伴山」の可能性を示した点において意義深いが、これまた作品中の伴山の実態からは乖離《かいり》する傾向を持つ。伴山という存在は、作品全体にかかったフィルターと呼ぶにはあまりに綻《ほころ》びが多く、ネットワークの要と呼ぶには存在感が希薄なのである。では、伴山とはつまるところいかなる存在であるのか。

五　伴山の存在と各話の重層構造

伴山の実態から目をそらせることなく、改めて個々の話の読みを検討してみるならば、傍観者としてありきたりな感慨しか示さない伴山の存在が、作品全体の重層性を保証していることが見えてくる。巻一の二では、カルタ博奕の恐ろしさを描きつつも、そこから少し視点をずらすことで、それとは裏腹な現実が浮かび上がってきた。巻四の三では、堕胎をめぐる因果応報譚の枠組みを備えながらも、結婚願望を理不尽に封じ込められた娘の苦悩が見え隠れしている。各話の中心的な題材に伴山が正面から向き合わないことが、多層的・多声的な読みを可能にしているのである。

今少し具体例をあげてみたい。

巻一の三「長持《ながもち》には時ならぬ太鼓」は、手短にまとめてしまえば、貧困のなかでも武家らしい誇りを失わなかった父親と娘がそれゆえに報われるという一話であり、「士はたのもしきものにぞありける」という記述もあって一応は武士道賛美の姿勢が示されている。だが、それが一貫しているとはいいがたい。そこには、西国武士の横柄なふるまい、改易のために極貧にあえぐ由緒ある武士の暮し、隠し遊女の繁盛とそこへ群がる客の姿、といった世相も印象的に描出されている。

また、冒頭部分に示された伴山の次のような述懐には、無常観が濃厚に表れてはいるが、それでいて堺町の芝居に興じる観客の一人でもあるという具合に、矛盾した要素を含んでいる。

老若しばしの気を移して、生死の堺町を見物人は今もしれず、息引取は墓《はか》なき貸籭《かしぎせる》を片手にして、圓座《ゑんざ》所せきなく数千人の芬白《かほ》つき都であひ見し近付とてひとりもなし。世界の広き事のおもはれける。

単色のフィルターのイメージには収まり切らない伴山という存在。そのことに対応するように、この一話の構成要素は多様で、単純な報恩譚としてまとめられることを拒否している。とりわけ、「死ぬる事さへ我まゝならず」という疲弊した武士の家宅の「島つゞき」に隠し遊女を置く茶屋があり、船頭や駕籠かき、百姓が「わけもなく入りみだれて」いるという設定は印象的である。

これらの諸要素は、堺町・八丁堀・築地・鉄砲洲といった視点の移動とともに順次描かれ、娘に救われた浪人が帰参後に再び訪れてくるまでの長い時間の経過の中で語られている。見聞記の形式は無視されており、伴山の存在は、これらの重層的な展開を傍観者の立場からかろうじて束ねているにすぎない。末尾の「武士はたのもしきものにぞありける」というありきたりな伴山の述懐を超えて作品世界の内実は拡散しているといえよう。

巻一の四「案内しつてむかしの寝所」は、そのあまりに悲劇的な結末に対して、語り口は冷淡に過ぎる。冒頭では、この話の舞台となる家《え》（絵）島《じま》が徹底的に見下されている。

淡路島かよふ鵆《ちどり》のなく声に、世のあわれ見る事あり。家島といふみなとに舟かゝりして、一夜をあかすに、さりとはおもしろからぬ所なり。むかしの小歌に花の家じまとは、何か目に見へてうたひけるぞ。春さへ櫻もなく、秋の夕暮の心して、浦の苫屋《とまや》に立よりけるに、女あつまり茶事してたのしみ、ありふれたる嫁そしり咄しすへき者が、「物毎いそぐ事には仕違ひあり」と、分別らしき物かたり、何事ならんと聞に、

そして、一年ぶりに帰郷した久六《きゅうろく》が、妻とその新郎となった木工兵衛《もくべえ》を刺し殺し、その刀で自害するに至るという顛末が語り終えられた後も、

鄙《ひな》びたるおとこの仕業《しわざ》には神妙《しんべう》なる取置ぞかし

という、突き放した感想で結びとなっている。

この話が『伊勢物語』第二十四段を下敷きにしていることについては既に指摘があるが、それと比較してみるならば、本話は単なる夫婦の別離にかかわる悲劇ではなく、家族や周囲の者の意識、とりわけ「孝行」の強要ということが悲劇の大きな要因となっていることは明らかである。「物毎いそぐ事には仕違ひあり」とあるその急ぐ理由が、まさに幕府によって奨励されていた孝行であった。

伴山の語り口はあたかも、久六やその妻に対してのみ感情移入して読む姿勢を拒否し、「神妙なる取置」へと二人を追い込んだものに冷めた視線を向けさせる装置のようなものである。それゆえに、「個人の意志や感情をじうりんしてはばからない家族制度に対して」批判を加えた一話[9]という印象をも与えることとなる。

また、伴山自身の感想はほとんど記されず、伴山以外の語り手の、それも的外れで平凡な教訓のみが記されているような話もある。

巻三の一「水浴《みずあびせ》は涙川」は以下のような話である。

伊勢の山田《ようだ》の中世古《なかぜこ》に住む松坂屋清蔵は、嫁を得て人付き合いが悪くなり、それを恨んだ謡講《うたいこう》仲間と師匠の五人が偽って、お前の女房は持病の癲癇《てんかん》を隠していると告げる。それを信じ込んだ清蔵は妻を一方的に離縁してしまうが、後日偽りであったと知って悔やむ。その妻の二度目の婚礼を目の当たりにした清蔵は逆上し、脇差を持って五人を追い回したので、旦那寺の長老らが仲裁に入って、それぞれの女房をみな離縁することで収まった。

梗概のみからは、些細な悪口が大事を引き起こす恐ろしさを描いた一章であるかのように思われる。伴山の泊まっていた宿の亭主の、

その、ちまた此宿へ通りがけに立よりけるに、「人うつけたりとて嬲《なぶる》まじき事」とて、亭主のかたりけるは、

ということばに導かれて始まり、そしてまたこの話の末尾は、宿の亭主のものか伴山のものか判然としない述懐だが、

惣《そう》じて此たぐひの悪口いふまじき事なり

とあって、冒頭の教訓と対応している。だが、女房の苦渋の深さ、亭主の悔恨の重さを思えば、冒頭の宿の亭主の語り口は的外れであり軽薄である。

本話を一読すればわかる通り、印象的なのは、理由も明らかにされないままに離縁されざるをえなかった女房の哀れさと、離縁してしまった後に誤りと気づいた清蔵の悔恨である。清蔵をだました五人に重きが置かれていないことは明白であり、「ここでは世の人心として、世間の妬みや冗談半分の告げ口をするという無責任なあり方が取り上げられているように見えるが、根底には、女房という立場が三行半によって簡単に解消されることを前提にしている」〔10〕といった読後感もそれゆえに生じるのである。

本話の語り口に教訓性というフィルターがかけられているとするなら、その役割は作品世界全体を単一色に染めるような単純なものではない。言ってみれば、赤い色のフィルターによって、青緑色の物体が浮かび上がって見えるような「フィルター効果」である。「対立する二つの要素によって構成される統一体としての表現にあっては、一方の要素の存在が強調され、明確にされれば、他方の要素の存在も明確になる」というような効果が生じているのである〔11〕。

このような重層的な作品世界―複眼的な視座の確立と伴山の存在との関係を最も明瞭に示しているのが、巻四の五「見て帰る地獄極楽」であるように思われる。讃岐の空楽坊という僧がさまざまな奇跡を起こして民衆の尊崇を集めるが、それを国の守がトリックと見抜いて厳しく責め立て、ついに白状させるという一話である。先の章でも述べたので詳述は避けるが、国の守の取った処置が結局は里人の仏壇・仏具の破棄や寺院の荒廃に結びつき、その「邪見の浜里」の有り様を見てただ呆然とする伴山の姿が冒頭と末尾に記されている。このような伴山の存在に注目しつつ、当時の幕府の仏教統制策と排仏論の流行、岡山藩や水戸藩での厳しい寺院整理などを視野に入れたとき、この一話は国の守への賛美に収斂することのない重層的な広がりを見せ、ある種の危うさまでも内包しているように思われてくる。

六　伴山と『懐硯』の中の「同時代」

伴山は『懐硯』の世界をゆるやかに束ねるにすぎない。常に傍観的で、求心力に乏しい語り手である。そのことが、個々の話についての重層的・複眼的な理解を保証していることについては、先述した。しかしながら、『懐硯』全体を「集」としてとらえ直すと、そこには新たな意味が見えてくる。

伴山は求心的な役割は果たしていない。にもかかわらず、とりあえずはその見聞記であるという印象が読者には与えられる。「集」の導入部である巻一の一や一の二においては存在感を持って描かれ、また伴山が直接話の展開とかかわっているような話も、全巻を通じてほどほどに配置されている。つまりは、伴山が登場しない話をも含めて、読者は伴山と時間を共有しつつ読み進めているような印象を持つことになる。たとえ実際の見聞記としてはありえない記述―伴山が知り得ないはずの内実が記されているなど―があったとしても、そのような印象が保たれていることは確かである。[12]

そして、読者が伴山とともに共有することになる時間には、ある限定がかけられている。それは、伴山の旅立ちを記した巻一の一の「二王門の綱」が、頂妙寺の総門の仁王像[13]が洪水によって流失する事件を素材としている

ことによる。これは延宝四年五月に実際に起きたことであり[14]『両吟一日千句』（延宝七年刊）にも、

時に仁王も動き出たまふ　　西鶴
頂妙寺たまりもあえぬ洪水に　　友雪

という句が見えることなどは、既に諸注に記されている通りである。とすれば、『懐硯』はその刊行当時の読者から見て、過去十年間ほどの出来事を記した見聞記であるということになる。

もちろん、延宝四年という旅立ちの年が厳格に意識されていたとは思えない。巻一の三に記された玉川千之丞が江戸に下っての中村座での興行は寛文元年のこととされており[15]、延宝四年からは十五年もさかのぼってしまう。巻二の二の題材となっている堺の夷島出現にしても寛文八年のことであり[16]、各話の題材となった可能性があると指摘されている事件等には、延宝四年以前のものが他にもある。

しかし、それらを視野に入れても、『西鶴諸国はなし』に記されている年号、寛永や正保などと比較して、近年の出来事といえることは確かである。そしてそれ以上に重要なのは、冒頭の一話によって、読者がここ十年ほどの伴山の見聞記であると「錯覚」してしまいそうな書き方がなされているということである。少なくとも『懐硯』という作品世界の時間は、伴山という虚構の肉体を通して、ある程度の密度を持った「同時代」の姿を浮かび上がらせるネットワークを形成することになる。

誰もが気づくことであるとは思うが、『懐硯』の中には繰り返し類似した内容や題材が登場する。たとえば、

男伊達―一の三・二の三・五の三

武家の困窮―一の三・三の五・四の一・四の三
農村の荒廃―四の一・五の一
商人の不正・犯罪―一の二・二の一・四の一・五の一
僧の堕落・破戒―一の二・四の一・四の五
華美な若衆風俗―一の五・二の五・五の五
孝行の矛盾―一の四・二の四・四の二
結婚と離縁―一の四・二の一・三の一・四の三・五の一
奇跡・怪異と民衆―一の一・三の二・四の五

このように並べてみると、社会制度の矛盾や荒廃した世相に話題が集中しているように思われてくる。『懐硯』には「異常な、暗い、不幸な話が多い」[17]という印象も、このことに根差していいのだろう。さらに個々の題材について考えてみるならば、かなりスキャンダラスなものが多く用いられていることに気づく。

巻四の一「大盗人は入相の鐘」に出てくる梅倉徳介が盗賊となったいきさつには、家老の徒歩《かち》若党が行った乱暴狼藉についての出羽《でわ》秋田藩の隠蔽《いんぺい》がからんでいる。いずれの藩でも似たような状況であろうが、当時の秋田藩は家老の絶対的な権力の下で職制の改革などが強行されており、徳介のような「氏系図《うぢけいづ》家中に肩を並《なら》ぶるもの」がいないほどの名家の子息であるがゆえに、「功なくして禄を不足に」思う者はまさに邪魔な存在であったはずである。[18]

巻三の五「誰かは住し荒屋敷」では、下総須賀山の領主が無実の二人の腰元を拷問の末に殺し、その怨念によって一家が滅んでいる。下総の大名、無実の罪による処刑、その祟りによる乱心、一家の滅亡といったことから連想されるものに、佐倉惣五郎の伝承がある。惣五郎の死は一説に承応二年、堀田正信の自害は延宝八年である。現存する佐倉惣五郎の義民伝承の記録は近世中期以降に筆写されたものであるが[19]、それ以前に口承等で流布していたこの「事件」と共鳴し合うようにこの一話が書かれたとも考えられる。

巻五の二「明《あけ》て悔しき養子が銀筥《かねばこ》」は、多額の借金を踏み倒し、身代わり殺人まで犯した松崎九助が、罰せられることなく結びとなっている。それも殺人を犯した大津からはそれほどはなれてはいない、しかも交通の要衝でもあった木ノ芽峠で茶屋を始め、女房を呼び寄せるという大胆さである。義父の篠原屋勘吉や仲人の古手六次など、登場人物すべてが悪人とも言いうるこの一話の世界は、極めてアナーキーであるといってよい。

『懐硯』の中に、綱吉の忠孝奨励策に対する批判が含まれている、という指摘は以前からなされている[20]。その可能性はともかくも、「集」としての『懐硯』が暗示する世界は、単に忠孝にかかわる程度のものにとどまってはいない。相互に話題が共鳴し合ったり不協和音を発したりし、その中で浮かび上がるものが「同時代」として意識されるならば、これはまさしく延宝八年以来の綱吉の治世の全体像にほかならない。

七　結語――『懐硯』の持つ危うさ――

スキャンダラスな現実を描きだすために伴山という虚構の見聞者を設ける、ということからすぐに想起されるのは、いわゆるカモフラージュの手法であろう。幕政への揶揄《やゆ》や皮肉になりかねないようなことがらを述べる以上、当然、西鶴自身の述懐ととられるような書き方は避けなければならない。

そういった側面は確かにあったのかもしれない。序文末の削られた署名の問題なども、あるいは関連させて考えれば面白いのかもしれない。ただしここで問題にしたいのは、カモフラージュをほどこさねばならないような状況を逆手にとって、いっそう「毒」を含んだ叙述を成しえたのではないか、ということである。事実を題材とし、出版取締りを意識してのカモフラージュをほどこすこと以上に過激な手法—危うきに遊ぶように、あえて思わせ振りな書き方をした虚構の世界を、限界まで試みようとしているのではないだろうか。

もちろん、今後も調査を重ねれば、モデルとなった何らかの事件を見つけ出すことができるかもしれない。しかし、それは恐らくは原型をほとんど止めないほどに変えられてしまっているはずである。また、そのモデルを突き止めることと『懐硯』を読むこととは別だといえるだろう。「文字すわる松江の鱸」の例からもわかるように、やや古びた仏教説話を武士の困窮と結び付けて「同時代」の事件として描き出す、ということが行われているのである。現実以上に危うい、ありえそうな嘘が記されているといってもよいだろう。

そしてこのような「同時代」への関心は、当時の読者の間においても高いものであったと思われる。

『御仕置裁許帳』によれば、天和二年戌十二月十二月に、牛込天龍寺前山伏町の正木惣右衛門という者が、諸国巡見使に随行して見聞した道中十ケ国の記録を書物二冊に清書して売り、罪に問われている。将軍の代替わりに際して全国に派遣される諸国巡見使は、単に形式的なものにとどまらず、宗教寺院・産業流通・地理地誌・農村の状況・災害・領主の言動・家臣役人の善悪・孝行忠義の実態などについて詳しく調査が行われたという[21]。このような情報はやはり人々が関心を持たずにはいられないものであっただろう。また、それが実態であればなおさら、幕府としては流布を厳しく取り締まらねばならなかった。
そのことを考えるならば、『懐硯』という作品は、虚構という手法を存分に生かして、当時の読者が潜在的に知りたいと思っていた「同時代」の危うい姿を創出して見せたもの、ということができる。

注

1. 前田金五郎『西鶴語彙新考』勉誠社　平成五（一九九三）年。
2. 箕輪吉次『西鶴選集　懐硯（翻刻）』おうふう　平成七（一九九五）年。
3. 宮城音弥『夢』（第二版）岩波新書　昭和四七（一九七二）年。
4. 本書所収の『懐硯』研究史を参照のこと。
5. 片岡良一『井原西鶴』至文堂　昭和十五（一九二六）年。
6. 暉峻康隆『西鶴　評論と研究（上）』中央公論社　昭和二三（一九四八）年。
7. 注4と同。松田修『日本近世文学の成立』法政大学出版局　昭和四七（一九七二）年。
8. 篠原進「午後の『懐硯』」『武蔵野文学』第四三号　平成七（一九九五）年十二月、平林香織「『懐硯』における話のネットワーク」『長野県短期大学紀要』第五二号　平成九（一九九七）年十二月。
9. 注6と同じ。
10. 西島孜哉『西鶴　環境と営為に関する試論』勉誠社　平成十（一九九八）年。
11. 堀切実「芭蕉の仮定表現」『表現としての俳諧　芭蕉・蕪村』岩波現代文庫　平成（二〇〇二）年。
12. このことについては、すでに平林氏の指摘がある。平林香織「『懐硯』の時間―巻三の三「気色の森の倒石塔」を中心として」『文芸研究』第一三六号　平成六（一九九四）年五月。
13. 実際には持国天と多聞天であった（『摂州府誌』）。

14. 市古夏生「『懐硯』における状況設定―「二王門の綱」と「付たき物は命に浮桶」」『近世初期文学と出版文化』若草書房　平成十（一九九八）年。
15. 田崎治泰『校註　懐硯』笠間書院　昭和四三（一九六八）年。
16. 注15と同じ。
17. 麻生磯次・冨士昭雄『決定版対訳西鶴全集五　西鶴諸国ばなし・懐硯』明治書院　平成四（一九九二）年。
18. 今村義孝『秋田県の歴史』山川出版社　昭和四四（一九六九）年。
19. 児玉幸多『人物叢書　佐倉惣五郎』吉川弘文館　昭和三三（一九五八）年、大野政治『地蔵堂通夜物語』崙書房　昭和五三（一九八七）年。
20. 箕輪吉次「懐硯の素材と方法」『学苑』五一〇号　昭和五七（一九八七）年、井口洋「『懐硯』一面―「誰かは住みし荒屋敷」の主題―」『叙説』一三号　昭和六一（一九八六）年十月。
21. 大平祐一「江戸幕府巡見使考」服部弘司・小山貞夫編『法と権力の史的考察』創文社　昭和五二（一九七七）年。

第Ⅱ部　西鶴の「はなし」とその方法

第七章　『暗夜行路』を出発点として――近現代における『本朝二十不孝』の読み（一）――

西鶴作品はどれもがそうだといえるが、毀誉褒貶《きよほうへん》や解釈の振幅がはなはだしい。とりわけ『本朝二十不孝』はその傾向が強いだけに、研究史の整理には困難が伴う。それを行うには、そもそもかみ合っていない論議を、同じ土俵に上げて無理やり正対させる強引さが必要である。

そこで、西鶴研究者にとっては周知のことである、志賀直哉の『暗夜行路《あんやこうろ》』の次の一節をその手掛かりとして活用することにしたい。

彼は二三日前、お栄から日本の小説家では何といふ人が偉いんですか、と訊《き》かれた時、西鶴といふ人ですと答へた。さういつたのは、丁度その前読んだ二十不孝の最初の二つに彼は悉《ことごと》く感服して居たからであつた。それは余りにと云ふ程徹底してゐた。病的といふ方が本統かも知れない。彼は若し自分が書くとすれば、ああ無反省に残酷な気持を押し通して行く事は、如何に作り物としても出来ないと考へた。親不孝の条件になる事を並べ立てて書く事は出来るとしても、それをあの強いリズムで一貫さす事は却々出来る事ではないと思つた。（中略）で、実際西鶴には変な図太《ずぶと》さがある。

（『志賀直哉全集　第四巻』岩波書店　一九九九年による）

これは主人公時任謙作《ときとうけんさく》の述懐であるのだが、志賀直哉の『本朝二十不孝』観としてみなされることが多かった。

そのことに問題があることは言うまでもないが、とりあえずはこのような読み方が、あたかもある人物の素直な感想らしく大正十年（一九二六）年に提示されていた（『改造』第三巻九号）、という事実から研究史の検討を始める。

一　西鶴の「図太さ」―『暗夜行路』の『本朝二十不孝』観―

時任謙作が「残酷」「図太さ」と評したと思われる叙述の一部を見てみよう。巻一の二「大節季にない袖の雨」の一節である。

此《この》男、大悪人。十六の夏の夜、妹にあをがせしに、いまだ七歳なれば手先に力なくて、団《うちは》の風も「まだるき」とて首筋逆手《さかて》に取《とつ》て抛《なげ》しに、庭なる碓《いしうす》のうへにあらけなくあたりて息絶《いきたへ》、脈に頼みなく、当座に露と消《きへ》しを《中略》又、廿七の年、主ある人を横に車道《くるまみち》、竹田の里に毎夜通ひしを、母聞付けて「命の程も」と異見《いけん》するに、ある暁がたに帰りて蹴立《けたて》けるに、母はそれより腰ぬけ、立《たち》ゐも心にまかせず、むなしく年ふりしに、

いとも簡単に幼い妹を投げ殺し、異見する母親をけり倒す。こんな行為に対し、「残酷」という印象を持つことは自然なことであろうし、それを描ききった作者の神経を「図太い」と評しても間違いではないだろう。しかし、「無反省に残酷な気持ちを押し通して行く」姿勢―悪に対する徹底した観照的態度が『本朝二十不孝』全体を貫いている、とまで言い切れるかどうかとなると、見解が分かれるところであろう。もとよりこれは志賀直哉の公式見解などではなく、小説世界の中の時任謙作の自己表出にすぎないのだから、これを一つの『本朝二十不孝』

観として問題にすること自体筋違いなのだが、あまりにも著名な作品の一節であるだけに、研究者から言及されることが少なくなかった。

暉峻康隆氏は、この作品に無感傷性―図太さが見出されることは認めつつも、それは西鶴自身の個性というよりも上昇期の元禄上方町人の「非常なる説話的精神」が発揮されたものであり、そこに志賀直哉自身が自らの精神との類似を見出したにすぎない、とする。[1] また、野間光辰氏も「直哉の買被りである。西鶴には直哉ほど図太さはない。一見非常・非人情と見えるのは、西鶴の咄の姿勢がそうさせるのである」[2]と、西鶴の精神とその文体の問題とを区別しつつ否定的見解を述べた。

このように、『暗夜行路』の『本朝二十不孝』観は、どちらかといえば研究者には評判が悪かった。だが、谷脇理史氏の、「現在までの批判は、『暗夜行路』の批評の欠落を指摘してはいても、されば『二十不孝』をどう評価していくべきかという点では、『暗夜行路』のそれとほとんど相違がない」と指摘した。[3] つまり、冷徹な観照的態度を作品の特色と認識している点については同じだというのである。そして、そのような「真面目すぎる」読み方に対するアンチテーゼとして谷脇氏が提示したのが、『本朝二十不孝』「戯作」説であった。[4] このことについては第八章で詳述するが、以後、『本朝二十不孝』を論じる際には、谷脇氏の問題提起を避けて通ることはできなくなったといえよう。

とはいうものの、谷脇氏の先行研究批判もまた、『暗夜行路』で提示された作品観の是非を論じるという同じ土俵において、二者択一的な議論を展開していたということもできる。その意味では、志賀直哉の呪縛《じゅばく》からは逃れていなかった。

谷脇氏は、その「戯作」説の提示と同時に、『本朝二十不孝』の先行研究を、綱吉の孝道奨励策への批判を強調する野間光辰氏[5]の説と、文字通りの孝道奨励の姿勢を重視する横山重・小野晋氏の説[6]との二派に代表させた。この対立を克服したのが谷脇氏の「戯作」説であり、それを加えた三分類が『本朝二十不孝』研究史を整理する際の基本となってきたように思われる。

描写に関しての観照的態度、主題に関しての政治的立場。いずれにおいても谷脇氏は先行研究の地平を覆《くつがえ》して新たな論を提示したことになるが、実はこのような対立の構図そのものが谷脇氏によって提示されたものである以上、氏の論理に有効であるよう戦略的にかつ恣意《しい》的に組み立てられた可能性を考慮しなければならない。少なくともこの作品の浩瀚《こうかん》な研究史を丁寧に読み返したとき、多くの研究者が悪戦苦闘してきた主要な要素は、先のような二項対立や三分類に整理できるものの外にあった—すなわち、そのような構図化によって見えなくなってしまうところにこそ課題があった、というのが私の実感である。

『本朝二十不孝』という作品の研究史をここで改めて振り返るのは、以上のような問題意識から、研究者が積み重ねてきたこの作品を読むという行為はいかなるものであったのか、その総体をふりかえってみたいと考えたからである。

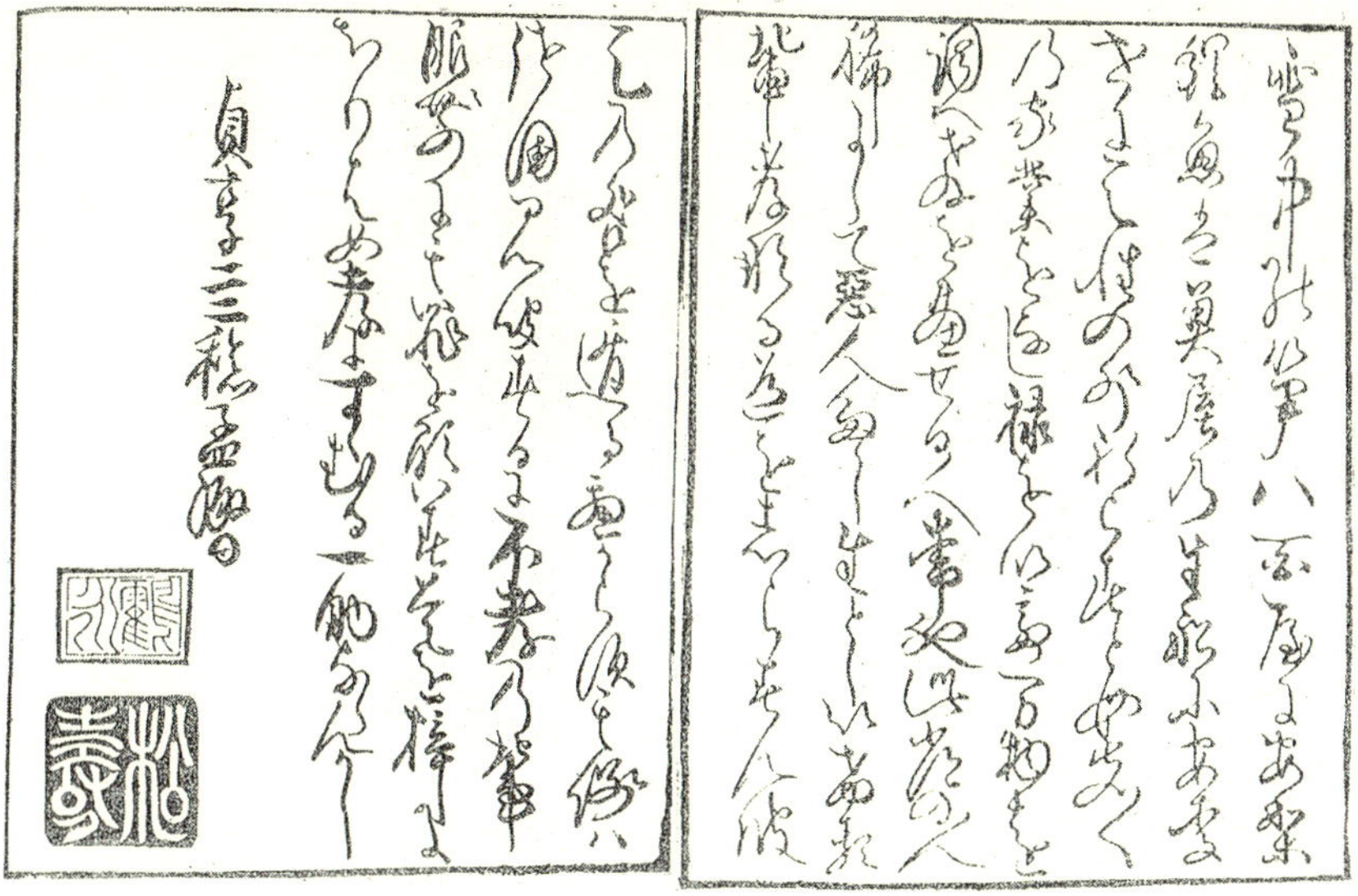

『本朝二十不孝』の序文。「孝にすすむる一助ならんかし」で結ばれている。

二　戦前の『本朝二十不孝』研究

(1)　片岡良一の『本朝二十不孝』評

片岡良一は、明治大正期の西鶴研究の総決算ともいうべき『井原西鶴』[7]を大正十五（一九二六）年三月に至文堂より刊行した。その第四章「浮世草子作者としての西鶴」の中で『本朝二十不孝』について言及しているのだが、そこには、片岡氏自身の屈折した思いと苦悩とが感じられる。

まず片岡氏は、好色物を書いてきた作家が不孝というテーマに至るのは、好色生活→極道→親不孝という「平凡な思考の屈折」であり、『二十四孝』を逆転させるというのも「浅薄な知的興味」だとする。そして、孝不孝という道徳の問題に触れようとした結果、やむをえず真面目な教戒や天の配剤などの観念を取り入れる結果となった、などと執筆動機を否定的な筆致で説明している。だが、氏が強調したかったのは、そのような動機の問題ではない。

恐らくは作者の、常にでたらめな飛躍をあえてする連想の方向と、貧弱極まる思考力とのゆえに、本書は作者の最初の意図を裏切つて、単なる不孝者の咄という以上に、人間の悪を描こうとするものになつてしまつた。と同時に教訓という意味にも合致しない単なる因果譚や、神怪譚系統のものや、さては敵討説話などさえ雑然と収められてしまつた。

片岡氏によれば、西鶴の散漫ともいうべき性格によってもたらされた、副産物の一つにすぎない「悪の描写」こそが、結果的には高く評価できるというのである。たとえば、巻一の一「今の都も世は借物」については次のように述べている。

作者が彼を描くに当つて示した態度は、ただ人間の悪の底まで見究めようとする態度であつた。浮薄な誇張や空疎な悪ふざけとは違う。ただぐんぐんと底を究めるのであつた。これでもか、これでもか、という態度であつた。

基本的には、『暗夜行路』に記されたものと同様な観照性を基調とした読み方だが、そのことの是非はここでは問わない。問題にしたいのは、片岡氏のこの回りくどい評価の仕方である。「当初の」テーマであったと見る孝不孝の問題を極めて矮小化してとらえ、その一方で徹底した人間観照は、元来西鶴の意図したものではなかったという前提に立ちながらも、高く評価するという述べ方である。

(2) 観照と教訓

徹底した人間観照を行う西鶴は、単純な因果応報の理など認めず、「悪を突き抜けた彼岸の世界に絶対不可侵の天の支配を感ずる」ようになっていたのだと片岡氏はいう。世に善人が稀で悪人が多いことを序文に西鶴は記しているし、善人が必ずしも幸福にならない展開の話も少なくない。そのようなものを書き綴ったのは、「人間はただ不可抗の変転の前に謙虚に合掌するより他はない」という心情を西鶴が抱いていたからだと説明する。

そもそも片岡氏の『井原西鶴』は、『好色一代男』で性欲と恋愛の実相を情熱的に追究した西鶴が、作家的成長を遂げた末に、晩年に『西鶴置土産』の枯れた観照の世界へ至る、という作家としての軌跡を展開の骨格としている。その中で重要な役割を果たす観照的態度—リアリズムの形成は、老荘思想による無常観の所産だと説明している。それゆえに、当時においても西鶴作が疑問視されていた『近代艶隠者』をあえて西鶴作とみなし、老荘思想と西鶴の結びつきを強調しようとさえしている。ならば、『本朝二十不孝』における「悪」をどこまでも冷徹に描写する姿勢は極めて好都合であったはずである。なのに、なぜ素直に評価できなかったのか。これにはそれなりの理由があった。

たとえば片岡氏は、一方で『本朝二十不孝』の中に因果譚とみなすことができる話が含まれていることに注目する。巻二の三「人はしれぬ国の土仏」は、親に背いて船出した藤助が漂流の末に纐纈城《こうけつじょう》で地獄の責めに合うというものだが、そこでは「此藤助が身の難儀は皆親の言葉を背きし罰ならん」と因果の理が説かれている。同様の記述は他の話にも散見するのだが、片岡氏は、これは「彼自身の気持ちを非常に浅く誤解した」ものであると述べる。つまり、西鶴は自らの本心を裏切って因果応報の理を書いてしまった、というのである。

また、『本朝二十不孝』に教訓的言辞が含まれていることにも言及し、それを無視して読んではならないが、決してこの作品にとって第一義のものではない、とする。教訓は、西鶴が現実と向き合い、「世俗の調和を紊すまいとする態度」の表れである。それは西鶴の真面目で重苦しい態度の表れである一方、世俗に堕した姿でもあった、というのである。

片岡氏の意識の中には、どこまでも現実に無心で向き合い観照し続ける西鶴という作者像が中心に据えられている。しかし、同時に片岡氏は、『本朝二十不孝』の記述の中に、仏教的因果律や世俗的教訓との妥協をも見出してしまう。あるべき西鶴像と叙述の実態との間で苦悩する片岡良一という読者がここにはいる。彼は自分のその苦悩を作者西鶴のものにすりかえていると理解すべきだろう。ともあれ、『本朝二十不孝』という作品は、作家としての西鶴の「危機」―世俗との妥協―を示すものとして扱われているのである。

(3)　近代的文芸観と『本朝二十不孝』

しかしながら、戦前期の西鶴研究においては、片岡氏のようなとらえ方は決して一般的なものではなかった。リアリズムと教訓・因果律の共存は、さほど違和感なく受け入れられていたといってよい。

たとえば山口剛氏は、

勧懲の意を寓するに似てゐる。しかし、必ずしもさうでない。作者の感興は、むしろ不孝者の行為に存するやうである。といつて、不孝不徳を礼賛するのでない。その罪を除し来り除し去つて淡々たるものがある。また二十四孝を翻して二十不孝と題することに、別の世の道徳を揶揄した念もない。しかし、とにかく序文に於いて標榜した勧懲の態度は、その一端にせよ、書中に示す必要があつたらう。[8]

と述べている。また、頴原退蔵氏も次のように述べている。

標題の示すごとく不孝者の説話二十条を収録したもので、特に「本朝」と題したのは支那の「二十四孝」に対したのである。而して自ら序文に言つて居る通り、それらの話は明らかに教訓の意を寓したものではあるが、それは仮名草子の教訓的態度や馬琴等の勧懲主義とは、その本質を全く異にするものであつた。要するに西鶴はこゝで人世に於ける悪の一面を、最も強く深く描き出したのである。[9]

これらは、観照（リアリズム）と教訓との同居に何ら違和感を抱いていない。あたかも両者は適度のバランスを保って配されているもののごとくである。元禄時代に成立した文学である以上多少の教訓性が含まれていることは当然のこととし、むしろその教訓臭が、近世後期の戯作などよりも露骨でないことを評価している。江戸戯作の否定の上に成り立つ坪内逍遥以来の文芸観を背景とし、写実と教訓の度合いを測りつつ述べたもののように思われる。

瀧田貞治氏もまた、教訓性を指摘しつつも、それは「当世一般の持った倫理的批判をも映した」にすぎないとし、作者の重点は「説話の持つ面白さ」にあるとする。ただし「やや誇張的に戯画化された超人的無性格者が作中に跳梁」するような二三の話には、もはや「文芸」としての資格を失いかねない「危機」が見られるとする。そして、その「詩才」ゆえに「文芸」に踏みとどまった西鶴と、それができなかった八文字屋本の作家とを対照させている。[10]

片岡氏は、作品の向こう側にあくまで統一された一個人の人格を見出そうとしていた。それゆえに作品内の「矛盾」がかえって強く意識され、作者の散漫と分裂とが問題にされるという形となった。老荘思想を背景として説明しようとしてはいるものの、逸脱を許さず完結性を求めること自体極めて「近代」的な発想であったといえるだろう。一方、八文字屋本や馬琴の読本を視野に入れての文学史的評価を考えた山口、潁原、瀧田氏らにあっては、その教訓性はさして気にはならず、むしろどれだけ写実的描写が垣間見られるかが重要であった。したがって片岡氏が問題にするような「矛盾」が顕在化してくることはなかったのであるが、これもまた「近代」的な文芸観を基盤とした、すなわち西鶴を非「近代」に押し込める発想であった。

三　分裂への注目

(1)「反封建」の視座から

片岡氏が『井原西鶴』で指摘したような『本朝二十不孝』の問題点―その分裂・矛盾は、戦後になって注目されるようになる。ただし、そのあり方は、片岡氏のように、老荘的無常観を西鶴作品に見出そうとする発想とは、異なった背景を有している。

田崎治泰氏は、『好色一代男』を輝かしい「近世的リアリズム」の確立としてとらえ、それに対して『本朝二十不孝』には「封建制度との妥協」「中世的なものへの回帰」といった危険性が内包されていると指摘する。[11]

田崎氏は、西鶴は序文において、町人の立場から反「二十四孝」の表明を行っているとする。その一方で、「孝にすゝむる一助ならんかし」と教訓的な因果話の形式で結ばれていることにも注目し、分限意識と結びついた封建的な常識が示されているにすぎないとする。それゆえに、各章の内容は、その形式をはみ出しながら展開し、「合理・非合理の混在する当代町人の世界観の実相」を描き出し、「町人の現実主義」を示し得たところに積極的な評価が可能だとする。

とはいうものの、その作品全体に対する評価は否定的なものである。奇談集的な性格が随所に見られ、封建的な宗教とも安易に妥協している。また、女性が登場する話では、封建的な女性道徳観が支配している。善悪や孝不孝が対立した場合も両者は類型的にしか描かれず、微妙な心の陰影が記されることがない。つまるところ、『本朝二十不孝』での西鶴は、中世的な仏教の因果の世界や封建的な価値観から抜け出すことはできなかった、とする。

このように、田崎氏の読みの背景には、反封建的なるもの、人間性解放への希求が感じられる。そのような文学観に立つからこそ、『本朝二十不孝』の中に散見される教訓や因果律は、許しがたい旧思想の残滓として際立ってくることになる。これはもちろん、終戦後の民主主義出発期ともいうべき時期にこの論文が執筆されていることと深く結びついている。

同様のことは、暉峻康隆氏の『西鶴　評論と研究』[12]についても言うことができる。

暉峻氏は、『本朝二十不孝』執筆の動機を綱吉の孝道奨励策や忠孝札などの思想的トピックに触発されたものととらえ、町人の立場から孝道を肯定するために「二十四孝」的文学伝統を否定することが、そもそもの西鶴の意図であったとしている。もとよりそこには、西鶴が『好色一代男』で見せたような上昇期上方町人のエネルギーや情熱は見出すことはできず、奇談に対する説話的興味や勧善懲悪的な因果律が支配している。評価できるのはそういった基調ともいうべきものから時折踏み出して、自由に人生を観照してみたり金銭の持つデモニッシュな力に注目したりしている部分であって、全体としては、文学的に優れているとは言い難い、という評価を下している。

(2)「偽装」される本音

「近代」的なものを西鶴に希求する姿勢は、このような形で『本朝二十不孝』の否定的評価へとたどり着く。一面ではその観照、すなわち現実凝視の姿勢を評価しつつも、それは西鶴の意図から外れたところに生じた副産物とみなされた。『本朝二十不孝』は教訓・因果と観照とが同居し、矛盾・分裂を内包する不出来な作品とみなされたのである。

ところが、水田潤氏の「『本朝二十不孝』その戯作性についての一考察」[13]は、この矛盾・分裂に全く異なった意味を見出した。

水田氏は、『本朝二十不孝』への従来の評価が、政道礼賛かあるいは教訓性と創作意識を結び付けている点を、皮相的な発想として退ける。そしてそれらは、出版書肆《しょし》の要求にこたえての「擬装」にすぎない、という見解を提示した。

これまでの発想とは逆に、教訓性や因果律からはみ出るように書かれた部分こそが、作者西鶴が当初から意識していたものであり、世俗の諸悪を「不孝」に限定して普遍化することにおいて散文精神が貫かれているとして評価している。

「擬装」である教訓性の陰に見え隠れするものは何か。それは、巻一の一「今の都も世は借物」や巻一の二「大節季にない袖の雨」であれば、繁栄の背後にある庶民の零細と困窮であり、巻一の三「跡の剥《は》げたる娌入長持」や「親子五人仍書置如件《よつてかきおきくだんのごとし》」であれば町人社会の混乱と退廃であり、巻一の二「旅行の暮の僧にて候」であれば金銭の魔力等である。

「擬装」という発想は、従来の観照と教訓との位置関係を逆転させたものといえる。この水田論文とは直接的な影響関係はなさそうだが、野間光辰氏が「西鶴と西鶴以後」[14]で示した見解も、つきつめればここにたどり着くのではないかと思われる。

野間氏は、西鶴がこの時期に親不孝というテーマを選んだ理由を、綱吉の孝道政策に対する反発ととらえている。『二十不孝』に限らず、『好色一代男』そのものが綱吉の恐怖政治に対する危機感から執筆されたとする野間氏にしてみれば、不孝というテーマの選択が単に幕政に迎合したものなどということはありえないことであった。

> 西鶴はこの聖人君子面をぶらさげてゐる将軍の二重人格を、町の生活の中でぢかにそして鋭敏に嗅ぎつけ、むしろ反感を抱いてゐたのではなかつたかと思ふ。「天下様」に対する町人の反感や反撥は、よし痛切な実感であったとしても、その自由な表現が許されなかったこと、勿論である。だからこそ表面には「孝にすゝむる一助ならんかし」と謳ひながら、孝道奨励とは逆行する親不孝咄を集めたのである。それは決して、単なる趣向の突飛さ、説話の興味だけに止まるものではない。

野間氏は、『本朝二十不孝』各章の具体的記述については全く言及していない。ただ親不孝というテーマを取り上げたということだけについて述べているのである。当然のことながら、各章からどのようにして幕政への反発を読み取るのかという課題が残されていることとなる。もしもそれを追究するとなれば、やはり水田氏のように教訓的言辞や因果律に支配された展開を「擬装」としてとらえ、綱吉統治下の世の惨状をいかにリアルに描き出しているか、という理解に必然的に至ることになろう。

いささか余談めいた言い方となるが、昭和二十年代の前半に書かれた田崎・暉峻両氏の論文には、反封建の立場に立ち、人間性を抑圧するものを批判していかなければならないという学者としての思い―情熱のようなものが背後にあるように思われる。この時期の特殊な解放感とでもいうべきものが、その読みの姿勢に反映していたとは考えられないだろうか。それに対し、昭和二十年代から三十年代にかけて書かれた水田氏・野間氏の論文には、レッドパージ、再軍備化の進行など、次第に戦前への「逆コース」が懸念されつつあった時期の、ある種の息苦しさが読み取れるとするのは穿《うが》ちすぎだろうか。本音が「擬装」されざるを得ない社会状況への注目は、研究者自身が持つ不安感の表出でもあるように思われる。

(3)　教訓書としての『本朝二十不孝』

戦後社会の保守化の進行は、一方では不安と息苦しさをもたらすが、他方では、研究者を含む知識人に、「反封建」を声高に主張することの義務感からの「解放」をもたらす。『本朝二十不孝』についても、ことさらに反封建的要素を探し出して評価する必要はなく、むしろ、幕府に対しての迎合や礼賛の姿勢が強調されていることを当然のこととして認めてよいのではないか、という姿勢も誘発されよう。勝手な推測かもしれないが、水田・野間氏とは対照的なものであるだけに、檜谷昭彦氏[15]や、小野晋・横山重氏[16]の論述からはそのような背景を感じとってしまう。

たとえば檜谷氏は、巻一の三「跡の剰たる娌入長持」の末尾に据えられた「後夫を求むるなどする〳〵の女の事」という批評は庶民の啓蒙教化に努める仮名草子作者と同様の姿勢であり、巻四の四「本に其人の面影」はお上の考えが庶民のそれとはいかに違って筋が通っているかを示したものだとする。また、「家栄へ家滅ぶるも皆これ人の孝と不孝とにありける」（巻二の四「親子五人仍書置如件」）は西鶴の本音から出た言葉であり、不孝話の舞台として江戸を避けていることからは、幕府の孝道奨励策を無視したり否定したりすることのできない作者の執筆態度が読み取れるとする。

もちろん檜谷氏も、『本朝二十不孝』が教訓性を超えた鋭い形象や文学的な現実感を与えてくれることを認めてはいる。ただしそれは、西鶴本来の写実精神のために執筆の意図とは関係なく描き出してしまった「皮肉な実相」であった、とする。

小野晋・横山重氏もまた、教訓者西鶴の姿勢を強く読み取っている。

　そこには、当代の政治に対する、彼の反感や反撥の気持ちは、全く感じとることはできない。むしろ「永代、松の朶《えだ》を鳴さず。此御時、江戸に安住」する悦びを述べており、また「豊なる美代の例《ためし》」を讃えている。これらは、常套の文飾であるかも知れないけれども、君恩を謝し、君徳を謳歌することに、彼等は生活感情としても訓致されていた。だから西鶴を、そう言った意味での、革新的な文学者とすることはできない。しかも、その教訓的態度は、決して単なる身振りではなかった。

このように西鶴の執筆態度を規定したうえで、西鶴と仮名草子作者とを区別するものは、社会や時勢を現実的に描く写実的態度であったとする。ただしそれは、志賀直哉が感得したような近代小説的なリアリズムとは異なる。むしろ微妙な心の陰影を宿すような人物を描きえない説話文学の特性から脱却できなかったものであり、人間の否定的側面を述べるのに誇張と諧謔とを加えるのは、慰み草としての浮世草子作者の本領を示している、と述べている。

四　『本朝二十不孝』の方法論へ

(1)　孝行・不孝説話との関わり

つまるところ、以上述べてきた見解は、すべて、『本朝二十不孝』には教訓的要素とそれには収まらない写実的描写とが共存しており、後者の方に西鶴のオリジナリティがあるとするにとどまる。異なるのは、この両者のバランスと作者との関係である。教訓的意識を強固に持っていながら、西鶴の筆致は図らずも世の矛盾や荒廃を描き出してしまったととらえるか。あるいはまた、現実暴露にこそ執筆意図はあり、教訓はそのための「擬装」であったとするのか。あるいは、その中間、すなわち、教訓性と現実観照の間で揺れ動く作家西鶴の危機を見出すのか。

ここまで印象が異なってしまったのは、やはり未だ十分な作品分析がなされず、印象批評的な評論が中心の段階にあったことに原因があったといえよう。すなわち、各研究者が想定するところの、『好色一代男』以来たどった作者西鶴の軌跡がまずあり、そこから作品の理解が導き出されているのである。幕政に従順な一町人ととらえるのか、反体制的な文化人ととらえるのか、あるいは独自の作風を模索して苦悩する創作者ととらえるのか、そういった各自のイメージに左右されながら、『本朝二十不孝』の各章が要約されたり、あるいはその一節が引用されたりして、あらかじめ用意された作者像にふさわしい解釈が形成されていく。大雑把にまとめてしまえば、そのように言うことができるだろう。一見一致しているように見える「写実」に対する評価にしても、徹底したリアリズムという理解もあれば、誇張や諧謔性に着目するものまで多様である。

となれば次の段階として、作者像を一旦棚上げした上で、典拠研究や表現手法の客観的分析を通して作品の実相に迫る、という研究の姿勢へと向かうことになる。

徳田進氏の『孝子説話集の研究　近世編―二十四孝を中心に―』[17]の中での言及は、この後本格化する典拠研究の嚆矢《こうし》といってよいだろう。『本朝二十不孝』の各話について網羅的に、『二十四孝』の逆設定になっているもの、著名不孝譚の翻案と思われるもの、在来著名孝子譚に取材したもの等の指摘を行っている。それらをふまえて、西鶴は「道義的な立場のみから表現する伝統を打破し、醜悪な現実の中にひそむ真実を追究」して文学化したのであり、そこに「散文のリアリズム」が確立されたのだとした。教訓的言辞はもちろん記されてはいるが、むしろ人倫を外れる人間の正体を人間性の一部と見てあくなき追究を行ったもので、不孝者を描くことは同時に社会批評にもなりえているとした。

社会批評的な側面を強調して積極的評価を提示しているところは、先の水田・野間両氏の論調とも通じるところがあるといえよう。ただし、個々の話ごとの翻案・改作の方法について詳細な分析がなされているわけではない。同時代に読まれていた多様な孝子・不孝説話を視野に入れて『本朝二十不孝』をとらえ直すという方法の端緒を示すにとどまっていたといえよう。

(2) 方法の破綻

一方、江本裕氏は、『本朝二十不孝』における矛盾・分裂の問題を、西鶴の創作手法という観点から論じ、徳田氏とは対照的に否定的な評価を下している。[18]

江本氏は、まず序文に二つの性格が表れていることを指摘する。一つは「不孝」というテーマによって統一された教訓への志向であり、いま一つは、従来の孝行譚への反抗と否定である。教訓への志向は西鶴なりの倫理を示そうとする姿勢であり、孝行譚への反抗は倫理を蹂躙《じゅうりん》し破戒する人の姿を描き出すことを目指すものである。この明らかな二律背反を、西鶴は作品上にどう展開しているのか。

たとえば、巻二の三「旅行の暮の僧にて候」は首尾一貫した不孝物語としてまとめられており、その悪の行動描写は徹底したものである。その他の話でも、物欲や虚栄に踊らされる人間の姿が描かれ、その現実認識の深さに驚かされる。ところが、唐突に教訓的言辞が付加されて安易な結末が述べられていることもまた少なくない。小説を一篇の統一体とみるならば完全に破綻しているのであって、それはこの作品の物足りなさとなっているとする。

要するに西鶴は、抽象的観念的な孝道は否定したものの、中世説話や仮名草子などの従来の方法をそのまま使って二律背反的なものを志向したために、方法上の破綻をまねいたのではないか、ということである。

江本氏の論は、教訓とリアリズムという相反する要素の共存を、作者の思想の問題からはある程度距離を置いてとらえ、作品の実態を方法の問題として分析しようとしたものであった。ただし、結論的には片岡、田崎、暉峻といった先行研究の延長上の否定的評価にとどまっているといってよいだろう。

以上述べてきた通り、『本朝二十不孝』という作品については、常に矛盾・分裂・破綻といったことがらが問題となってきた。人間の欲望や社会悪の徹底的な描写―観照的態度あるいはリアリズムと、仮名草子的な教訓的言辞やありきたりな因果律による支配。この間で研究者は苦悩してきたと言ってよい。おおむねそれは危険や破綻といった否定的評価の傾向を持ち、積極的評価を試みようとすれば、教訓的言辞を「擬装」として処理するほかはなかった。

ところが、谷脇理史氏の「「本朝二十不孝」論序説[19]」では、この分裂や矛盾といった性格がほとんど問題にされていない。以後の『本朝二十不孝』研究に大きな影響力を持つこの論文がどのように作品と向かい合っているのか。このことについては次章で詳述する。

注

1. 暉峻康隆『西鶴　評論と研究』中央公論社　昭和二三（一九四八）年。
2. 野間光辰『西鶴年譜考証』中央公論社　昭和五八（一九八三）年。
3. 谷脇理史「咄の咄らしさ―西鶴の語り口をめぐって」益田勝美・松田修編『日本の説話5　近世』東京美術　昭和五十（一九七五）年。後に『西鶴研究論攷』新典社　昭和五六（一九八一）年に「西鶴の語り口をめぐって」として再収。
4. 谷脇理史「「本朝二十不孝」論序説」『国文学研究（早大）』三六号　昭和四二（一九六七）年十月。後に『西鶴研究序説』新典社　昭和五六（一九八一）年に再収。
5. 注2と同じ。

6. 小野晋・横山重校訂『本朝二十不孝』岩波文庫　昭和三八（一九六三）年の解説、および中村幸彦『近世小説史の研究』桜楓社　昭和三六（一九六一）年。
7. 片岡良一『井原西鶴』の本文は『片岡良一著作集』第一巻　中央公論社　昭和五四（一九七九）年による。
8. 山口剛『日本名著全集　西鶴名作集　下』解説　日本名著全集刊行会　昭和四（一九二九）年。
9. 潁原退蔵「日本文学書目解説（五）　上方・江戸時代（上）」『岩波講座日本文学』第十六回配本　昭和七（一九三二）年。
10. 瀧田貞治「『二十不孝』の持つ教訓性と西鶴作品の持つ危機について」『西鶴襍稾』町田書房　昭和十六（一九四一）年。
11. 田崎泰治「本朝二十不孝について」『文学』昭和二一（一九四六）年十月号。
12. 注1と同じ。
13. 水田潤「『本朝二十不孝』その戯作性についての一考察」『立命館文学』一〇八号　昭和二九（一九五四）年五月。
14. 注2と同じ。
15. 檜谷昭彦「本朝二十不孝」『国文学解釈と鑑賞』昭和三五（一九六〇）年十月号。
16. 注6と同じ。
17. 徳田進『孝子説話集の研究　近世篇―二十四孝を中心に―』井上書房　昭和三八（一九六三）年。
18. 江本裕「『本朝二十不孝』―方法の破綻について」『文芸と批評』八号　昭和四十（一九六五）年六月。
19. 注4と同じ。

第八章　『本朝二十不孝』は「戯作」なのか――近現代における『本朝二十不孝』の読み(二)――

一　谷脇「戯作」説の登場

谷脇理史の「『本朝二十不孝』論序説」は、『国文学研究（早大）』三十六号（昭和四十二年十月）に掲載された。[1]

谷脇氏はまず、従来のこの作品に対する解釈を二つの論に代表させて整理する。一つは将軍綱吉に対する反感から親不孝話を集めたとする野間光辰の説、[2]今一つは教訓的説話として孝道奨励に資することを意図したとする横山重・小野晋氏の説[3]である。

谷脇氏は前者について、教訓の仮面に隠した反逆の姿勢を読み取ることは実証不可能であるとして退けている。また、後者については、「教訓的な言辞を弄しているという事実と、西鶴がそれを教訓の意識で行っているということ」はイコールではないとして、その論述の性急さを非難する。その上で氏は、「教訓的言辞を弄し談理の姿勢を表面に出すことが、読者に笑いと慰みとを提供するための手段となる場合さえありうる」ということを前提に、常識的な孝道観をいかに面白おかしく書こうとしたかという西鶴の「戯作意識」を中心に据えた論を展開する。

ここで注目すべきは、従来の研究において必ず取り上げられてきた、教訓とリアルな描写との分裂・矛盾が全く問題にされていないことである。体制的とでも言いえるような教訓的言辞や型どおりの因果応報譚的展開が提示される一方で、悪の側面が執拗に描写され孝不孝の問題から逸脱した社会的側面が浮き彫りにされる。この『本朝二十不孝』という作品のまとまりの悪さこそが、それまでの研究者を悩ませてきた問題であった。それゆえに、誰もが論述にどこか歯切れの悪さを残し、作品としての不完全性に言及せずにはいられなかったりした。

谷脇氏の立論は、その問題を全て切り捨てたところでなされている。なぜそのようなことが可能なのか。それは、まさに「戯作」という言葉の持つ融通無碍《ゆうずうむげ》ともいうべき力によったからである。

氏はまず序文の、「雪の中の笋《たけのこ》八百屋にあり」といった現実的・合理的孝道観、不孝者が「天の咎《とがめ》」を受けるという摂理等が、『孝経』『鑑草《かがみぐさ》』『翁問答《おきなもんどう》』などに記された当時の常識的な倫理観から外れるものではないことを指摘する。「此《この》常の人稀《まれ》にして悪人多し」という一節にしても、「単なる現象の指摘にすぎない」として、深刻な現実凝視の姿勢とは切り離して考えている。それよりも氏が注目したのは、諸国咄形式の採用や各巻に一章ずつの女性の不孝者の配置、目録における本文内容暗示のカットなどの編集的工夫であった。そこには、書肆や読者の期待に応えようとする西鶴の気負いが感じられるとする。

この時点での谷脇氏の言及はほとんどが序文に対してのものである。悪人の生じる必然性への関心や反逆者への共感などは序文には記されていない、という事実が確認され、そこから次のような谷脇氏なりの読者像・作者像の提示へと展開していく。

読者は「好色一代男」の作者西鶴に、しかつめらしい、しかも常識的な教訓を期待している訳ではない。仮に教訓が行われるにしても、それが面白おかしく行われることを期待しているであろう。（中略）西鶴はすでに指摘した明確な読者意識を持っているし、読者が彼に何を求めているかも知っているであろう。それは云うまでもなく常識的な教訓ではない。従って西鶴は、それを語るにしても面白おかしく語り、読者を楽しませなければならない。彼の作品は「慰み草」（「一代男」跋）なのである。

「慰み草」の提供者、すなわち「戯作者」西鶴の提示がここでなされたのである。これによれば、読者は序文を読んで『好色一代男』の作者の「もっともらしい言い分に笑えば良い」のであり、「孝にすゝむる一助ならんかし」という言葉からは西鶴の「戯作意識」を見出すべきだ、ということになる。

西鶴は面白おかしい慰み草を提供したまでである、という発想は、これまで研究者を悩ませてきた問題を全て無化するものといってよい。教訓と描写の乖離分裂を作者の苦悩や苦心の跡と考え、失敗作かあるいは偽装かなどと悩む必要などはさらさらない。ただ面白おかしく書こうとした結果にすぎないのだ、ということになる。「戯作」という融通無碍なタームはすべてを解決してくれる。それは、どんなに異常な悪が描かれていたとしても、作者の認識は常識の枠内にあるという、趣向と思想性とを完全に切り離した理解が氏の「戯作」説の前提となっているからである。

この『本朝二十不孝』イコール「戯作」「慰み草」説は、以後の『本朝二十不孝』研究に大きな影響を与えることとなる。ただしそれは、谷脇氏自身の「戯作」観に反した展開を見せたのであった。

二　「戯作」と典拠・付合

井上敏幸氏は「『本朝二十不孝』の方法―『二十四孝』説話を手懸に―」を『語文研究（九大国語国文学会）』第三十一・三十二号（昭和四十六〔一九七一〕年十月）に発表する。この論文は、先の谷脇氏の「『本朝二十不孝』論序説」を継承する形で書かれており、直接には序文の記述のみしか論じていなかったその「戯作」説を、各章に敷衍《ふえん》させて例証を試みようとするものである。

ここで氏は、各章を次のようなグループに分類して説明している。

①『二十四孝』説話の逆設定が、咄の構成を支えており、それ自体が一篇の方法となりえているもの（巻一の一「今の都も世は借物」、巻二の四「親子五人仍書置如件」、巻五の三「無用の力自慢」等）

②『二十四孝』説話を俳諧の付合語として認識し、そしてその逆設定を俳諧的連想によって一篇の構成としたもの、また、『二十四孝』の挿絵を直接のヒントとし、その逆設定が俳諧的連想によって纏められたもの（巻二の一「我と身をこがす釜が渕」、巻三の三「心をのまるゝ蛇の形」、巻四の四「本に其人の面影」等）

③『二十四孝』の説話の逆・順の設定が、演劇的着想によって、または演劇的手法によって生かされたもの（巻四の一「善悪の二つ車」、巻五の一「胸こそ踊れ此盆前」等）

ここで問題となってくるのは、「戯作」とは何かという根本的な問題である。ある話が特定の典拠を持ち、その設定を順用または逆用しているということ、あるいは俳諧的な付合の意識が作用しているということに限って、井上氏は「戯作」という認定を行っている。

たとえば、巻一の一「今の都も世は借物」は、全体の四分の一にすぎない、息子が親仁の短命を祈り毒殺しようとする最後の場面こそがこの一章の眼目であり、それ以前の四分の三はそのための伏線にすぎないとする。その理由は、最後の場面が『二十四孝』の「漢文帝《かんのぶんてい》」や「庾黔婁《ゆきんろう》」の逆設定だということにある。また、巻二の一「我と身をこがす釜が渕」は、郭巨《かつきよ》説話の釜を石川五右衛門の釜茹《かまゆ》でに置き換え、「盗人→近江」という俳諧的連想で話の舞台を決定したものだとする。

となると、『本朝二十不孝』を「戯作」として読むという行為は、先行説話の逆転や談林俳諧的な手法を見出していくということになるのだが、これは谷脇氏の論をかなり特異な方向に限定して展開させたものだといってよい。

また、氏は「戯作」的な意識に注目しつつも、教訓や談理の姿勢も見逃せないとする。そして、結局西鶴は、自らが序に掲げた「孝の一助」となるというテーゼと、『二十四孝』の逆設定として不孝を語るという方法との矛盾の中に揺れ動いていた、と結ぶ。つまり、「戯作」意識という融通無碍な観点を用いても、なおそれに収まり切らない矛盾と分裂を見出しており、谷脇氏のようには割り切れていないと理解しているのである。

岡本勝氏の「『本朝二十不孝』の一側面—巻二ノ一、二ノ二をめぐって—」[4]もまた谷脇氏の「戯作」説を継承する形で書かれている。

氏によれば、『本朝二十不孝』は「巷間の説話をいかに面白い話に仕立てるかという点に意を用いて」書かれており、その「面白い話にするための工夫」を、すなわち「隠された苦心の一つ一つを解きほぐすような読み方」を読者に求めようとする、「挑戦的な姿勢が感じられる」作品なのだという。

したがって、その「挑戦的な姿勢」に応じるように読むためには、西鶴が典拠として用いているものを熟知していなければならない。たとえば巻二の一「我と身をこがす釜が渕」については、釜茹でにされながら子どもを下に敷くというセンセーショナルな結末が、他の五右衛門説話にはないすさまじさを備えていることを把握したうえで、さらにその行為を「己《おのれ》、その弁《わきまへ》あらば、かくは成《なる》まじ」と突き放して結んでいるところに「近世的批判精神」を見出す読み方が求められている。また、二の二「旅行の暮の僧にて候」では、謡曲的構成がオーバーラップされていることを意識し、語られていない殺された僧の霊の存在を読み取ることが必要となる。

井上氏の論との差異は、『二十四孝』のみに限定せず先行説話や巷説等との関連を論じた点にあるが、ともに谷脇氏の「戯作」説を、特定の典拠を俳諧化する行為ととらえて発展させたものということができる。

三　『本朝孝子伝』からの「転合書」―佐竹氏の「謎解き」―

谷脇氏が提示した、「読者に笑いと慰みを提供する」ものとしての「戯作」という発想は、この後もさらに限定された方向へと展開していった。中でも、『本朝孝子伝』を典拠として、それとの関連性を俳諧の付合の方法で説明していこうとする佐竹昭広氏の論は、突出して精緻さの度合いを高めたものといってよい。

佐竹氏の「『本朝二十不孝』私見」が発表されたのは『文学』の昭和五十七年四月号であった。ここで佐竹氏は、『本朝二十不孝』全二十篇は、すべて「二十四孝」説話と結びついているとし、さらに藤井懶斎の『本朝孝

『本朝二十不孝』巻２の１の挿絵。大釜の油の熱さに責められわが子を下に敷く石川五右衛門。

子伝』（貞享元年刊）今世部の二十人とも密接な関係にあるということを主張する。この両者と『本朝二十不孝』の各話は一見無関係であるかのような外見を呈してはいるが、俳諧の付合いの手法を用いて説明すればその謎解きは容易であるとし、次のように結論づけている。

たしかに西鶴は、『本朝孝子伝』の好評に便乗して『本朝二十不孝』を作ろうと志した。浮世草子作者としては、『本朝孝子伝』の今世の二十人を悉く親不孝者にすり替え、すり替えに際しては、これも当時流行の「二十四孝」説話を俳諧的手法を駆使して存分に活用した。

その意味で『本朝二十不孝』は『本朝孝子伝』今世部を経とし、「二十四孝」を緯として作られた「転合書」である。

佐竹氏は「戯作」という用語を用いず「転合書」と言ってはいるものの、谷脇氏—井上氏—佐竹氏という順に論を並置してみると、そこに「戯作」説の一展開を跡付けることができる。

これ以後佐竹氏は同じ観点から『本朝二十不孝』の各話に対して次々と論及を重ねていく。「『本朝二十不孝』私見[5]」、「大坂に後世願ひ屋—『本朝二十不孝』私見[6]」、「ふるき都を立出て雨—謎解き『本朝二十不孝』[7]」、「『本朝二十不孝』私見[8]」などの諸論稿がそれである。これらは、『古典を読む26　絵入本朝二十不孝[9]』へと結実していく。その中で氏は、『本朝二十不孝』を読む「楽しみ」を次のように説明する。

私が『本朝二十不孝』を読んで飽きないのは、西鶴が本書の中に秘匿した『本朝孝子伝』を、「二十四孝」説話と絡ませながら追跡する楽しみ故である。彼の巧妙複雑な手口を解きほぐしていく快楽、それは『本朝二十不孝』の種明かしを西鶴に迫る快楽であり、彼とともに転合書『本朝二十不孝』の製作に参加する快楽でもある。[10]

『本朝二十不孝』を「転合書」として楽しむ—そのような佐竹氏の「戯作」的な解釈の一例として、最終章である巻五の四「ふるき都を立出て雨」についてのものを示したい。「ふるき都を立出て雨」は次のような一話である。

奈良の刀屋徳内の不孝息子徳三郎は勘当され、門付をしながら江戸に下るが、親切な請人屋の勧めで大根売りとなる。ある冬の雨の日、困窮した浪人一家の家の前を通りかかり、憐れに思って大根を与える。米・味噌を調えて再訪したところ、年老いた夫婦の臨終を前に養子の虎之助が自害しようとするところであった。徳三郎はそれを止めて野辺送りを手伝うが、一家の難儀を聞くにつけ、奈良に残してきた親のことが身にこたえて悲しく感じられた。後に信濃の歴々の武士が訪れ、虎之助の実父と名乗って国元へ連れて帰り、徳三郎には礼を言って金子三百両を与えた。徳三郎はそれを元手に商いを始めて分限となり、奈良から二人の親を迎えて豊かに暮らした。

佐竹氏はこの一話を、「二十四孝」説話の「姜詩《きようし》」を活用し、また、『本朝孝子伝』今世部の十「横井村孝農」を反転させて用いたものだとする。「姜詩」は、母のために七里の道も厭わずに川の水を汲んで運び膾《なます》を供するという話で、「大根」と「膾」が俳諧の付合語であることから両者の関連が指摘できるという。また、「横井村孝農」は備前津高郡横井村の太郎左衛門が、貧しき夫婦でありながら士太夫のごとく父親を敬愛し、国主にも賞せられたというもので、この太郎左衛門こそ、「扨《さて》も頼《たの》もしき心底、武家にもめづらし」と称賛された徳三郎の人柄そのものだという。

さらに佐竹氏は、この最終章の季節の設定が刊記の「貞享三暦丙寅　霜月吉辰」と一致していることから、『本朝孝子伝』の漢文体を改めた『仮名本朝孝子伝』との競合を西鶴は意図して貞享三年十一月の刊行を目指していた、と推定している。

この論及では、「姜詩」と結びつけられたことで、「ふるき都を立出て雨」という一章に、どのような読みが新たに見出されることになるのか、ということについては何もふれられていない。両者が大根と膾の付合によって結びついた時点で佐竹氏の考究は終了する。「横井村孝農」との関連についても、その意味を問うことはない。

また、いうまでもなく、「横井村孝農」の太郎左衛門のように、極貧の中で親に孝を尽くしていたのは主人公徳三郎ではなく、虎之助である。太郎左衛門が国主の称賛を受けることと、徳三郎が歴々の武士の称賛を得ることとは、類似はしていても人柄や行動に違いがありすぎる。徳三郎が自らの貧困を顧みず虎之助一家に同情したことを孝行に近い行為と見ることもできようが、いずれにせよ、「ふるき都を立ち出て雨」と「横井村孝農」との間には、共通性もなければ逆設定といえるものも見出せないように思われる。

しかしながら、佐竹氏によれば、そのように一見何も関連していないような話が結びつけられていること自体が「戯作」的なのであり、その「隠された」関連を見出して「謎とき」を楽しむことこそが『本朝二十不孝』の読み方だということになるのである。

四　佐竹説からの展開

佐竹氏の説を全面的に肯定したうえで、より精緻に発展させたのが、二村文人氏の「『本朝二十不孝』と西鶴の創作意識―付合語による構想―[11]」と、「『本朝二十不孝』と俳諧的連想[12]」などの論稿である。

氏は、「二十四孝」説話と『本朝孝子伝』を両極に据えて、その中間に『本朝二十不孝』を置き、その三者の関連性を付合によって説明している。また一話の展開の細部に至るまで、付合語の連想関係によって説明している。その際、氏がもっぱら根拠として用いているのは『俳諧類船集』の記述である。

たとえば、巻二の三「人は知れぬ国の土仏」は、『本朝孝子伝』今世部第十七「鍛匠孫次郎」の逆設定であり、『二十四孝』の「楊香」の逆設定でもあるという。「鍛匠孫次郎」の鍛冶という職業は、『類船集』の認める付合の関係によって、鍛冶→船→釣と連鎖して「人は知れぬ国の土仏」の釣針作りの鍛冶職人の一子藤助へとつながる。船はまた遊女と結びつき、遊女のために両親を捨てるという展開を形成する。一方『二十四孝』の「呉猛」は親のために自分の血を蚊に吸わせる話であるが、その「膏血」は孫次郎が漂着する纐纈《こうけつ》城の「纐纈」と同音で通い合い、縹緲からはくくし染めが連想され、そこから伊勢という「人は知れぬ国の土仏」の舞台設定が導き出されたとする。

二村氏もまた、「戯作」という用語を用いることはない。しかしながら、その論究のあり方が佐竹氏の説をふまえていることは氏自身が表明しており、やはりここでも読むという行為は、典拠の逆設定を見出しつつ作者の作為の跡を探る作業として認識されている。

ところで、佐竹氏の一連の論稿は、先にあげた『絵入本朝二十不孝』とともに、『新日本古典文学大系76　好色二代男　西鶴諸国ばなし　本朝二十不孝』(岩波書店　一九九一年)の注釈へと結実していく。その佐竹氏の注釈を「座右に備え」て読むことを前提とした論に、中村幸彦氏の「『本朝二十不孝』助作者考」[13]がある。

中村氏は、佐竹氏が示した『本朝孝子伝』の逆設定という構想を認めたうえで、それとはかかわりなく書かれていると思われる「浮世草子風文章」、すなわち、当世風俗や町人社会の紹介文が随所に挿入されていることを指摘する。そして、この作品には助作者が存在していたことを前提として、創作過程について次のような推測を述べる。

まず、新刊の『本朝孝子伝』今世部の二十人を逆設定して浮世草子を作成することが、西鶴を中心とした談林の俳人たちにの間で決定され、さらにそれに周知の「二十四孝」説話の趣向をも加えることが決められる。また、それぞれの不孝の原因となる二十人の性質も提示され、くじでも引くような方法で素材とすべき人物と性質とが各人に割り振られていく。このようにして助作者たちが書いてきたものに、西鶴が「浮世草子風文章」を付け加えて仕上げたものが、『本朝二十不孝』となったというものである。

ここでは、『本朝二十不孝』には助作者が存在したということを前提として立論がなされており、さらにその前提として、二つの文体が一作品に混在している以上二人の手によって書かれたに違いない、とする認識が存在している。当然この前提については疑問が感じられるのだがここでは深入りを避けたい。問題にしたいのは、佐竹氏の「戯作」説の延長上にある発想では、『本朝二十不孝』という作品の全体像が意味するものを決して説明しきれないという事実を、中村氏の論が図らずも示してしまったということである。

谷脇氏が提示した時点では、「戯作」は『本朝二十不孝』という作品の教訓性と現実的描写との分裂・矛盾の様相を融通無碍に解消してくれる術語《ターム》であった。しかし、それが佐竹氏の「転合」、すなわち典拠の逆設定という把握に至ると、「浮世草子風文章」が文脈から取り残されてしまい、その包容力の限界を見せてしまう。その新たな分裂の相を成立論と関連させて説明することによって、中村氏の助作者説は成り立っている。

五　「謎とき」論の限界

一時は学界に公認されたかに見えた佐竹氏の仮説も、近年ではかなり疑問視されているといえるのではないだろうか。あるいは、『本朝孝子伝』の逆設定という発想からはそれ以上の読みの深まりが期待できないということもあって、言及されることが少なくなっているように思う。

佐竹氏の論に対する疑問を早くから表明していたのは、篠原進氏であった。氏は「『本朝二十不孝』の空間[14]」において、『本朝孝子伝』今世部の逆設定として書かれたものと断定する必然性がないことを指摘している。

たとえば、巻一の一「今の都も世は借物」は「大炊頭源好房」の逆設定だと佐竹氏は指摘するが、親に薬を飲ませる際に毒見をする孝子譚のパターンが定式化していた以上、『本朝孝子伝』のこの話のみを意識しなければならない必然性はない。また、両書の関連を見出そうとしても無理があるものも少なくなく、中江藤樹（「中江惟命」）と石川五右衛門（巻二の一「我と身をこがす釜が渕」）を「近江」と「盗人」の付合関係だけで結びつける強引さなどに疑問を呈している。

氏の佐竹氏に対する批判は、「西鶴の〈仕掛け〉をあまりに複雑に読み過ぎているような気がする」という記述に集約されているといえよう。

また、塩村耕氏の「『本朝二十不孝』―奇抜な発想―[15]」は、より正面から佐竹説の問題点を指摘している。『類船集』などの付合辞書を活用して『本朝孝子伝』等との関連性を示し、そこに西鶴の暗示的手法を見出そうとすることについて、氏は次のように述べている。

> まず俳諧に特殊な、いわゆる「俳諧的」連想なるものは存在しない。すなわち、付合語に当時一般の連想のネットワークをはみ出すものはなく、俳諧師西鶴が語の連想関係に鋭敏であったことは認められるとしても、読者に特殊の連想の読取りを要求するはずもない。特にＡ→〔Ｂ〕→Ｃ、よってＡ→Ｃとなるとの、間に媒介語Ｂをおいた連想関係の設定は基本的には無理で、これを用いればほとんど全ての語の間に連想関係が生じかねない。

佐竹氏や二村氏の緻密な解読に初めて接した時には新鮮で説得力に富むように感じられた『本朝孝子伝』と『本朝二十不孝』との関連性も、あらためて両書を読み直してみれば、それを確実に保証する根拠はほとんど見当たらないといってよい。そのことは佐竹氏も承知しているからこそ、「肥後の貧農も西鶴の手にかかれば、たちまち所・職業をすり代えられて跡形もない[16]」、「…久左衛門の「孝」の内容自体を「本に其人の面影」に転化させることは、殆ど不可能だと言っていい[17]」といったことを繰り返し述べてきたのであった。

となればやはり、『本朝孝子伝』ならずとも、あらゆる説話が典拠となる可能性を有しているということになってしまいそうである。もし仮に、実際に西鶴が『本朝孝子伝』を利用することがあったとしても、「跡形もない」というほどに変化してしまっては、もはや読者にとって典拠としての意味は存在しないといってよいのではないだろうか。そのように考えると、塩村氏の「結局のところ、先行の孝行話の逆設定利用といえる章は存外に少なく、またその利用も部分的な趣向に過ぎず、全体の作為にかかわるようなものはほとんどないというのが実態に近いのではあるまいか」という指摘が極めて妥当なものに思えてくる。

六　再び谷脇氏の「戯作」説へ

ところで、「謎解き」的な典拠さがしを促す性格を「戯作」性と考え、そこに作品の本質を見出すような論の在り方は、そもそも谷脇氏の主張するところの「戯作」的な読みとは全く異質のものであった。「「本朝二十不孝」論序説」の時点では、各話の「戯作」性についての具体的言及がなかったこともあって、「面白おかしく「慰み草」として語るという発想が思わぬ方向に展開されてしまった感がある。

「「本朝二十不孝」論序説」発表の八年後に、谷脇氏は益田勝美・松田修編『日本の説話5　近世』（東京美術昭和五十年）に「咄の咄らしさ—西鶴の語り口をめぐって」を掲載する。[18] この論文において氏は、巻一の一「今の都も世は借物」を例に、具体的にその「戯作」的な解読を示している。

そこで説明されているものは、隠されている典拠探し、すなわち「謎解き」の発想とは正反対のものであるといってよい。むしろ典拠・原拠との関連性を一切捨て去ったうえで、「その語り口のおもしろさ」をいかに楽しむかという読みの姿勢である。

氏は、西鶴の語り口の特色を次の三点に整理する。

①　同様の事物の羅列や並列

②　随所で示される西鶴の感情や批評

③　それぞれの話題を一応完結させてつかずはなれずの型で次の話題に転ずる完結指向性

「同様の事物の羅列や並列」の面白さは、巻一の一の冒頭部に示された京の町の零細な職業づくしの、まさに「世に身過ぎは様々」を具体化して見せた部分や、「死に一倍」で大金を借り出した笹六から次々と金を巻き上げていく人々の描写に見出すことができる。

また、「随所で示される西鶴の感情や批評」は、巻一の一においては、騙《かた》り同然の手口で「京中の悪所銀《あくしょがね》を借出《かりいだ》す男」である「長崎屋伝九郎」に対して述べられた、「さし詰りたる時、人の為にもなる者なり」という記述などがそれにあたる。ある事象を固定化して見ようとする認識を常に相対化し、読者の認識を拡大していく。これを谷脇氏は「いわゆる戯作的認識が方法として発動する時の基本形の一つ」と考えることができるとしている。

最後の「それぞれの話題を一応完結させてつかずはなれずの型で次の話題に転ずる完結指向性」は、巻一の一が単一のストーリーのみではなく、京都の職業づくしや死一倍の解説、笹六にたかる人々の描写など、いくつかの異質な「はなし」の繋ぎ合わせによって成り立っていることを指す。谷脇氏は、これを中村氏のように成立論には結び付けず、口承文芸としての「はなしの手法」と結び付けて説明する。すなわち、これらの語り口の特色は、たとえ連句の修練と結びついて成立したものであったとしても、同時に、咄の場で聴衆を飽きさせないための効果を持つものとして十分に生かされていると考えられている。ここに、俳諧語の付け合いを手掛かりに「謎解き」をするというものとは全く異質な、「戯作」的発想を見ることができる。

さらに晩年に至って、谷脇氏は「『本朝二十不孝』の教訓の意味―作者の姿勢と読者の問題―」[19]において、『本朝孝子伝』を関連させた読み方を明確に否定している。

> 『本朝孝子伝』が明窓浄机に坐して読まれるものとすれば、『二十不孝』は仕事のあい間や寝床の中で、いわば暇つぶしに読まれるはずのもの、現在の研究者のように、三書（『本朝二十四孝』を含めて。引用者注）を読みくらべるような事態は、まずはありうるはずもないのである。

さらにまた、『好色一代男』『本朝二十不孝』を読んで喝采する読者と、『本朝孝子伝』『仮名本朝孝子伝』を真剣に読む読者とは、当時もはや「住み分け」が行われており、「『二十不孝』が慰み草として「教訓的な説話集」の形をとっていても、そこに教訓を求めて読む読者はおらず、そのことを自覚する西鶴が、教訓をたれようとして作品を書くはずもない」とも述べている。

読者と読書の実態をこのように断定してしまうことには疑問を感じるが、そのことよりもここでは、『本朝孝子伝』と関連させた読みを教訓的な読みと氏が規定していることに注目したい。佐竹氏らの読みは『本朝孝子伝』との関連を重視してはいても決して教訓的なものではなく、典拠さがしという知的な謎解きを楽しむという意味での「戯作」的なものであったことは既に述べたとおりである。その点で谷脇氏の批判はいささか的を外れていることになろう。しかし、そういった批判の仕方そのものが、谷脇氏の慰み草＝「戯作」の概念に「謎解き」的な要素が入り込む余地がないことを物語っているといえる。

七　「戯作」説は何をもたらしたか

篠原氏や塩村氏が指摘したような問題点が広く認識されるようになったためか、典拠との関連について付合の方法を駆使して詳細に検討する論文は、近年あまり見かけなくなったように思われる。しかしながらそれは、谷脇氏が本来提示したかったような「戯作」的発想に、その後の『本朝二十不孝』論が収斂《しゅうれん》していったことを意味しない。多くの研究者の意識は、この作品の中に同居する教訓性と現実性との矛盾や対立にこそ作品の本質的なものを見出そうという方向へと向かった。言い方を換えるならば、教訓的な読み方や「謎解き」という発想には従えないが、「戯作」＝慰み草という図式で当時の常識的な社会認識の枠内にこの作品を収めてしまうことにも物足りなさを感じている、ということになる。篠原氏の言葉を借りるならば、谷脇氏の論に対しても、「面白さ」の「その先に何もなかったか」[20]ということが追究されねばならない。

当然そこにはもう一つの『本朝二十不孝』論の系譜が形成されていることになるわけだが、それは次章で扱うこととし、ここまで述べてきた「戯作」説の持つ意味というものについて、少し異なった角度から言及してみたい。

少なくとも本章で取り上げた諸論においては、「戯作」という語を否定的な意味合いで用いているものはなかった。西鶴作品を「戯作」として評価する、ということが許されるようになったということは、ある意味で画期的なことであった。

明治以後の文学および文芸評論の展開において、「戯作」は古典文学の中にあって最も冷淡に扱われた分野であった。それどころか、嫌悪の対象とされてきた。それは、「近代文学と比較して、戯作に欠くものは人生の真面目なる対決で」あったからだ。戯作の手法の代表とも言いうる「うがち」は「暴露というには迫力に乏しく、風刺としては語り手の主観があらわでなく、無責任なトピック的放言による裏面観風なもの」にすぎず、読者は「作者と共に面白がれば良い」というものであった…。

このように中村幸彦氏が定義した『戯作論』が角川書店から刊行されたのが、昭和四十一年のことである。まさしく「戯作」は、近代的な文学通念からすれば、否定的概念であったと言ってよい。ところが、この著書の出現自体が、「戯作」を「人生との真面目なる対決」と切り離したところで研究の対象として成り立つことを提示することとなり、中野三敏氏の『戯作研究』（中央公論社・昭和五十六年）等、後のこの分野の研究の方向性と隆盛とを決定づけることとなった。戯作の文学性を全面的に否定してしまうような姿勢はもちろん、戦後の民主主義の高揚期になされたような、特定の作品の「庶民愛」を強調して「本ものの戯作」と評価したりするような論究[21]の仕方も、中村氏の『戯作論』の登場によって過去のものとなった。

考えてみれば、『本朝二十不孝』研究のみならず西鶴研究全体において、昭和三十年代までは、いかに「人生との真面目なる対決」として読み得るかを試みる傾向が強かった。教訓的に読むにしろ抵抗の文学と読むにしろ、西鶴は現実の社会と正面から向かい合う作者として認識されていた。そのことを否定してしまうことは、たちまち「戯作」と同等のものに「堕して」しまいかねないという危惧から、何としても避けねばならなかった。

それゆえに、谷脇氏が『本朝二十不孝』は「戯作」であるということを否定的な形でなく主張し、それを継承したさまざまな論が続出したという出来事は、西鶴研究のあり方、近世文学研究の在り方の大きな変容を意味しているといえるだろう。

もちろんその背景は、『戯作論』刊行前後の戯作研究の進展もあるが、それだけではない。より大きな要因は、研究者—西鶴作品の読者たちを包み込む状況の変化ではなかったか。三浦雅士氏は、一九六〇年代から一九七〇年代にかけての高度経済成長と大学の大衆化が明治以来の文学観の変貌をもたらしたと説いているが[22]、そういった社会背景も、『本朝二十不孝』の研究のあり方に、やや屈折した形ながら、かかわっているものと思われる。

注

1. 後に『日本文学研究資料叢書　西鶴』有精堂　昭和四四（一九六九）年に収められ、『西鶴研究序説』新典社　昭和五六年に再び収められた。
2. 野間光辰「西鶴と西鶴以後」『岩波講座日本文学第十　近世』昭和三二（一九五七）年。
3. 小野晋・横山重校訂『本朝二十不孝』岩波文庫　昭和三八（一九六三）年の解説。
4. 『国語国文学報（愛知教育大学）』三一号　昭和五二（一九七七）年三月。

年十月。後に『西鶴研究序説』新典社　昭和五六（一九八一）年に再収。
5. 『成城文芸』一一七号　昭和六一（一九八六）年十二月。
6. 『成城国文学』三号　昭和六二年（一九八七）年三月。
7. 『文学』昭和六三（一九八八）年一月。
8. 『成城国文学論集』一九輯　昭和六三（一九八八）年七月。
9. 岩波書店　平成二（一九九〇）年。
10. 注7と同じ。
11. 『国語と国文学』昭和五九（一九八四）年七月号。
12. 『日本文学』昭和六一（一九八六）年八月号。
13. 『江戸時代文学誌』八号　平成三（一九九一）年十二月。
14. 『弘学大語文』十号　昭和五九（一九八四）年。
15. 『解釈と鑑賞』平成五（一九九三）年十一月号。
16. 注5と同。
17. 注8と同。
18. 後に『西鶴研究論攷』新典社　昭和五六（一九八一）年に再収。
19. 『雅俗』平成十（一九九八）年一月。
20. 注14と同じ。
21. 近藤忠義「戯作について」『文学』昭和三十（一九五五）年十月号。後に『日本古典の内と外』笠間書院　昭和五二年に再収。
22. 『青春の終焉』講談社　平成十三（二〇〇一）年。

第九章　ポリフォニックな「はなし」の世界
――近現代における『本朝二十不孝』の読み（三）――

一　教訓、批評、そして「戯作」

『本朝二十不孝』における、教訓的言辞と現実的な悪の描写との併存、そしてその矛盾と分裂。これをどのように説明すればよいかという問題で、昔から研究者は頭を悩ませてきた。かつて片岡良一氏は、そこに西鶴の意識の分裂を見出した。[1] つまり、無常観を基盤とした人間観照を徹底的に貫こうとする態度と、世俗の論理と妥協せざるをえない現実的姿勢との分裂であった。それは裏返せば、『本朝二十不孝』に一貫するものを見出そうとして果たせなかった、片岡氏自身の苦悩の吐露でもあった。それゆえに氏の『本朝二十不孝』観は、われわれのこの作品に対する印象に比して、あまりに観念的な苦渋に満ちている。

片岡氏のようなとらえ方は、戦後も継承されていった。暉峻康隆氏の『西鶴　評論と研究　上』[2] での見解は、西鶴自身は「人間の醜悪なる正体」を描く観照的態度を目指しながらも、説話文学本来の教訓的性格と興味本位の素材主義に振り回されてしまったと結論づけるもので、この作品そのものをあまり高く評価していない。江本裕氏も、孝を勧めようとする西鶴なりの倫理観と、倫理を踏みにじっていく現実を描写したいという思いとの、「二律背反的」な思考がこの作品に方法上の破綻をもたらしたとする。[3] 長尾三知生氏の見解[4] もまた、この作品を、啓蒙教訓性と文芸性との「不幸な結合」としてとらえている。

このように、戦後の西鶴研究者もしばしばこの「分裂」の前で逡巡《しゅんじゅん》せざるをえず、それを直視すれば、不完全な作品という否定的評価に行き着くことにもなった。だが、この作品を積極的に評価しようとする研究者ももちろん少なくなく、その場合には、主として次の二つのうちのいずれかの方法が選択された。

一つは、野間光辰氏[5]や水田潤氏[6]のように、教訓を擬装として政道批判や現実暴露をこそ本音として理解する方法。いま一つは、檜谷昭彦氏[7]や小野晋氏、横山重氏[8]のように、その勧善懲悪的な結末を重視して現実描写を教訓性で取りこんでしまう理解の仕方であった。

前者の方向性に属する論稿としては、抑圧に対し自己主張した痛ましい人間存在を描いたとする植田一夫氏[9]、序文で一見新しい孝道を説きつつも、金銭次第で可能な孝の実行が経済政策によって阻まれているという現実をあえて無視して説くことで、幕府の孝道奨励策を笑殺したとする松田修の説[10]、その松田氏の説を受けて幕藩体制に対するシニカルな批判を読み取ろうとした丸木一秋氏の論[11]を加えることができ、藤川雅恵氏も、孝道奨励策をかかげた綱吉へのささやかな挑戦状という読み方を提示している[12]。

また、幕藩体制や孝道奨励策に対する批判とまではいわずとも、教訓的言辞を西鶴の本音としては受け止めず、もっぱら現実描写に重点を置いて読み取ろうとするものを、それに近いものとして分類することができよう。西鶴の不孝者たちの描き方を、儒教的な立場から裁断するのではなく、「常の人」として生きることができずに「世間＝共同体」から逸脱していく人間像をとらえたとする三浦邦夫氏[13]、社会状況に起因するさまざまな悪を造形したとする浮橋康彦氏[14]、などの論稿がそれである。石原千津子氏は、孝不孝は問題の契機に過ぎず、不孝話が終わったところから親や世間に内在する悪の問題が見えてくるのがこの作品であるとしているし、[15] 西島孜哉氏も「常ならざる身過」と「人心」を語るために不孝話の形式を借りたに過ぎない章が少なくないとしている。[16] また、特に女性主人公の登場する章段に注目して、不孝者を生み出した原因を親や家からの抑圧として読み解く早川由美氏の説がある。[17] さらには、教訓・批判いずれにも統一することはできないとして、「悪の魅力」や「人の心の不可思議」を描いたとする堀切実氏の説もこの系譜に含めることができよう。[18]

その一方で、後者の、西鶴の教訓的意図を前面に打ち出しつつ読もうとする説も、途切れることなくその系譜が続いている。それらには、儒教的教訓性ではなく民話の型による教訓性を読み取ろうとする森山重雄氏の論、[19] 老人への虐待や嫁姑の関係への民衆の思いを読み取ろうとする佐々木昭夫氏の論なども含めることができる。[20] それらの多くは、松原秀江氏が、『本朝二十不孝』の各章の展開を教訓書や仮名草子類の論理の枠内に収まることを強調したように、[21] 同時代の儒教との関連性を指摘するもので、原木直子氏も同様の論証を試みている。[22] 本田(平林)香織氏も、序文の「孝にすゝむる一助ならんかし」は屈折した表現とは言えず、字義通りに解釈すべきと主張し、[23] また、立道千晃氏は、当時の町人の「家」に対する関心の高まりを背景に、「家業＝孝」という新しい考え方による教訓を説く西鶴像を読みとっている。[24] この立道氏の発想に近いものは、この作品の創作視点は人の孝・不孝によって栄枯盛衰が左右されるという「家」の不安定さにあった、とする森田雅也氏の説にも見ることができる。[25] そして近年に至っても、長谷川強氏の「教訓も慰みである」という理解をふまえて、[26] 勝又基氏は、教訓自体に一種の娯楽性があったとして、孝道奨励の姿勢を積極的に読み取ろうとする説を提示している。[27]

しかしながら、いずれの立場で読み直してみようとも、割り切れない印象が残ってしまうのが『本朝二十不孝』という作品である。

先行研究の二つの方向性は、一見真っ向から対立する読み方でありながら、真面目に現実と向き合おうとする作家の姿勢を読みとろうとする点で、実は共通している。それぞれの作家像を、徹底的な人間観照を貫くという形で現実とかかわった西鶴と、世俗の秩序に対する責任感から教訓的態度を捨てられなかった西鶴、というように言い換えてみるならば、片岡良一氏が悩んだ矛盾・分裂のうちの一方を継承していることが明確になる。

このような読みの構図を根こそぎ否定してしまったのが谷脇理史氏の「『本朝二十不孝』論序説」[28]である。氏はこれまでの論の前提を否定し、西鶴にはそもそも現実に真面目に向き合う気持などはなかった、『本朝二十不孝』は「戯作」であり「慰み草」なのだと主張した。

現実描写と教訓との同居は、決して矛盾や分裂ではない。その落差こそが笑いをもたらす要素であった。現実描写はひたすら読者を面白がらせるためのサービスであり、教訓は読者の常識的な価値観の確認である。「戯作」としてとらえるならば、この二つの同居に対して片岡氏のように悩むこと自体、極めて笑止なことといわざるをえない。そして、その後はこの「戯作」説に触発された研究者による論文が次々と発表されることとなった。その一つの形が『本朝孝子伝』との関連を俳諧的連想を用いた「謎解き」として読むという佐竹昭広氏の論であった。この方法が谷脇氏の言う「戯作」とは異なる発想の上に立っていること、そしてやがてこの方法が行き詰まりを見せたことは既に述べた[29]。

一方、谷脇氏が本来意図して用いた「戯作」の字義―「面白さ」「慰み草」の提供―を敷衍させていったものとして、熊崎紀代子氏[30]、藤原聖子氏[31]、藤江峰夫氏[32]らの論稿をあげることができる。また、孝・不孝の二項対立が無意味化されていくような特殊な談理の性格を指摘して、どのように話を創りそして語るのかということそのものが問題になるという森耕一氏の論もこの系列に加えることができよう[33]。

しかしながら、『本朝二十不孝』を「面白さ」という切り口だけで片づけてしまうことに抵抗を感じ、教訓的言辞や現実描写、そして戯作的滑稽味が混在することに何らかの意味を見出し、作品の全体性を新たな視点から読み解くことを試みた論稿もあった。本稿ではそのようなもう一つの系譜から今後の『本朝二十不孝』研究の方向性を考えてみたい。

二　アイロニイとしての孝道奨励—矢野公和氏の論—

矢野公和氏の「『本朝二十不孝』論—アイロニイとしての孝道奨励について[34]—」は「戯作」説に反論を試みた論文の一つである。

たとえば巻四「枕に残す筆の先」の、嫁を家出に追いやったという引け目から姑が食を絶って自殺し、息子夫婦もその後の悪評のために刺し違えて死んでしまうという展開には、笑いの要素が極めて乏しい。とても笑って済ますことのできる話ではないのである。また、教訓的な言辞も記されていない。さらに、『本朝二十不孝』に収められたすさまじいまでの親不孝者の所業の数々は、ほとんどが先行の孝行説話の逆設定であったり親不孝話の変形であったりする。そういった創作方法によったものが、単に「常識的立場から面白おかしく語る」という無色透明のものであるとは思えない。ここには何かアイロニカルなものが含まれている、と矢野氏は考える。

幕府は忠孝札を全国に立て、「天」に代わっての秩序維持を試みて、孝行者・不孝者に対しては賞罰を与える。これによって、人倫の道に外れた者、常ならぬ人は人としての資格を失うことになる。しかし、西鶴は序文で言う。「常の人稀にして悪人多し」と。西鶴にすれば、常ならぬものこそが人間の本質であった。「封建社会に於いては武家が独占していた人倫の道から外れた、人間外的な存在とされた町人の自己肯定」を主張しようとする西鶴の意識を矢野氏は読みとる。西鶴はそのような常ならぬ人の姿こそを描きたいのだが、当時それを肯定するような論理を持ちえなかったであろうし、仮に持ちえたとしてもそれを表明しうるような状況ではありえなかった。そこで西鶴は「常ならぬ人は悪人であるとし、不孝を戒め、否定する側に開き直ることによって、自らを含めた常ならぬ人間を所謂観念世界の高みにまで引き上げよう」としたというのである。言ってみれば、常ならぬ人が「人」の範疇から除外されてしまうような武家の論理に抵抗し、生きぬくためには人倫の道を外れなければならない町人の存在を読者の意識に刻みつけることに西鶴は賭けたのだ、というところだろうか。

巻一の二「大節季にない袖の雨」では、『二十四孝』の「黄香《わうきやう》」「孟宗」の親の所業をそのまま子供の要求にすりかえる。不孝者文太左衛門のやることは実は孝子譚の親の所業そのものだという逆説的事実は皮肉としかいいようがない。しかもその文太左衛門のすさまじい悪行の前には、献身的な妹の孝行も全く無力である。氏はこれについて、「恐らく西鶴は、孝子譚の倫理を無力化してしまうような人間の本性につき当たっている」と述べる。このような不孝ぶりが描かれる一方で、談理・教訓の姿勢も強固に見られる。だがそれは、強固であればあるほどアイロニイが深まっていくようなパラドシカルなものである。なぜこのような書き方をしたのかということの説明を、綱吉の孝道奨励策への批判へ安易に結びつけることを避けて、西鶴の屈折した心理状況を探る方向へと推論を展開させたわけである。

確かに『本朝二十不孝』には、笑って済ますことのできないアイロニカルな側面、シニカルな眼差しを見出すことができる。「戯作」とみなすことによってこれらを切り捨ててしまうことには抵抗感があり、矢野氏の指摘は妥当なものに感じられる。しかしながら、「『二十不孝』の諧謔の陰に、飽くまでも彼の置かれた状況に忠実であろうとした西鶴の呻吟を見ることさえ出来る」という形でまとめられてしまった作者西鶴像は、片岡氏がかつて提示したそれと類似している。両者の差異を述べるならば、片岡氏が観照と教訓との間で悩み揺れ動く作者像を想定しているのに対し、矢野氏は教訓の側に開き直りながら観照を徹底するという「ふてぶてしさ」を読みとろうとしているということになろうか。

三　行きすぎた孝が胚胎する悪―箕輪吉次氏の論究―

矢野氏のアイロニカルな視点を継承しつつ、典拠との比較検討を軸に作品論的な読みの密度をより高めていったのが、箕輪吉次氏の一連の論稿であった。

氏はまず昭和五十一（一九七六）年に「『本朝二十不孝』論―先行不孝説話との関係を中心に」を発表する。[35]氏の主張を要約すると次のようになる。

『本朝孝子伝』の盛行を意識したため、安易な編集態度や版面の不体裁をも残すほどに刊行を急いだと思われるこの作品に対し、「不孝」をテーマとしたことを過大に評価することは慎むべきである。幕政への批判などはできうる状況ではなく、また、するつもりもなかった。そして、『新因果物語』として改題刊行（宝永年間）された事実は、この作品を教訓書として読んでいた読者の存在を示している、と。しかしながら氏は、教訓書として読むことを主張したいわけではない。

先のような前提に立って考えてみても、先行する不孝説話にくらべて『本朝二十不孝』の各話はあまりに異質である。何が不孝であるかが一読しただけでは不明確であり、他の孝子説話・不孝説話と関連させて読まなければそのことがわからないような書き方となっている。

このような印象に基づく氏の理解は、それらの先行説話群の中に『本朝二十不孝』を置いて見直してみなければ読み解くことはできない、というものである。これは、従来の「典拠さがし」や佐竹氏の「謎解き」とは根本的に発想を異にするものである。

この論文で具体的に扱われているのは、巻二の二「旅行の暮の僧にて候」である。『新著聞集』や『慶安元禄間記』『久夢日記』などを手懸りに、実際にあった事件を素材としつつも、それをあえてあらぬように捩《ねじ》っていく手法を指摘する。そして、「小判といふ物見しりけるも不思議なり」という不自然ともいえる記述があえて挿入されていることから、金にまつわる不孝咄であることを明確化する。小吟の、一家の生活の苦しさを思いやる孝心は、金とのかかわりによって、一家を破滅へと導く不孝へと変化する。このことを序文の金による孝行の強調とも関連させて、孝と不孝との差は、金銭や経済の状況の変化によって変わりうる紙一重のものとして示されている、という理解を示している。

西鶴は孝道を奨励しようとしているわけでも、批判しようとしているわけでもない。孝という概念そのものが、現実においていかにあいまいで多面的な意味を持っているかを示すこと。それこそがこの作品の、先行不孝説話の単純な構造に対する際立った特色なのだという主張で結ばれている。

幕政への批判など意図するはずもないとした氏ではあるが、公認されている「孝」という概念に西鶴が深い疑念を持ち、それを相対化して描き出してみてたいという意志があったとするなら、それは結果的に幕府の孝道奨励に対する皮肉になってしまうのではないだろうか。この論文の段階では幕政への批判という意図を頑なに拒絶していた箕輪氏ではあったが、その後約十年を経て発表された二つの論文では、明らかに変化が見られるようになる。

昭和六十年の「『本朝二十不孝』の背景―その二元的世界」[36]で氏が取り上げたのは、巻四の四「本に其人の面影」であった。これは、まさに誰が不孝なのかが判然としない一話である。母親に化けた狸を射殺した弟が里人から称賛されていたのに、国守の沙汰によって一転して不孝者となり、手を合わせて成仏を祈るだけであった兄が孝行者として禄を与えられる、という結末の一話である。

箕輪氏は、まず典拠である『宇治拾遺物語』巻八の六「猟師ほとけを射る事」との関係から考察し、国守から不孝者とされた弟八弥こそが真の孝行者であったとする。にもかかわらずなぜ弟は否定されてしまったか。それは国守の沙汰によって「文武の達者」たちが詮議した際、「孝をすべてに優先させ、一元的に解釈してしまう」という綱吉治世下の特異な孝子称揚の論理を拠りどころとしてしまったからだとする。

その裏付けとして氏が示したものは、『古今犬著聞集』（椋梨一雪著・天和四年成）に記された「一度罪ありとして咎められながら、孝であることで罪を許され、賛美された」事件三例である。このような極端な事例はこの時期特有のものであった。一方、同時代の記録でも『河内屋可正旧記』のように、孝ゆえの盗みに対しその罪を減ずるべきではないとする「二元的価値判断」も存在していた。

だとすれば、「本に其人の面影」は、孝の特殊なる考え方によって八弥を悪人とし不孝者とする「為政者の僻事《ひがこと》の物語」であるということになる。また氏は、「旅行の暮の僧にて候」についても、「小吟を悪人に仕立て上げていく親の僻事の物語」という新たな見解を示し、さらにこれらの話に胚胎していた視点が、『懐硯』の「憂目《うきめ》を見する竹の世の中」―行き過ぎた孝が胚胎する悪を暴いたもの―などへと発展していくと述べている。

続く「『本朝二十不孝』「娘盛の散桜」考―春夏秋冬と五行説―」[37]では、巻三の一が取り上げられている。この一話の中で五人の娘の父親は、四女のお冬に対しては出家することを不孝として否定し、五女の乙女には出家を勧める。一つの行為がある時は孝であり、ある時は不孝であるという孝の概念の多層性がここでも指摘される。そして、そのような展開から浮かび上がってくるのは、世の外聞にとらわれながら一元的な孝の概念からのみ行為を裁断しようとした、親の僻事の物語ということになる。そして、夫である山賊を手引きして我が家に盗みに入るという乙女の行為は、「姉四人の彦六夫婦への報いの要素」を持つものであり、「孝にのみ殉じねばならぬと宿命付けられた者達のせめてもの悪」なのであった、とする。

このように、当時の孝行・不孝説話群の中に『本朝二十不孝』を置いてとらえなおすという箕輪氏の方法は、幕府の孝道奨励策と対峙し、「僻事」を書き続けることでそれを相対化して見せようとする西鶴の姿を浮かび上がらせるに至る。ただし、それゆえに、教訓的言辞の存在は無視されがちとなっている。

四　忠孝札へ向けられた「銃口」――篠原進氏の論究――

箕輪氏と同様に、篠原進氏の『本朝二十不孝』論もまた、谷脇氏・佐竹氏・矢野氏らの論を批判的に継承し、孝子譚の逆設定や俳諧的連想といった手法を駆使して西鶴がこの作品に何を託そうとしたのかを解き明かそうとするものであった。

篠原氏の「『本朝二十不孝』の空間」は、昭和五十九年に発表された。[38] 氏は「死一倍」を題材とした巻一の一「今の都も世は借物」末尾で、「欲に目の見えぬ金の借手は、今思ひあたるべし」と、西鶴の視線が「明らかに銀貸屋と笹六の取り巻きとに向けられている」ことに注目する。笹六を悪に走らせた「死一倍」は銀貸屋相互の熾烈《しれつ》な貸し付け競争の中から必然的に生まれた。だとすれば、西鶴は孝を個人的な徳目の問題としてではなく、時代と社会との関連、すなわち、都市化によって生じたひずみが生み出すものとして描いたといえる。それこそが当世的な「孝」「不孝」の問題である。だから『本朝二十不孝』は、「二十四孝的古い善を否定的媒介としながら、新しい悪を（都市）空間との絡みの中で剔出していった作品」だということになる。

言ってみれば氏は、教訓的言辞と現実観照との矛盾・分裂を、一つの手法としてとらえようとしている。教訓的言辞という古い枠組みを破って現実が溢れ出ていく、という構図を西鶴は意図的に提示したこととなる。ただし氏の論文は『本朝二十不孝』の中に都市の問題を見出すことに主力が注がれ、このような矛盾・分裂を手法として十分に分析するまでには至っていない。この課題は、後で述べるように、大久保順子氏の論稿に受け継がれていくことになる。

先のような作品観を実証すべく、篠原氏はこの作品の全話に言及する。たとえば、巻一の二「大節季にない袖の雨」では目まぐるしく変わる都市生活の嗜好《しこう》に翻弄される伏見の人々の生態、巻の二「旅行の暮の僧にて候」では熊野の山家の人々をも席巻する「金銭至上主義的都市の消費精神」、巻四の三「木陰の袖口」からは敦賀が「京阪の新しい文化の流入に伴い急速に都市化して行った」ことによる必然的な悪の誘発を指摘している。俳諧的連想と孝子譚の逆設定とによって都市のゆがみを描き出していく西鶴の手法を、篠原氏は見出したのである。
だが、いったい西鶴の意図はどこにあったのか。この時点での篠原氏の解釈は、いささか教訓的なものに傾いている。たとえば、この論文の末尾では次のように述べられている。

> なるほど、社会悪を剔出するということは、多かれ少なかれ御政道批判を内在させているものだし、そのことまでも否定するつもりはない。ただ『二十不孝』の場合、その社会悪を生み出す政治構造への遡及力は必ずしも強いとはいえないし、むしろ、どんな政治体制にあっても社会悪は存在するものとして、より現実的な対応をしているということは言えるのではないだろうか。

西鶴の目は為政者の方へではなく、変動する現実社会に生きる町人の方へ向けられている。そして、都市化の中を「家職に励んで金銭を獲得し、それを唯一の後盾として生き抜け」という西鶴のメッセージが託されている、という理解に至ることになる。

平成十一年になってから、篠原氏は「『本朝二十不孝』―表象の森」[39]を発表する。ここで篠原氏は巻一の二「大節季にない袖の雨」、巻三の二「先斗《ぽんと》に置て来た男」、巻四の三「木陰の袖口」、巻四の一「善悪の二つ車」の四話を再び取り上げて論述しているのだが、先の論文から十五年近くも隔たったものであるだけに、その方向性はかなり異なったものになっている。

たとえば「大節季にない袖の雨」については、まず御香宮神社の表門の彫刻などの例をあげて伏見と二十四孝説話との深い結びつきを示し、そして、伏見城が廃された後の衰微と閉塞感から文太左衛門の「心の闇」を説明していく。ここまでは先の論述を緻密にしたものといえるのだが、氏はここで父親の果たした役割に注目する。

　政治に翻弄され、被害者であり続けた伏見の運命。その換喩《メトノミー》ともいうべき父親の愚痴が、文太左衛門の悪を可動させた。

不孝そのものの原因を親に求めていく読みを押し進め、篠原氏は「親に胚胎した病巣が、親子の関係性の歪みの中で増殖を重ねて転移する」のが『本朝二十不孝』の基本的構想であるとまで断言する。しかしそれは、単に親の養育のあり方を問うレヴェルにはとどまらない。このあたりの論述はいささか飛躍しているようにも思えるのだが、巻四の一「善悪の二つ車」の背景が岡山藩主池田光政の文教政策であること、そしてその政策が当時硬直化したものになっていたことをふまえて、不孝者甚七の姿を「政権から排除されて流浪する弁慶のイメージが重ねられ戯画化された悲劇の英雄の新しい伝説」と見る。

かくて氏は、

　つまり『二十四孝』の銃口は、「孝道奨励策」そのものではなく、「忠孝札」に代表される当局の過剰干渉へと向けられていたのだ。

という結論に至るのである。

矢野氏が読み取った「常ならぬものこそが人間の本質」という認識を継承しつつ、篠原氏は、現実の前で逡巡する西鶴ではなく、積極的な体制批判者としての西鶴を提示したことになる。現世的な処世の術の提示へと収斂《しゅうれん》していった先の論文とはまったく異なった結論に至っているといってよい。

現実を鋭く剔出《てきしゅつ》する西鶴の記述。それによって暴露されていく為政者の欺瞞《ぎまん》と愚行。典拠の精査と俳諧的手法の分析から出発して、こういったものへ矛先を向けていく点において、箕輪氏と篠原氏の論は極めて類似した方向性を有しているように思える。となれば問題は、そのような西鶴の鋭い社会認識が、あまりにも凡庸な教訓的記述と共存していることをどのように考えるかである。

五　「評語」と「沙汰」——大久保順子氏の論——

大久保順子氏は、平成四年に『本朝二十不孝』に関する二つの論文を発表している。そこでは、この作品に見られる「矛盾」と「分裂」の諸相を、作者自身の逡巡や気まぐれから結果的に生じてしまったものとしてではなく、一つの手法としてとらえようとする試みがなされている。「分裂」という実態を直視しつつもそれを否定的に評価する発想を排して、現実的描写と教訓的言辞との混在を積極的にとらえなおそうとするものである。

氏はまず、「『本朝二十不孝』「後の剥げたる嫁入長持」論——「評語」の表現をめぐって——」[40]において、巻一の三にあたるこの章の随所に「人がよき事あればとて脇から腹立けるは無理の世の人心」「此風義何国もかはる事なし」「縁結びて二たび帰るは女の不孝是より外なし」といった教訓や評語が配されていながらも、それらが論理的にかみあっておらず求心力を欠いていることを指摘する。そして、これらのすれ違う言辞を統語的に把握することによって、文字通りの教訓以外の意味が発生することに注目している。

加賀の絹問屋左近右衛門の母親は美人の娘小鶴《こづる》を溺愛し、その衣装に美麗の限りを尽くす。やがて娘は呉服屋に嫁入りしたものの、相手を嫌って実家に戻ってくる。以後は結婚しては出戻りを繰り返して、十四歳から二十五歳の間に「十八所さられける」うちに家は零落し、小鶴は老いてすっかり醜くなってしまう。その様子は「徹底して「沙汰」の視点から描かれ」ており、小鶴が出戻りを繰り返すに至った内面が詳細に説明されることはない。そして散在する教訓的な評語のどれもがあまりにステレオタイプなものなので、小鶴の行為がそれに当てはまらないことを読者に感じさせることとなり、その「悪行」のたわいなさが浮かび上る。個々の評語や教訓的言辞同士の、あるいはそれらと「事例」＝小鶴に関する具体的な描写との「すれ違い」が「不可視の登場人物内部を暗示する」というのである。

氏は続けて「『本朝二十不孝』と「沙汰」―巻三の二、四の二の方法―」[41]を発表し、そこでも同様の発想を敷衍させている。加えてこの論文では、谷脇氏が「咄の咄らしさ―西鶴の語り口をめぐって―」[42]で提示した『本朝二十不孝』の「戯作」的解釈をいかに克服するかということが強く意識されている。

巻三の二「先斗に置いて来た男」は「人の心ほどかはり易きはなし」という評語がまず提示され、続けて付合語的連想文脈を経て堺の「しまふた屋」の風俗記事的部分が展開する。谷脇氏の言うところの読者との常識的な共通認識の確認の過程であり、氏はそれを話芸的な可笑しみに近似したものととらえていたのだが、大久保氏はそれを「事件」の認識とかかわらせ、いかに「事件」を読者に認識させるかという手法の問題として論じようと

『本朝二十不孝』巻４の２の挿絵。比丘尼寺に駆け込んだ嫁を迎えに行く姑。

する。地の文と登場人物のコメントとの連続性、叙述視点の錯綜、内容の多様性と論理の矛盾やずれ。それらを伴う展開の中で累積されていく「常套的」な教訓的評語は、「常套的」であるがゆえに「「事件」形象化のための〈語りの自由さ〉」を保障するものになるという。

また、巻四の二「枕に残す筆の先」は、土佐の鰹屋助八家の嫁と姑の確執をめぐる話であるが、これもまた、嫁姑双方の立場からの微妙に主張の異なった複数の「常套的」な評語が散在している。登場人物の行動の内面的な理由が記されないまま、外部からこのような「沙汰」が記されていることにより、決して「常套的」な教訓や評語の中に収まり切ることのない真実が浮かび上がってくる。氏によれば、「この「事件」の本質は、（姑の邪見か娌の不孝かといった裁断をも超えて）娌・姑をめぐる「評語」の間に見え隠れするべく形象化された、鰹屋の「家」の家族相互の強い「思ひ」と、その行き違いにある」ということになる。

大久保氏が、作品中に存在するさまざまな評語をポリフォニック（多声的）なものとして把握し、求心的な語り口（モノローグ）では描写しきれない人物像を描き出す手法として明言したことの意義は大きい。しかしながら、いささか抽象的で難解な論理を駆使してたどりついた解釈は思いのほか平凡で、従来から言われてきた、特異な「悪の造形」という見解を大きく超えるものではない。その点では、論理の緻密さと引き換えに、篠原氏の論が備えていた社会経済面へと広がる視点を欠落させてしまったといえなくもない。

六　結びにかえて―杉本氏の論と今後の可能性―

様々な教訓的言辞、現実的描写、諧謔的口吻が相互に対立しあいながら進行して行く『本朝二十不孝』の語り口―「はなし」の在り方は、いったい何を浮かび上がらせるような仕掛けになっているのか。

近年は、この作品の背後に幕府や綱吉に対する皮肉や反発を読みとる傾向が強まりつつあるように思われる。かつて「戯作」説を主張した谷脇理史氏も、次のように述べている。

やはり『二十不孝』の場合にも、五代将軍の孝道奨励策をストレートに受け入れて、真面目に教訓するなどというふうな姿勢を西鶴がとっているとはとても思えません。むしろ、野間先生がやや強調しすぎるくらい強調されたような方向で『二十不孝』を見ていったほうが、正解というより、その方が作品を面白く読めるのではないかと考えております。[43]

前半の主張は以前からのものだが、後半の野間氏への支持はかつての持論の撤回と読み取ることができる。

作品評価のこのような変遷の中にあって、野間氏以来の幕政への批判・皮肉という系譜につらなる、近年のもっとも刺激的な解釈としては杉本好伸氏の論をあげることができる[44]。

杉本氏はまず、最終章である巻五の四「ふるき都を立出て雨」に、武家社会への皮肉が込められていると指摘する。名のある武家の子である虎之助は、養父のために懸命に働くだけの勇気も判断力も持ってはおらず、ただ貧窮を嘆くばかりである。また、そのような状況にある息子に対して実の親は何の援助もしていない。これが虎之助をめぐる「孝行の〈実態〉」であるのだが、それに啓発されて親不孝者の徳三郎が更生していく、という皮肉。そして、それらに対して「扨も頼もしき心底武家にもめずらし」と、武家社会の実態を顕示する言葉を「歴々の武士」に吐かせている。この、八百屋で物を買うことも出来ないという困窮ぶりは、序文での八百屋で物を調えて孝行せよという記述と対応させることでよりいっそう強烈な皮肉となる。

そして、作者の目は厳として武家に向けられているとする杉本氏は、巻二の二「旅行の暮の僧にて候」・巻四の一「善悪の二つ車」・巻四の四「本にも其人の面影」などにも暴露的な皮肉が込められているとし、これらは関連性を持ったネットワークで最終章とつながっているとする。

さらに、序文と最終章で提示された〈八百屋〉は、将軍綱吉の孝の対象である桂昌院が八百屋の娘だという風説をも想起させる。極めて手の込んだ形で皮肉を盛り込むことが、忠孝を強く説いて厳罰を強いる為政者に対する違和感を生じさせることになる。この違和感を、現実社会に直面する商人の立場から提供する、というのが『本朝二十不孝』に隠されている「構図」であったということになる。

八百屋と桂昌院との付会はいささか強引にも思え、また、『本朝二十不孝』の他の章における武家のとらえかたについても異論のあるところだが、少なくとも巻五の四の記述の中に「孝」というものの実態に疑問を抱かせるような、互いに反発しあうさまざまな要素が交錯していることは首肯できる。このような交錯する「声」の響き合いをどのように読み取っていくか。ここに、矢野氏、箕輪氏、篠原氏、大久保氏そして杉本氏へと連なり、今後も発展していくであろう読みの可能性を感じ取ることができる。

これらの読みの方向性は、結論としては幕政や孝道奨励策への批判や揶揄といったところへと向かう。ただしそれは、かつての野間氏らの主張の復活というものではない。そのような批判や揶揄が直線的に述べられているわけでも、また、そのような本音がただカモフラージュされているのでもない。教訓的言辞と現実描写、世相への感想や諧謔的な口吻など、さまざまな相矛盾する要素のぶつかり合いの中で浮かび上がってくるものだ、ということができる。バフチン風にいうならば、さまざまな声の響き合うポリフォニックな作品としてとらえた上で幕政への批判や揶揄を読みとろうとしているのである[45]。つまりは、作者のモノローグとして読むことの限界をふまえて、多声的な作品としての把握が定着しつつあるのが、近年のこの作品に対する研究の方向性といえよう。

ともあれ『本朝二十不孝』の解釈の可能性は、単なる教訓性やあるいはそれに対する反発、底の浅い戯作（娯楽）性といったレヴェルを大きく超えていく。同時代の現実と、そしてその背後にあるものとに、いったい西鶴はどのように対峙していたのか。その姿は、まさに西鶴のオリジナリティであるところの、ポリフォニックな「はなし」の方法分析を通して把握されなければならないだろう。

注

1. 片岡良一『井原西鶴』至文堂　大正十五（一九二六）年。
2. 暉峻康隆『西鶴　評論と研究　上』中央公論社　昭和二三（一九四八）年。
3. 江本裕「『本朝二十不孝』―方法の破綻について」『文芸と批評』八号　昭和四十年六月。『西鶴研究―小説篇―』新典社　平成十七（二〇〇五）年に再収。
4. 長尾三知生「『本朝二十不孝』小考―その観念性をめぐって―」『近世文芸　研究と評論』十五号　昭和五三（一九七八）年十月。
5. 野間光辰「西鶴と西鶴以後」『岩波講座日本文学第十　近世』昭和三二（一九五七）年。後に『西鶴新新攷』岩波書店、昭和五六（一九八一）年に再録。
6. 水田潤「『本朝二十不孝』―その戯作性についての一考察―」『立命館文学』一〇八号、昭和二九年（一九五四）年五月。後に『西鶴論序説』桜楓社　昭和四八（一九七三）年に再録。
7. 檜谷昭彦「本朝二十不孝」『国文学解釈と鑑賞』昭和三五（一九六〇）年十月。
8. 小野晋・横山重校訂『本朝二十不孝』岩波文庫　昭和三八（一九六三）年の解説。
9. 植田一夫「『本朝二十不孝』論」『日本文学』二五巻八号　昭和五一（一九七六）年八月。
10. 松田修『日本古典文学全集　井原西鶴集（二）』小学館　昭和四八（一九七三）年の解説。
11. 丸木一秋「『本朝二十不孝』私論」『愛媛国文研究』二七号　昭和五二（一九七七）年十二月号。
12. 藤川雅恵「諸国ばなしとしての『本朝二十不孝』―巻一の三「後の剥たる嫁入長持」と巻四の二「枕に残す筆の先」を中心として―」『青山語文』二七号　平成九（一九九七）年三月。
13. 三浦邦夫「『本朝二十不孝』論」『秋田工専研究紀要』六号　昭和四六（一九七一）年。
14. 浮橋康彦「『本朝二十不孝』における悪の造形」『新潟大学教育学部紀要』十一巻一号　昭和四五（一九七〇）年三月。
15. 石原千津子「『本朝二十不孝』論」『叙説』三号　昭和五四（一九七九）年四月号。
16. 西島孜哉「『本朝二十不孝』論序説―成立と主題と方法」『武庫川国文』三三号、平成元年三月。

17. 早川由美「『本朝二十不孝』の不孝娘譚―娘と世間をめぐって―」『名古屋大学国語国文』八一号　平成九（一九九七）年十二月。
18. 堀切実「『本朝二十不孝』の創作手法―巻二―二「旅行の暮の僧にて候」をめぐって」『早稲田大教育学部学術研究（国語・国文学）』四一号　平成五（一九九三）年二月。後に『読みかえられる西鶴』ぺりかん社　平成十三（二〇〇一）年に再収。
19. 森山重雄『西鶴の世界』「5　歪められた青春の群―『本朝二十不孝』―」講談社　昭和四十（一九六九）年。
20. 佐々木昭夫「本朝二十不孝―「善悪の二つ車」について―」『文芸研究』一三九号　平成七（一九九五）年五月。同「『本朝二十不孝』巻四の二―「枕に残す筆の先」について―」『日本文化研究所研究報告』三二号　平成八（一九六九）年三月。
21. 松原秀江「『本朝二十不孝』論―存在の根拠としての親―」『語文』（阪大）四一号　昭和五八（一九八三）年五月。同「『本朝二十不孝』論―御伽草子とのかかわりを中心に」『西鶴新展望』勉誠社　平成五（一九九三）年。
22. 原木直子「本朝二十不孝論―その方法を中心に―」『東京女子大学日本文学』六一号　昭和五九（一九八四）年三月。
23. 本田香織「『本朝二十不孝』に描かれた孝」『日本文芸論叢』五号　昭和六一（一九八六）年三月。
24. 立道千晃「『本朝二十不孝』における孝道観―同時代意識からの再検討」『近世文芸　研究と評論』三八号　平成二（一九九〇）年六月。
25. 森田雅也「『本朝二十不孝』における創作視点」『日本文芸研究』四二巻一号　平成二（一九九〇）年四月。
26. 長谷川強『西鶴を読む』笠間書院　平成十五（二〇〇三）年。
27. 勝又基「不孝説話としての『本朝二十不孝』」『国文学解釈と鑑賞別冊　西鶴　挑発するテキスト』平成十七（二〇〇五）年三月。
28. 谷脇理史「『本朝二十不孝』論序説」『国文学研究』三六号　昭和四二（一九六七）年十月。『日本文学研究資料叢書　西鶴』有精堂、昭和四四（一九六四）年。『西鶴研究序説』新典社　昭和五六（一九八一）年に再収。
29. 拙稿「『本朝二十不孝』研究史ノート（二）―「戯作」説の展開―」『国語国文学報』六三集　平成十七（二〇〇五）年三月。本書に第九章として再収。
30. 熊崎紀代子「本朝二十不孝研究」『国文』（お茶の水女子大）三九号　昭和四八（一九七三）年六月。
31. 藤原聖子「『本朝二十不孝』研究」『広島女学院大学国語国文学誌』八号　昭和五三（一九七八）年十二月。
32. 藤江峰夫「『二休咄』の西鶴評―『本朝二十不孝』巻一の四私見―」『福岡教育大学国語国文学誌』八号　昭和五三年十二月。同「私攷

『本朝二十不孝』」神保五彌編『江戸文学研究』新典社　平成五（一九九三）年。

33. 「西鶴中期の登場人物―その同質性と対比性―」『そのだ語文』二号　平成十五年三月、『西鶴論―性愛と金のダイナミズム―』おうふう　平成十六（二〇〇四）年に再収。

34. 矢野公和「『本朝二十不孝』論―アイロニイとしての孝道奨励について―」『国語と国文学』五十巻六号　昭和四八（一九七三）年六月。『西鶴論』若草書房　平成十五（二〇〇三）年に再収。

35. 箕輪吉次「『本朝二十不孝』論―先行不孝説話との関係を中心に―」『学苑』四三三号　昭和五一（一九七六）年一月。

36. 箕輪吉次「『本朝二十不孝』の背景―その二元的世界」昭和六十（一九八五）年一月『学苑』五四一号。

37. 箕輪吉次「『本朝二十不孝』「娘盛の散桜」考―春夏秋冬と五行説―」『学苑』五四九号　昭和六十（一九八五）年九月。

38. 篠原進「『本朝二十不孝』の空間」『弘学大語文』十号　昭和五九（一九八四）年三月。

39. 篠原進「『本朝二十不孝』―表象の森」（『青山語文』二九号　平成十一（一九九九）年三月。

40. 大久保順子「『本朝二十不孝』「跡の剥げたる嫁入長持」論―「評語」の表現をめぐって―」『文化』（東北大学）平成四（一九九二）年三月。

41. 大久保順子「『本朝二十不孝』と「沙汰」―巻三の二、四の二の方法―」『文芸研究』平成四（一九九二）年九月。

42. 谷脇理史「咄の咄らしさ―西鶴の語り口をめぐって―」益田勝実・松田修編『日本の説話5　近世』東京美術　昭和五十年。『西鶴研究論攷』新典社　昭和五六年に再収。

43. 谷脇理史「転換期の西鶴―貞享三、四年の作品と出版取締り令―」『西鶴への招待』岩波セミナーブックス　平成七（一九九五）年。

44. 杉本好伸「〈八百屋〉の構図（上・下）―『本朝二十不孝』の創作意図をめぐって―『鯉城往来』六・七号　平成十五（二〇〇三）、十六年。

45. M・バフチン、伊東一郎訳『小説の言葉』平凡社　平成八（一九九六）年。

第十章　リアリティと「西鶴らしさ」――近現代における『懐硯』の読み（一）――

本章以下の三章は、西鶴作とされている浮世草子、『懐硯』（貞享四〔一六八七〕年刊）の研究史を整理したものである。とりわけ、この作品独自の小説手法とその評価に関する論述を中心にまとめ、その分、典拠に関する指摘については記述を控えた。典拠研究に関しては、箕輪吉次編『西鶴選集　懐硯（翻刻）』（おうふう、平成七〔一九九五〕年）や江本裕・谷脇理史編『西鶴事典』（おうふう、平成八年）に整った一覧表の掲載があり、改めて記す意義がとぼしいと考えたからである。

一　西鶴の作家的成長―暉峻氏の『懐硯』評―

『懐硯』の研究史を振り返るには、戦後の西鶴研究の原点と目されている、昭和二十三年の『西鶴　評論と研究　上』[1]から言及するのが効率的と思われる。その見解を、先行または後続の研究とのかかわりから、①成立と作者の問題、②「伴山」設定の意味、③内容・主題についての評価の三点に分けて整理することとする。

まず、①成立と作者の問題。暉峻氏はこの時点では、現存本を改題再刷本とみなしている。その根拠は、柱刻《ちゅうこく》が「宿」であることにあり、原題は「宿直草《とのゐぐさ》」「宿直袋」などではなかったか、と推定している。また、序文の後にある不自然な空白は、西鶴の署名を削った跡と考え、奥付に刊年・版元の記載がないことや、各巻に目録がなく巻頭に総目録があることと合わせて、現存本は、無許可の海賊版的なものだと判断している。

この見解は後に『定本西鶴全集』の解説[2]において、暉峻氏自身によって修正される。すなわち、天理図書館本（零本）の題簽《だいせん》で「一宿道人」の角書《つのがき》が確認されたことから柱刻の問題は解決され、原題は「懐硯」で、貞享四年三月の序文も初版からすでに備わっていたということになる。ただし、やはり現存本は再版本であり、その刊年は不明であるとしている。序文の署名が削られた理由についての言及はない。

また、作者の問題については、文章・作風から見て西鶴作を「疑ふふしはまったくない」と断定し、それ以上の言及はない。これは、後述するように、戦前の諸先学の見解をそのまま踏襲したものといえる。

次に、②「伴山」を設定したことの意味。これについては暉峻氏はいたって冷淡で、どの章も「それぞれ独立した短篇」として取り扱うべきであり、伴山の旅行記に仮託されている点は無視してよいとし、せいぜい「旅の実感を出そうとした」程度にしかとらえていない。この問題が正面から検討されるようになるのは、後述するように昭和四十年代半ば以降のことである。

そして③内容・主題に関する評価。暉峻氏は、同じ諸国話形式の短編集である『西鶴諸国はなし』を酷評しているのだが、『懐硯』に対してはきわめて好意的である。とりわけそれは、非現実的な怪異性から離れて、現実的な人の心に題材を求めたところに注目したからであり、そこに作家的成長が見出せるとして評価している。

具体的には、金銭説話（巻二の一「後家に成ぞこなひ」・巻五の二「明て悔しき養子が銀筥《かねばこ》」）と愛欲説話（巻一の四「案内しってむかしの寝所」・巻五の一「俤《おもかげ》の似せ男」・巻四の四「人真似は猿の行水」）とに分けて言及している。そして、それに対応する形で、『懐硯』の評価も二点に集約されている。まずは、金銭への執着などの、人間の精神の醜悪な部分を冷静に描き出すリアリズム。もう一つは、個人の意志や感情を蹂躙する封建制度を告発する文明批評である。『西鶴諸国はなし』と比較して現実的な題材が多いことは事実であり、それは後続する研究者のほとんどすべてが認めている。ただ問題なのは、暉峻氏が評価の基準としているリアリズムの質である。氏の論考全般についてしばしば指摘されることではあるが、近代の自然主義文学を規範としたリアリズムをいささか強引に西鶴にあてはめてしまう傾向が、この論においても見られる。それだけに、『懐硯』の有するリアリティが、どのようなオリジナリティを備えているかについては、この段階ではまだ言及されていない。

また、暉峻氏はそこに反封建的な文明批評の精神を見出そうとした。この見解の方も、その後の研究者よって継承されている。とはいうものの、私見では、この方向性での『懐硯』論の発展の可能性は、未だ十分には論じ尽くされていないように思われる。今後、より積極的に各章に敷衍させて考えるべきであろう。

ともあれ、この時点での暉峻氏の論の展開は、あくまで印象批評の域にとどまっている。一言でいえば、『懐硯』のオリジナリティに即した評価とはなりえていない。批評されているのは、いつの世のどこの家庭にもありがちな「封建的」な要素にすぎず、貞享年間に刊行されたこの作品でなければならないような性格のものではない。巻一の四「案内しつてむかしの寝所」の悲劇的結末は『伊勢物語』以来の潔い「民族精神」として一般化され、巻四の四「人真似は猿の行水」に描かれたこの時期の法華信徒の特殊性は、頑迷な宗教のあり方一般の中に埋没させせられてしまっている。

もっともこのような、その作品固有の要素を含む細部を切り捨てて人間あるいは民族の普遍的テーマを論じる傾向は、この時期の文学論一般の風潮でもある。細部の切り捨てとともに、伴山の設定や役割などをまったく考慮しない—すなわち、文体や叙述の問題を無視した方法論という点でも、今日から見ればその限界を露呈しているということができる。

また、典拠についての細かな考証がほとんどなされていないのも、後続の研究との大きな差異である。それもやはり、先行文学との密接な関連性・同質性よりも、近代的性格を重視した結果であろう。

この暉峻氏の論の忠実な継承ともいえるものに、神堀貞子氏の論[3]がある。神堀氏は、『西鶴諸国はなし』にみられる執筆態度を同時代の怪異小説類と比較し、さらに『諸国はなし』と『懐硯』との差異を、舞台となった地域・人間の行為・登場人物の身分等の観点から整理している。そして結論的には、『諸国はなし』が「雑記帳に走り書きするのと同じ程度」の態度で書かれ、怪異を説明できずに「談林的な駄洒落」で脚色されているのに対して、『懐硯』には、愚かな人間の行為を注視する作家的成長の跡が見える、としている。暉峻氏の説を実証的に補強したものとみなすことができよう。

ただし、神堀氏が『懐硯』の具体的な内容について言及しているのは、『諸国はなし』との比較のためにまとめられた簡略な一覧表中の記述を別にすれば、巻三の一「水浴《あびせ》は涙川」のみである。その考察も、「人間の愚によって愚かしい結末に終わる話」という抽象的な把握にとどまっており、暉峻氏の論の限界の内側にとどまっているということができる。またこの論にも、成立や典拠の問題、伴山の役割についての言及はみられない。

二　作者・伴山・原拠―昭和四十年代まで―

先の暉峻氏の論をふまえて、戦前から昭和四十年代末までの研究史を概観することにする。前章にならって、①成立と作者、②伴山設定の意味、②主題と評価、を三つの柱として述べる。

(1)　成立と作者

暉峻氏は『懐硯』を西鶴作と断定して疑わないが、それは、戦前の諸先学の見解をそのまま踏襲するものであった。たとえば、水谷不倒氏は『懐硯』を「西鶴の作として確定的のもの」に分類し[4]、片岡良一氏もまったく疑っていない。[5]山口剛氏も「文辞から推して疑ふふしもない」とし[6]、藤村作氏[7]、藤井乙男氏[8]も西鶴作としている。ただし、いずれもその根拠を示してはいない。

それなりの根拠を示したのは、山崎麓氏くらいではないだろうか。山崎氏は、巻四の二「憂目を見する竹の世の中」の「うき世の月を見果ぬる岩見の国、人丸塚の辺にちかき在所に」という記述を、『新可笑記』巻四の三「市にまぎる丶武士」の「古代石州の高角山に、浮世の月を見果し人丸塚の程ちかく」という記述や、辞世の句「うき世の月見過しにけり末二年」と関連づけ、西鶴得意の表現であったからこそ重出したと述べている。[9]

西鶴作であることは疑わないにしろ、現存本に対するさまざまな疑問は、戦前から指摘されていた。尾崎久彌氏は、柱刻の「宿」が『懐硯』とは無関係であるように思えることから、やはり現存本は改題後刷本

『近代艶隠者』巻１の１の挿絵。西鷺軒橋泉著で、序文・版下・挿絵は西鶴の手による。

と見て、『新修小説年表』の年代未詳の部に記された「廻国一夜宿」との開連を指摘している。ただし、その論拠は一見してわかるとおり脆弱《ぜいじゃく》であり、結局は先に記したような原題簽の存する天理本の存在により否定されたといえよう。一方、作者が西鶴であることについては全く疑念を抱いておらず、巻五の五「御代のさかりは江戸桜」が『好色五人女』の巻五「恋の山源五兵衛物語」の第四章と類似していることを指摘しても、他作者による剽窃《ひょうせつ》ではなく、作者の「奇譚の種ぎれ」に由来するものと推測している[10]。

　このような、否定的なとらえ方ではないものの、西鶴の他作品との類似を同一作者ゆえのモチーフの共通とする理解は、戦後もさかんになされており、浮橋康彦氏や江本裕氏らを、山崎氏・尾崎氏の継承者と見なすこともできよう[11]。

　また瀧田貞治氏は、早大本の来歴についての詳しい報告の中で、表紙に「懐硯　西鶴作」と記された後題簽のある現存の形に改装されたのは文政元年以降で、貸本屋の手によるものと推定している。西鶴作であることへの疑問を呈しているわけではないが、慎重な態度をとっていたといえよう。[12]

　戦後になると、『懐硯』非西鶴説を強固に主張する論者が現れる。『懐硯』は西鶴の草稿に団水が手を加えて編集したものであり、「西鶴研究の直接的資料として見るべきものが何もない[13]」とする、森銑三氏である。その根拠は、どこにも西鶴作とは記されていないこと、文体が西鶴のものではないことのほかに、舞台となった土地に開連して以下の二点を指摘している。

　まず、序文や各章の内容を見る限り、北は蝦夷地から南は大隅まで作者は旅をしていることになるが、西鶴にそのような経験があるはずもなく、むしろこの行動半径は『近代艶隠者《きんだいやさいんじゃ》』の西鷺《さいろ》のものと一致する、ということ。そして、巻二の四「鼓の色に迷ふ人」は『近代艶隠者』の巻四の中に入れるのがその地理的題材から見て妥当であり、西鷺作であることが裏付けられる、というものである。[14]

　序文や各章の記述に虚構性を認めず、すべてを書き手の実体験として疑わないことを前提とした論の運びは強引というほかはなく、今日においては全く説得力を失っている。だが「山崎美成は本書の欠本を所持していたらしいが、それは題簽の剥落した本で、書名不明の本として引用してゐること[15]」、「江戸時代の文献にはその名の全然見えてゐない[16]」ことなど、避けて通ることのできない問題への直視を促すものでもあった。さらに、『近代艶隠者』と『懐硯』との文体の具体的な比較検討、伴山の存在への注目などは、新たな論への展開の可能性を含んでいた。

　その一方で、西鶴加筆者説も提示されるようになる。中村幸彦氏は、全亭好成編『好色本目録』の『懐硯』の項に好善居士の序があると記されていること、当時「一宿尊者」「一宿老禅」と称する実在の文人が大坂近辺にいたことに注目する。すなわち、一宿尊者なる人物が「好善居士」などと称して『懐硯』を書いた、あるいはそれに西鶴が加筆した、という可能性の指摘である。[17] 一宿尊者作者説を積極的に取り上げた論は後続の研究に見出すことができないが、西鶴以外の者の筆になるものが混入している可能性は、しばしば問題にされるようになっていく。

しかしながら、この時期の成立と作者に関する論文は、充分にかみ合った論争をなすまでには至っていない。西鶴説、非西鶴説ともに、各々の憶測を述べている段階といってよいだろう。そして、いずれも、「西鶴らしさ」が感じられるか否かという研究者自身の主観をよりどころとして、断定的に結論が述べられるにとどまっている。[18]

(2) 伴山設定の意味

片岡良一氏は『井原西鶴』（大正十五年）で、『懐硯』について次のように述べている。[19]

「懐硯」五巻二十五説話は、旅せぬ人のために、旅に見聞した奇談雑話を輯録するという形になっている上に、伴山という一人の男の旅行記としての形を目指されて作り上げられている。浮世草子作者としての西鶴が好んで用いた技巧であるが、例によってその技巧が完全に全篇を包みきってはいない。説話説話に、伴山の影が全然さしていないものと、行文のうち所々に旅行記としての記述が挿入されているものとが、並存している。大体としては、純然たる短篇集として取扱った方が相応しい。

伴山の存在はまったく問題にされてないといってよく、先の暉峻氏の見解はこれを継承したものといえよう。

戦後『懐硯』西鷺作説を主張した森銑三氏も、伴山の設定については否定的であり、また、そのことを非西鶴説の根拠としている。[20]すなわち、巻一の一「二王門の綱」の書き出しは余計な人物を出してこの書に勿体をつけようとした編者団水の仕業であり、しかも巻一の二で早くもこの手法は破綻し、伴山とは認めがたい西鷺その人の姿となっている、とする。

だがこのことは、氏がこの作品に一貫する、旅の見聞者―森氏によれば西鷺―の存在感を読みとっていたことを意味する。図らずも、見聞者の設定を意識した読みを提示していたといえよう。

伴山の設定に積極的な意味を見出しはじめたのは、浮橋康彦氏あたりからではないだろうか。[21]浮橋氏は、その立場・性格は各章さまざまではあっても、伴山による紹介の姿勢が全編に貫かれていることに注目する。時には、伴山の存在と話の内容とが時間的・空間的に矛盾していたりもするが、むしろそこまでして聞き役としての人物を設定したことに注目すべきではないか、というのである。つまり、「日常性の論理で測れない盲動的なものに導かれた人生の転換を、客観的に対象化するために、伴山の仮設が有効」だった、というのが氏の見解である。

浮橋氏とほぼ同時期に、江本裕氏も、伴山の設定と廻国のスタイルとの関係に注目している。[22]伴山の行程は実情を無視したりもしてはいるが、巻四の立山―石見―松江―宗像など、部分的には脈絡をつけようとした苦心のあとを見ることができる。また、遠く離れた地へ行くときには、港・海・浜を経たり、何か関連した話題を出したりしており、この作品にリアリティを与えようとする作者の積極的姿勢がうかがえるとしている。江本氏は、『懐硯』全体を、畿内を舞台として内容的には町人物などへの多面的な展開を感じさせる作品群と、地方を舞台として怪異論のなかに人間の諸相を持ち込んだ作品群とに分けて考えており、伴山は後者のありかたと密接に結び付けられている。

このように、主題論の深化にともなって、伴山に対する注目度は次第に高まっていった。しかしながら、伴山の存在意義については、リアリティ保証の手段と述べられるにとどまっていた。伴山の性格設定とその役割とがどのように話柄と関連しているのかなど、各章の具体的内容に即して深められるべき課題がまだまだ残されている段階であったといえよう。このことは、『懐硯』の主題が、「人間心理の凝視」などといった普遍的で抽象的なものに求められがちであったことに対応している。

(3) 主題と評価

暉峻氏は、『懐硯』に西鶴の作家的成長を見出し、その近代作家的な素質や文明批評の試みを称賛した。その一方で、原拠・典拠の問題についてはほとんど触れなかった。これとは対象的に、前近代的な要素との結びつきから『懐硯』を評価したのが、森山重雄氏の「咄の伝統と西鶴」である[23]。

森山氏は、まず大前提として、浮世草子には近代的な意味での読者は存在せず、いまだ作者と読者とが未分化な段階の共同体の文学であるという立場に立っている。このような前提は、近年の出版・書肆研究の目覚ましい進展によって、かなり認め難くなったといってよい。もっとも森山氏がこのような前提に立ったのは、出版・書肆研究が進んでいなかったという研究状況のためではない。資本主義社会による人間疎外が進行する以前の、民衆・共同体の手になる文芸に深い意義を見いだそうとする、氏の文学観の所産であった。

そこで森山氏は、『諸国はなし』や『懐硯』などの諸章に、民話や説話との典拠関係や共通性が数多く見られることを強調する。談笑性のもたらす解放感や批判精神に注目しつつも、それは西鶴独自のものではなく、共同体の文学がもともと持ち合わせていた性格であった、という形での評価であった。

もちろん森山氏も、『懐硯』の独自性に着目しなかったわけではない。巻三の一「水浴は涙川」を例に取り、共同体内の関係が、時には個人を束縛し干渉するものにもなるという矛盾が描かれているという理解を示す。そして、それゆえにもはや談笑性にとどまることはできず、人間喜劇的な説話文学に高められている、と評価している。

とはいえ、西鶴作品は方法論的にはやはり共同体の文学である、ということを森出氏は強調する。共同体の持つ否定的な側面を批判するものを書くときでさえも、共同体的な批判の方法を用いている、ということを強調するところにこの論の主眼はあった。ただし、そこで主に取り上げられているのは『諸国はなし』の巻三の三「お霜月の作り髭」の方であって、『懐硯』への言及そのものは多くはない。

共同体的な性格や説話文学の要素に注目して「近代的な」読みに陥ることを避けながらも、当時の現実を新しい観点から描き出そうとした試みとして『懐硯』をとらえる——いわば暉峻氏と森山氏の読みの止揚を模索したのが、浮橋康彦氏と江本裕氏であった。

浮橋康彦氏は、まず「西鶴の「失踪のモチーフ」三作品について」[24]で、民話や共同体的な要素との深い結び付きを強調して、暉峻氏の精神主義的・倫理的発想による読みを正面から否定する。

たとえば、巻一の四「案内しつて昔の寝所」は、共同体から疎外された浮遊人久六が、孤独で悲劇的な結末に至る話としてとらえることができ、説話的な素材を用いつつも、共同体的「環境」と反共同体的「主体」との矛盾―共同体と個我の背反関係が描かれている、と指摘する。また、巻五の一「俤の似せ男」を、喜劇的結末を持つ一話ととらえ、悪事を働く小平太と、その小平太との新しい愛情を守ろうとする女房の二人が、「共同体の介入」に「民話の発想」を「武器」として対抗する話としてとらえている。そしてそこに、「共同体的生活意識のすでに内部的に破綻しつつあることを示す有力な例証」を見いだしている。

暉峻氏の、いわば印象批評的な言及を克服しようとしたものといえ、そのための論証の手立てとして、共同体の概念や共同体と個人の対立という観点が導入された。やや図式的な理解となったことは否めないが、先のような章の持つ特殊性を浮き彫りにできたことは成果であった。

浮橋氏はさらに、暉峻氏のように題材の現実性を指摘しただけでは不十分であるとして、「西鶴がどのような観点から、人間および人間関係をとらえ、形象しているか」に注目し、『西鶴諸国はなし』との比較による考察を試みた。『諸国はなし』の登場人物がその行為に変化がなく内面性に乏しいのに対し、『懐硯』の登場人物は行為や心情が変化・屈折に富んでいる。つまり人間の変質が題材となっているとし、しかもその変化の契機が本人の意図的・主体的なものではなく、周囲の状況や人物への無意識的・反射的な盲従―すなわち「感染」にあるとしている。そのような人物を描いた当然の結果として、『懐硯』には、「他者や状況の変化・刺戟に感染して、往々にして人生の蹉跌を味わう」愚直なタイプの人物が多く描かれることになった、という見解を示している。[25]

江本裕氏も、登場人物の主体性の欠如―偶然が展開上の契機となっていることに注目している。

江本氏は、偶然や突発的な事件を背景として、そこでうごめく人心を凝視する姿勢が『懐硯』には見出せ、『諸国はなし』よりもはるかに緻密であるとする。そのことを『好色五人女』『好色一代女』『本朝二十不孝』を経過したがゆえの咄の緻密化と理解し、『懐硯』において西鶴は説話的方法を完成させたとする見解へと至る。すなわち、『西鶴諸国はなし』の即物的で無造作な姿勢とは異なり、この作品では種々の微妙な人間心理のニュアンスが、偶然を契機に表出されるという形が取られているが、それは緻密な計算と配慮の上になされているると主張する。いたずらが思わぬ展開をまねく巻三の一「水浴は涙川」、偶然が思わぬ悲劇を生む巻一の四「案内知つてむかしの寝所」、主人の仮死が人間の本能を引き出す巻二の一「後家に成ぞこなひ」などが例としてあげられている。[26]

いずれも、これまで看過されてきた各章の特質に光を当てる画期的な試みであったが、一種図式的ともいえる把握の仕方一般の欠点がやはり指摘できよう。すなわち図式化すること自体が目的化されてしまうという問題である。

たとえば、多くの章で「感染」が展開上の重要な契機となっていることを示しうるとしても、「感染」の概念を狭くとらえれば、そこに収まりきらない章に窮屈な解釈を押し付けざるをえなくなろうし、逆にその概念を幅広くとらえて全章を包み込んでみても、何の指摘もしなかったことと同じになってしまいかねない危険性がある。また、人心を描き出す手法としての「偶然」が用いられていることを、『懐硯』の各章の梗概を示して証明することは容易にできよう。だが問題は、そういった意図的な類型化によって、どこまで各章の本質に迫りうるかである。つまり、個々の章の読みについての考察にはまだまだ大きな余地を残していた。

市川通雄氏は、浮橋氏らとはまた違った角度から、暉峻氏に対する批判を試みている。すなわち、『西鶴諸国はなし』と『懐硯』との間には、超現実的な怪異奇談から現実的な人間社会の奇異への作家的関心・興味の変化などはなく、二作品の間には本質的な差異はないのであって、いずれにも談林俳諧を通して養われた西鶴の関心がうかがえる、と主張するのである。[27]暉峻氏以来の、西鶴の作家的成長を『懐硯』に見いだそうとする見解を否定するものといえるが、本文中の感想・評言をストレートに西鶴の意識と結び付け、印象批評的に作品の本質を断定していく論の運びは、いささか粗いといわざるをえない。

これらの一連の論稿から感じられるのは、現実的か非現実的かといった二者択一的な評価にこだわれば、論理的な操作によって、どちらの結論を導き出すことも可能だということである。想定された作者像と矛盾しない形で、作品全体を総括した抽象的な評価を下そうとする、この時期の論に共通する限界の露呈ともいえよう。超現実的な怪異奇談から現実的な人間社会への関心の移行を結論とするにしても、あるいは逆に、それほどには変化していないということを前提にして『懐硯』の個々の章を論じたとしても、その解釈からとりわけ大きな成果が得られるようには思えない。

このほか、典拠・素行研究から西鶴の「古典を換骨奪胎」する創作姿勢などに言及した冨士昭雄氏の論もあるが、[28]『懐硯』をめぐる研究は、次章で述べる昭和四十九年から継続して発表された箕輪吉次氏の一連の論稿によってあらたな段階を迎えることとなる。

注

1. 暉峻康隆『西鶴　評論と研究　上』中央公論社　昭和二三（一九四八）年。第四章「「西鶴諸国ばなし」と「懐硯」」。
2. 穎原退蔵・暉峻康隆・野間光辰『定本西鶴全集第三巻』解説　中央公論社　昭和三十（一九五五）年。

3. 神堀真子「「西鶴諸国はなし」と「懐硯」—その怪異談における作者の態度を中心として—」関西大学国文学会編『島田教授古稀記念国文学論集』昭和三五（一九六〇）年。
4. 水谷不倒『浮世草子西鶴本』水谷文庫　大正九（一九二〇）年。『水谷不倒著作集　第六巻』中央公論社　昭和五十（一九七五）年に再収。
5. 片岡良一『井原西鶴』至文堂　大正十五（一九二六）年。『片岡良一著作集　第一巻』中央公論社　昭和五四（一九七五）年に再収。
6. 山口剛『西鶴名作集』日本名著全集刊行会　昭和四（一九二九）年の解説。
7. 藤村作校訂・解説『改訂西鶴全集（帝国文庫）前・後』博文館　昭和五（一九三〇）年。
8. 藤井乙男『西鶴名作集（評釈江戸文学叢書）』講談社　昭和十（一九三五）年。
9. 山崎麓『井原西鶴（岩波講座日本文学）』岩波書店　昭和八（一九三三）年。
10. 尾崎久彌『江戸小説研究』弘道館　昭和十（一九三五）年。
11. 浮橋康彦「『懐硯』の作品構造—感染の契機」『国文学孜』五二号　昭和四三（一九七〇）年三月。江本裕「西鶴諸国はなしと懐硯」『国文学』昭和四五（一九七〇）年十二月号。
12. 瀧田貞治「西鶴本雑話」『愛書』第六輯　昭和十一（一九三六）年二月。『西鶴襍爼』昭和十二（一九六五）年に再収。『西鶴襍爼』は昭和四十（一九六五）年に複製刊行（自帝社）。
13. 森銑三『（人物叢書）井原西鶴』吉川弘文館　昭和三三（一九五八）年。『森銑三著作集　続編　第四巻』中央公論社　平成五（一九九三）年所収。
14. この章についての混入説は、注11の論文で浮橋氏も支持している。
15. 注13と同。
16. 森銑三『西鶴本叢考』東京美術、昭和四六（一九七一）年。『森銑三著作集　続編　第四巻』所収。
17. 中村幸彦「西鶴文学の軌跡」『国文学』昭和四五（一九七〇）年十二月。
18. またこの時期、冨士昭雄氏、市川通雄氏らも、以下の論文で西鶴単独作であることにまったく疑念を差し挟むことなく論じている。冨士昭雄「西鶴雑考」『駒沢短大国文』三号　昭和四八（一九七三）年三月。「西鶴小説における時事的素材」『解釈と鑑賞』三八巻四号　昭和四八（一九七三）年三月。市川通雄「題材に対する西鶴の関心と意識―『懐硯』をめぐって―」『文学研究』三八号　昭和四八（一九七三）年十二月。

19. 注5と同じ。
20. 注16と同じ。
21. 注11の浮橋論文。
22. 注11の江本論文。
23. 森山重雄「咄の伝統と西鶴」『封建庶民文学の研究』三一書房　昭和三五（一九六〇）年。
24. 浮橋康彦「西鶴の「失踪モチーフ」三作品について」『国文学攷』二八号、昭和三七（一九六二）年五月。
25. 注11の浮橋論文。
26. 注11の江本論文、および、江本裕「西鶴に於ける説話的方法の意義―雑話物を中心として―」『国語国文研究』一号　昭和四八（一九七三）年八月。
27. 注18の市川論文。
28. 注18の冨士論文。

第十一章　伴山と西鶴の距離——近現代における『懐硯』の読み（二）——

一　怪異と教訓—箕輪氏の『懐硯』論—

(1)「傀儡《かいらい》」としての伴山

昭和四十九年に、箕輪吉次氏の「『懐硯』への一視点[1]」が発表された。以後、継続的に発表された箕輪氏の一連の論稿は、『懐硯』研究を新たな段階へと導くことになる。

この論文において箕輪氏は、従来の『懐硯』研究の方法上の欠点として、『諸国はなし』との比較が主要な観点であったことを指摘する。それは、西鶴の作家的成長を性急に述べようとする研究姿勢に起因しており、結果として、「現実性」を指摘するだけの概括的なものに論究をとどめてしまう。そこで箕輪氏は、まず特定の章について原拠との関係や叙述の実態を詳細に検討し、それをふまえて、『懐硯』全体の評価や成立の問題に言及するという手順をとる。つまり、既成の「作者西鶴」像の束縛を逃れて、作品の叙述に内在するものへの直視を試みたわけである。

具体的にはまず、巻三の五「誰かは住し荒屋敷」と、その原拠と思われる『古今犬著聞集』等に記された「菊寺伝説」とを詳細に比較している。「菊寺伝説」が本来備えていた怨念や怪異の要素は『懐硯』では極端に縮小され、代わって無実の者の処罰という新たな要素が加えられる。さらに、いくつかの偶然的要素が人間の常識的な判断や連想によって必然的なものになるという展開へ改編されている。そして、このような無実の者の処罰を生み出して行く過程を描くことにこそ西鶴の意図があった、という結論が導き出されている。先行研究にはみられない精緻な検討に支えられたこの理解は、後に井口洋氏の「『懐硯』一面―「誰かは住し荒屋敷」の主題[2]―」に受け継がれてさらに発展していくこととなる。

ところで、「誰かは住し荒屋敷」には、人間心理を描写する現実的な視点が備わる一方で、事件後に雨の夜には屋敷に亡霊が現れる、という怪異も語られている。このような現実性と非現実性（怪異性）とが共存する作品世界に、西鶴はどのように対峙しているのか。『懐硯』の「現実性」の内実に踏み込んでいこうとする箕輪氏の問題意識は、伴山設定の意味を問うことへ必然的につながっていく。

「化したる姿見ゆるよし」と伴山が述べている以上、伴山は怪異を実見してはいない。語り手である老人がそう言ったにすぎないのである。箕輪氏は、これは伴山が「見えるか見えないかの判断を語り手の責任として押しつけてしまっている」のであって、怪異とは一定の距離を置いているととらえた。さらに、この態度は「西鶴の創作態上での立場に近似している」ととらえ、伴山が「傀儡《かいらい》の役割」を果たしていると述べている。

箕輪氏の「傀儡の役割」という表現が意味するものはいささか複雑である。怪異的要素に対して距離をとるような場合は、伴山は作者西鶴とほぼ重ね合わされて理解される。しかし、伴山が教訓的・啓蒙的発言をする場合―「誰かは住し荒屋敷」では、「鼻のさきなるは女の心より針を棒に取りなせしわざ也」などの述懐―については、「字句通りには受けとれぬ要素を含みもっている」と述べる。この時点での箕輪氏は、作品世界を教訓・啓蒙性の中に収斂させることに抵抗を感じているのである。伴山は、怪異との接し方では作者そのものを体現してはいても、作者を代弁して発言する者ではない。このような二面性を持つ「傀儡」なのである。

伴山が「行為者」ではなく「観察・見聞者」の立場に立っていることについては、すでに浮橋氏や江本氏の指摘があった。[3] だが、その意味、すなわち、作品世界や作者との関係はまだ論じられてはいなかった。箕輪氏の論は、その問題―伴山はどのような読みを喚起する機能を持っているのか―に踏み込んでいくことを予感させるものであった。ここには、作品内に西鶴の肉声を探し出そうとするような性急な読みでは解決されない、『懐硯』というテキストの特質に迫る視点が備わっていたといえよう。

(2) 変質する「傀儡」

ところが、この論文に続く「『懐硯』論への一視点（二）」[4] において、氏の伴山に対する認識は、単なる西鶴の代弁者という位置にまで後退してしまうことになる。

箕輪氏はこの論文で、すべての章における伴山の登場の仕方を列挙して、『懐硯』の「咄の方法」を検討するという作業を行っている。「誰かは住し荒屋敷」について述べた仮説を敷衍《ふえん》するために、『懐硯』全体における伴山の批評的言辞の存在を確認しようとしたのである。

箕輪氏は、伴山の登場の仕方を次の三通りに分類する。

○体験談形式―伴山がその章で主として語られる説話を直接に体験したもの

（巻一の一、二、三、五　巻二の二、四、五　巻三の二　巻五の五）

○聞き書き形式—昔の出来事を土地の古老などから聞くもの
（巻一の四　巻二の一、三　巻三の一、三、四、五　巻四の一、二、三、四、五　巻五の一、二、三、四）

○例外—先の二つのどちらにも含まれないもの
（巻一の三、五　巻二の四　巻四の一、二　巻五の二、五）

これらの中には、一話の途中で形式が移行するものや、伴山の存在と話の内容との間に矛盾や破綻が見られるものも含まれている。だが、それだけに、全体として「きわめて意識的に伴山を各章に登場させんとする西鶴の意図」を読み取ることができると述べている。[5]

そして箕輪氏は、『懐硯』の中の超自然的（怪異譚的）要素と伴山とのかかわりを、次のように整理している。「誰かは住し荒屋敷」がそうであったように、超自然的な要素が一章の中に含まれている場合でも、それは副次的要素にすぎない。重要なのは現実的な描写部分であって、怪異はそのための味付けやきっかけ程度の役割を果たしているにすぎない。伴山がそれらに接するときは、怪異に対して冷淡な聞き手であったり、夢うつつのあいまいな状態での体験者であったりする。つまり、奇談の中の超自然的な要素を遠ざけ、人間的・現実的な要素を読者の側に引きつけるという「傀儡師の性質」を伴山は持っている、というのである。

加えて箕輪氏は、伴山の発する教訓的言辞について言及する。「誰かは住し荒屋敷」の末尾に記されたような教訓的な述懐は、『懐硯』の随所に見られる。これらは、『万の文反古』の評に匹敵するほどの重要性を持つものであり、登場人物—伴山を介した西鶴の発言と理解できる。そして、このような批評を述べることそのものが、『懐硯』執筆当初からの意図ではなかったか、と推測している。

巻３の５の挿絵。領主とその妻の乳母が、二人の召使いの女を拷問にかけている。

確かに『懐硯』の章末には教訓的言辞が目立ち、またその中には「～まじき事」とするものが多く含まれている。氏によればそれは、そこに記された説話のどの部分に作者が興味を持ち、作者がどのような評を加えようとしているのかを指しているのであり、「西鶴の影法師として、傀儡師として」の伴山の機能の表れであるということになる。

『懐硯』の方法—伴山の方法とでも言うべきものが、はじめて正面から論及された意義は大きい。しかしながら、氏自身が批判の対象としていた先行研究と同様に、やはり結論を性急に求め過ぎたきらいがある。『懐硯』の全章に言及しようとする以上仕方のないことではあるが、問題が怪異性とのかかわりのみに限定され、各章の検討はいささか簡略に過ぎるものとなってしまった。そして、怪異性よりも現実に注目しているという結論は、妥当ではあっても、それ自体はとりわけ目新しいものではなかったはずだ。

また、『西鶴諸国はなし』や『宗祇諸国物語』に比べて、『懐硯』は見聞者伴山の「現在」の視点を背後に持っているだけに、怪異に対して批判的にかかわろうとする姿勢が読み取れる、と氏は述べている。確かにそうではあろうが、これもまた氏が当初批判的であった、『諸国はなし』との比較から概括的な結論を導き出すという、従来の研究方法の枠内へと後戻りしてしまったといえる。

その結果、氏の言う「傀儡」はいつのまにかその内実を変化させてしまった。「誰かは住し荒屋敷」一章を詳細に読み解いたときには、氏はこの一話を伴山の教訓的言辞の中に埋没させてしまうことに躊躇《ちゅうちょ》を示していた。そのような躊躇を生じさせるものへの注目にこそ、『懐硯』の方法―伴山の方法のオリジナリティを説明する糸口があったはずである。ところがこの論文では、その躊躇をあっさりと捨て去ってしまっている。全章を通しての整合性を性急に求めすぎた結果といえるが、そこには、作家論と作品論とを安易に結び付けて作品の価値を論じることへ傾きがちであった、当時の研究一般のあり方の影響力が働いたようにも思える。テクストの特質の客観的分析よりも、世相の批評者としての作者像の構築が、まだ強く求められていた時期であった。

(3)　教訓的作品としての『懐硯』

このように箕輪氏にしても、作品の成立状況を推定して西鶴の作家的成長を論じ、そこから逆算的に作品の読みを導き出す、という従来の研究方法の呪縛から逃れることは難しかったわけだが、これにとらわれる以上、『懐硯』の作者が西鶴であることはまず何としても証明しておかなければならない課題であった。氏は、「『懐硯』論への一視点（三）」[6]で、まさしくその課題に取り組み、あわせて咄の方法と構造とに言及している。

『懐硯』非西鶴説を唱える中村幸彦・森銑三・井上敏幸氏らの説[7]を意識した箕輪氏は、他の西鶴作品との素材・趣向の類似を指摘し、そこから西鶴作品との密接な関係を証明しようとする。たとえば、巻三の一「水浴せは涙川」と『諸国はなし』巻三の三「お霜月の作り髭」は細部にわたって類似している。また、巻一の四「案内しつてむかしの寝所」には、『武家義理物語』巻五の五「身がな二つ二人の男に」や『万の文反古』巻四の一「南部の人が見たも真事」との趣向上の一致が認められる。また、「案内しつてむかしの寝所」は『伊勢物語』第二十四段との類似が認められ、『伊勢物語』の利用もまた西鶴作品にしばしば見られることだ、というように。

しかしながら、他の西鶴作品との共通性を指摘できたとしても、『懐硯』の作者が西鶴である確証は得られない。西鶴の模倣作が多数存在していることを考えればいうまでもないことであろう。そこで箕輪氏は、西鶴の「作家的成長」の過程の中へ『懐硯』を位置づけてその証明を試みることになる。

『諸国はなし』が「おかし」などの形で可笑的に咄を結ぶことが多いのに対し、『懐硯』は、「悪口いふまじき事なり」など、「……すまじき」等で結ぶものが多い。つまり、『懐硯』は「心にとまる」話を求めながら、「何がしかの警世・教訓的ポーズを採り入れ、物の道理を説かんとし」たところに特色がある。そのような談理の姿勢を示すところに伴山の機能がうかがえるのだが、それは、『本朝二十不孝』などと前後して西鶴が採用し始めた警世教訓のポーズだと箕輪氏は指摘する。さらに氏は、『万の文反古』の章末の評と伴山の視点との類似に言及する。『万の文反古』の章末の評を超自然的説話への第三者的立場からの批評とする氏は、この評を本文に融かし込んでいければ形式的にはほぼ『懐硯』と同様な書が出現する、とまで述べている。

氏の論述が、それまでの『懐硯』研究に比して、緻密で目配りの効いたものであったことは確かである。ただ、『諸国はなし』との比較を中心に、話題・話材の類似性から同一作者の可能性を説き、叙述の姿勢の差異に同一作者の作家的成長を見出そうという発想そのものが、恣意的な傾向を強く持つものであった。氏に反論する立場から西鶴の諸作品との不一致を指摘し、西鶴以外の作者の警世教訓のポーズとの類似を示すことも、そう難しくはないはずである。また、各人の抱く作家西鶴の「実像」が異なれば、「作家的成長」の過程もまた異なった想定となり、『懐硯』をその中に位置づけることも容易ではなくなる。傍証として用いた『万の文反古』についても、箕輪氏が前提としているような、評言を西鶴自身のストレートな感情表出とするとらえ方が妥当かどうかは、疑問の残るところである。

そもそもの箕論氏の問題提起は、『懐硯』というテクストそのものの分析が十分になされないままに、西鶴の「実像」の側から読みが規定されてしまっていることへの疑問から出発していたはずであった。しかしながら、この時点での箕輪氏の論もまた、当初退けられていた『諸国はなし』との比較という従来の方法が払拭されないまま、伴山即西鶴、『懐硯』は教訓的作品、という理解が強調されていくこととなった。先行研究の「現実性」が「啓蒙教訓性」に置き換えられただけだった、ということもできよう。

『懐硯』の素材と方法の分析から、作者西鶴・非西鶴説を立証する試みは、ある程度の説得力のある論の構築は可能ではあっても、つまるところ不毛であるように私には思われる。そしてここで強調しておきたいのは、このような観点から論じられた読みが、必然的に伴山即西鶴（作者）という理解に傾き、伴山の発したありきたりの警句・教訓を主題とする解釈へと行き着いてしまうことである。

二　西鷺と伴山

私自身の問題意識に引き付けての研究史の整理であるため、伴山即西鶴という理解への疑問に多くの紙数を割いている。これについては、なぜそこまでこだわらねばならないのか、伴山イコール西鶴であってはなぜ都合が悪いのか、といった疑問を呈せられるかもしれない。

伴山という存在をどう理解するかという問題には、実は『懐硯』そのものの研究史とは別の言及の歴史があった。それは『近代艶隠者《きんだいやさいんじゃ》』をめぐる一連の論及である。箕輪氏以後の典拠研究の本格化と作品論の深化とについて述べる前にこれらについて整理し、伴山の設定を論じる必要の根拠を示しておくことにする。

(1)　西鷺と西鶴との距離—野間氏の「近代艶隠者の考察」—

現在においても、文学研究の究極の目的を作者の実像の解明に置こうとする発想の呪縛《じゅばく》から、研究者が完全に解き放たれているとはいい難い。ましてや、研究史を遡《さかのぼ》っていけばそれだけその傾向が色濃くなるのは当然のことである。明瞭な作者像を性急に求めようとする研究の姿勢が、作品内部に存在する多声的な響きを単一の性格の中に封じ込め、恣意的に作り上げられた「実像」にそぐわない細部の切り捨てを強制することとなる。

西鶴のように、実人生を伝える文献資料に乏しい作家の場合、いささか信憑性《しんぴょうせい》に疑問のある『見聞談叢《けんもんだんそう》』の記述でさえも、絶対的なものとされてしまう。そして、その、

名跡を手代にゆづりて僧にもならず、世間を自由にくらし、行脚同事にて頭陀をかけ、半年程諸方を巡りて
　は宿へ帰り

といった記述が注目され、それと類似した人物像が作品中に見出されると、すぐにそれは西鶴その人の人格の投影として把握されてしまう。そして、それを前提としてさらに「実像」が創出されていく、という方向に流れがちである。『懐硯』の伴山や、西鶴作者説が否定される以前の『近代艶隠者』の西鷺軒橋泉は、そのような「実像」探しの格好の対象であった。

貞享三年刊行の浮世草子『近代艶隠者』は西鷺軒という西鶴とは別人の作であり、西鶴が序文のみを執筆したもの、というところで現在はほぼ落ち着いている。ただし、戦前の学界においては、西鶴説・非西鶴説が伯仲していた。西鶴説を唱える論者は、西鷺軒橋泉を西鶴の創造した架空の人物とする。そして、この作品を西鶴作品に加えることで、西鶴を老荘的隠逸思想の持ち主として説明しようとしていた。それは、老荘思想の具現者西鶴というわかりやすい作者像を提示するために、『近代艶隠者』の西鶴作者説という前提が必要であったと言い直してもよいだろう。そのような逆転した発想を実証的に論破したのが、昭和十一年に発表された野間光辰氏の「近代艶隠者の考察」[8]であった。

野間氏はまず、西鷺軒橋泉の実在の可能性を検討し、『西鶴名残の友』に登場する備後の人西鷺と同一人物であるという結論を導き出す。さらに、『近代艶隠者』の手法と思想性とを分析して、それが西鶴のものとはまったく別種のものであることを明らかにしている。すなわち、禅宗を経由して日本化された老荘的隠逸思想が、ほとんど引用・剽窃《ひょうせつ》に近い形で、あまりにもストレートに露呈していることを指摘する。その工夫のなさは、とて

も『好色一代男』『男色大鑑』と同じ作者のものとは思えない。さらに逃避的・厭世《えんせい》的・虚無的な老荘的・禅的得悟と、『日本永代蔵』に見られるような町人的な現実肯定の姿勢とには大きな開きがあると述べている。

野間氏は『懐硯』についてはあまり言及していないが、このような指摘は、『懐硯』の叙述のありかたとの比較においても可能であろう。『懐硯』各章の叙述には、『近代艶隠者』に見られるような、硬質で抽象度の高い老荘思想の吐露がほとんど見られない。ときおり挿入される伴山のものらしき述懐も、月並みな世間智の範囲を出るものではない。しかも『近代艶隠者』では、いわばそのような老荘思想の披歴《ひれき》に添えられるような形で各艶隠者のエピソードが記されているのに対し、『懐硯』各章は、常に伴山の予想を裏切り彼に驚きを与える形で展開している。

つまるところ、『近代艶隠者』における「西鷺軒橋泉」程度の見聞者の人物造形、あるいは、このようなストレートな思想の披歴《ひれき》やひねりのない展開には、あえて西鶴のものであると断定するだけの必然性が感じられないのである。野間氏が、もし西鶴の序文がなければ問題にされることもなかった作品ではないか、と述べたのも当然のことと思われる。

その後、西鷺が西鶴とは別の実在の人物であることも明らかになり、[9]『近代艶隠者』がその人の作であることは、定説となった。にもかかわらず、西鷺と西鶴の共通性を強調し、あえて両者を同一視することで、西鶴の「実像」を明確にしようとする論述が、ひとつの系譜を成していくことになってしまう。

(2)「艶隠者」的人間像―西鷺、西鶴、そして伴山―

たとえば檜谷昭彦氏は、貞享四年を中心とした西鶴本の出版状況の中に、版下や挿絵などで西鶴とかかわりのあった『本朝列仙伝』(貞享三年刊)、『西行撰集抄』(貞享四年刊)、『新吉原つねぐ草』(貞享五年刊)などとともに『近代艶隠者』を加え、西行的・兼好的・隠者的な人間像にこの時期の西鶴が関心を持っていたという結論を導き出している。そして、西鶴のそのような執拗な関心と試みが生んだ新しい近世的道人こそが『懐硯』の伴山であると述べている。[10]

この論述においては、西鷺と西鶴との差異は問題にされず、そして西鶴と伴山はほとんど同一視されている。これらをひとまとめにして、西鶴の「世の人ごころ」に対する関心の高まりと積極的な情報収集の姿勢とを指摘しているのである。そもそも檜谷氏のテーマは、西鶴や芭蕉の創作姿勢に「根無し草的人間像」―近世的な隠者像としての「艶隠者」の意識が通底することを証明することにあった。[11] 一時代の文芸活動の全体像を把握しようとする以上、個々の特異性が切り落とされていくのも仕方のないことではある。しかしながら、このような形で西鷺、西鶴、伴山を同一視していくことは、おのずと『懐硯』の読み方に一定の方向性―伴山の言葉を通して西鶴の批評を読む―を与えていくこととなろう。

吉江久弥氏も、西鶴は『近代艶隠者』の草稿を整理編集し序文を執筆する過程でかなり西鷺から刺激を受けたとし、また、西鶴自身が艶隠者とでもいうべき人物であったからこそ西鷺をそのまま肯定し受容した、という推定に立って『懐硯』を論じている。[12] もちろん吉江氏は、『懐硯』が『近代艶隠者』ほどに老荘色の強くないことにも触れてはいるのだが、もっぱら『近代艶隠者』の思想性と『懐硯』の伴山の人間像、そして西鶴の創作意識との間の共通性が強調されている。それゆえに、伴山は優れた得悟の僧であり、その目を通して西鶴が「鋭い現実批判」と「世の人ごころへの精緻な観察」とを試みている、ということが読みの前提として示されることとなる。

冨士昭雄氏は、延宝から元禄にかけて和漢の隠者文学が盛行したことをふまえて、西鶴の描いた艶隠者について考察している。[13]そこでは、『二代男』巻六の一「新竜宮の遊興」の三井秋風や『西鶴置土産』巻五の三「都も淋し朝腹の献立」の備利国《びりこく》とともに、『懐硯』の伴山、そして西鶴そのものも考察の対象とされている。その中で、伴山のモデルとして三井秋風や那波屋素順が提示され、『近代艶隠者』に描かれた隠者たちと伴山との共通性が、そして西鷺の仏教的な老荘思想と西鶴の創作姿勢との一致が強調されている。

これらの論稿では必ず野間氏の論文が参照されているにもかかわらず、氏によって明らかにされたはずの、西鷺や『近代艶隠者』の中の隠者たちと西鶴との断絶は、ほとんど問題にされていない。西鶴の「実像」を練り上げていくことの魅力にひかれて、西鷺や伴山という格好の素材に禁欲的ではいられなかったといえようか。このような「実像」を踏まえて『懐硯』の個々の章の解釈が試みられれば、おのずとその方向性は限定される。「得悟した伴山」の視線の絶対視、「伴山の感想」と作者の感想との直結は、それにそぐわない作品の細部を切り捨てた理解につながっていく。

たとえば、檜谷氏の巻一の一「二王門の綱」についての論では、『徒然草』五十段の兼好法師の視線との同一性が強調されるあまり、怪異性や町衆《まちしゅう》心理についての両者の差異はとんど問題にされていない。[14]また、吉江氏のように、伴山に「単なる狂言廻しならぬ高次の人格」を認めその発言に「作者自身の声も響いている」と理解して各章の解釈を試みるならば、「どうして冒頭にあの様に半ばふざけた自己紹介をしたのであろうか」という疑問は、放置されたままにならざるをえない。伴山の役割には今少し複雑な要素が含まれているように思われる。[15][16]

三　典拠研究の展開と「作者」の変容

昭和五十年ごろから、『懐硯』と先行文芸との開運についての研究—いわゆる典拠研究が盛んになりはじめる。箕輪氏の論の登場と相前後する時期でもあるが、まさに氏が「誰かは住し荒屋敷」で試みたように、各章の典拠を明らかにしつつ、『懐硯』の創作手法を追究しようとする方向へと向かっていくことになる。

たとえば、冨士昭雄氏は「西鶴の構想」[17]において、『懐硯』と謡曲との様式・素材面での交渉を指摘する。廻国修行の僧伴山が名所歌枕を訪ねる形で書かれた各章の冒頭は、ワキの「着キゼリフ」の型を生かしたものであり、ワキ僧役の伴山はアイ役の土地の者から話を聞くという役割を担っている。このような謡曲的情調が全体に生かされているだけでなく、謡曲から構想を借りたと思われる章もある。巻三の二「龍灯は夢のひかり」は謡曲「九世戸《くせど》」を、巻二の二「付たきものは命に浮桶」は謡曲「江島《えのしま》」を、それぞれ参照したものと思われる。ただし氏は、このような西鶴の積極的な素材蒐集の態度を強調する一方で、西鶴の独自性が見いだせるのは、これらの謡曲の形式の借用よりも、伴山を通しての「今の世の人心」への慨嘆の方であるとしている。

典拠研究をふまえて『懐硯』に否定的な評価を下したのは、井上敏幸氏であった。井上氏は、巻一の二「二王門の綱」は羅生門の鬼伝説と『百物語』（万治二年刊）巻上第二十三話との組み合わせによる一編の笑話にすぎず、

「世の人心」の探求などは見出せないとする。そして、このような、『西鶴諸国はなし』を乗りこえたとは認められない章が多いのは、西鶴以外の作者が多く介在していたことを示しているのではないか、と結論づけている。[18]

典拠調査のレベルは緻密になりつつあったが、依然として各研究者の抱く「作者像」と直結させて性急に結論を求めようとする傾向が強い。冨士氏の論は伴山即西鶴という理解を前提に、謡曲の利用を形式面の問題に限定して言及しているが、その前提の妥当性そのものは検討されていない。また、井上氏の説は、西鶴作者説を否定するというあらかじめ用意された結論に向けて、いささか強引に論理が展開されているようにも感じられる。そして、その根拠となっているのは、『西鶴諸国はなし』の典拠研究を通して形成された、氏の抱く「西鶴らしさ」の概念である。

このような、研究者の抱く「作者像」から逆算的に割り出された作品理解のあり方を克服していったのは、やはり箕輪吉次氏であった。以後、氏の影響下に新たな作品論的研究が展開していくことになる。

箕輪氏の「『懐硯』論への一視点（一）～（三）」が、次第にその論旨を変容させていったことについては先に述べた。そこでは、巻三の五「誰かは住し荒屋敷」についてなされた叙述の分析と読みの試みが、西鶴作か否かといった論議に流れていったため、従来の『懐硯』論の限界を克服しえなかった。だが、氏の当初の方向性は、「『懐硯』と『近代艶隠者』―巻二の四「鼓の色にまよふ人」の作者をめぐって―」[19]と「懐硯の素材と方法」[20]という別稿において保持され展開されていった。

「『懐硯』と『近代艶隠者』―巻二の四「鼓の色にまよふ人」の作者をめぐって―」は、森銑三氏によって提示された説、[21]すなわち、巻二の四は本来『近代艶隠者』の巻四の二と四の三の間におかれるべきものであり、それゆえに『懐硯』は橋泉の作と推定できる、という見解を否定し、『近代艶隠者』とは別個に成立した西鶴作品であることを明らかにしようとするものである。一見従来の「作者像」に束縛された論のようにも思われるテーマ設定ではあるが、そこで氏が取った手法は、典拠調査と叙述の詳細な検討によって『近代艶隠者』との質的な差異を明らかにしようとするもので、恣意的な作家論的視点にとらわれないものであった。

氏はまず「鼓の色にまよふ人」の典拠が中将姫伝説と役小角《えんのおづの》伝説であることを考証し、それらとの類似は細部の趣向にまで及んでいるとする。だが、この章はそれらの近世的置き換えにとどまるものではなく、『堪忍記』や『大和二十四孝』などとの比較によって、当時の孝道観に収まり切らない意識を指摘できるとする。それは、「不孝を装うことによってしか孝をなしえないという皮肉な構造」によって示された、五代将軍綱吉の孝道奨励策への懐疑である。氏は、典拠の推定とともに、典拠ばなれの実態を叙述にそくして分析し、同時代の資料を背景にして、そこに浮かび上がってくるものをとらえようとしている。

一方、『近代艶隠者』の巻四の三「冨士郡の賢濃」からは、類似した題材を扱いながら、綱吉の孝道奨励策への懐疑は全く読み取ることができない。このことから氏は、「鼓の色にまよふ人」の作者は橋泉ではないと結論づけ、『本朝二十不孝』との共通性を示唆して論を結んでいる。

「懐硯の素材と方法」では、巻一の四「案内しつてむかしの寝所」、巻一の五「人の花散疱瘡の山《はなちるほうそう》」、巻四の三「文字すはる松江《ずんこう》の鱸《すずき》」などの諸章について言及しているが、最も秀逸なのは「案内しつてむかしの寝所」についての論である。

氏はこの章についての三つの疑問、①なぜ毎年東の海の鰯網に雇われていた村人が、この年の秋に限って行こうとしなかったのか、②それにもかかわらずなぜ久六一人が東の海に赴いたのか、③久六の遭難と死とをなぜ人々が簡単に信じたのか、を提示する。そしてこれらは、当時の事件や事実に依拠しているがために、現代の読者には唐突で理解しがたいものとなっているのだとする。先の「鼓の色にまよふ人」についての論にも言えることだが、このような細部の記述に注目し、その疑問を解きながら一章の解釈を確立していくという論の進め方自体、これまでの『懐硯』研究にはあまり見られないものであった。

箕輪氏はこの章の背景として、延宝五年から八年にかけての津波や台風による一連の海難事故と、「家」の論理を背景とした「孝」の倫理の存在を指摘している。先の①③の疑問については、その惨状を知っていたからというのがその答えであり、②については、久六が入り婿＝唯一の働き手である以上、二親への孝心をこのような形で示さざるを得なかったからだということになる。これらをふまえて氏は、この一章を「家を背景とする〈孝〉の倫理」が生み出した悲劇であると結論づける。この倫理が、久六を東の海へ向かわせ、また、妻の再婚を急がせた。二人を束縛して死に至らせた家というものを再認識させる一話である、という理解を示している。

この二つの論文の結論からは、はたして本当に作者は綱吉の孝道奨励策に対して懐疑を抱いていたのかということが、新たな問題となって浮かび上がってくる。もしもそのような意識が認められるとするなら、それはどのような質《レベル》のものとして理解すればよいのか。ここで提起された問題は、今日の『懐硯』研究の課題でもあると言ってよいだろう。

そこで当然問題となるのは、伴山の位置づけである。幕政への揶揄《やゆ》ともなりかねない説話があり、それを見聞者として読者に伝える役割をはたしているのが伴山である。「鼓の色にまよふ人」で童女から直接話を聞かされるのは伴山であり、そして、久六の行動に「鄙《ひな》びたるおとこの仕業には神妙《しんべう》なる取置ぞかし」と最後に評言するのも伴山である。この作品に、もし幕政に対する批判的な意識が含まれているのならば、伴山の役割は作者の代弁者といった単純なものではないことになるだろう。この二論文で示された作品解釈は、箕輪氏自身が以前に提示した「傀儡としての伴山」説を逸脱する要素を十分に内包しているように思われる。だが、この点について氏は何も言及していない。

四　「おもしろおかしき」法師

昭和五十年代後半になると、『懐硯』の特定の章を取り上げて典拠調査を行い、それをふまえて叙述の細部にまで検討し、本質を読み解こうとする論が次第に目立ち始める。もちろん、そのような作品論的な研究一色に『懐硯』研究が塗り替えられたなどというわけではないのだが、箕輪氏の方法を継承発展させていくような論の系譜を認めることができる。

箕輪氏の論の影響下に、各章の新たな解釈を試みたのが井口洋氏であった。「『懐硯』一面―「誰かは住し荒屋敷」の主題―」については先にもふれたが、その後に「『懐硯』試論―一の一、一の三―」[22]、「比丘尼に無用の長刀―『懐硯』試論―」[23]が続く。また、杉本好伸氏も、典拠研究を軸に「『古今俳諧女歌仙』勝女の行方」[24]、「『懐硯』の方法―巻五の四「織物屋の今中将姫」の場合―」[25]で、『懐硯』の創作手法の分析を試みている。

このような研究方法は、先にも述べたとおり、伴山による評言あるいは伴山という存在をどう位置づけるかという問題に行き当たらざるをえない。たとえば井口洋氏は「『懐硯』試論―一の一、二の三」で、巻一の一「二王門の綱」について、伴山イコール作者という前提に立ちながらも、次のような理解を示している。

檜谷昭彦氏は、この章を『徒然草』第五十段とオーバーラップさせて、愚かな世の人心を伴山が批判するものとしてとらえた。だが、伴山は傍観者的な立場に終始してはおらず、「二王門の綱」の伴山のオリジナリティはむしろ人々と愚かさを共有しているところにあり、そのことは、櫃の中の仁王像の腕が動いたときに、伴山白身が「ふしぎや」と発していることからうかがえる。また、木像の腕が動いたように見えたのは、人々の気が凝り固まって物に魂が入った結果と理解できる。つまり、この一章は、愚かな「世の人心」を冷静に批判する視点からではなく、そのような愚かさを暖かく包み込むような形で描かれている、と井口氏は述べている。

この井口氏の解釈を全面的に受け入れるのか否かは別として、従来の研究者の見解と異なり、伴山と作者とを同一の存在としてではなく、その間に距離を置いて理解していることに注目すべきだろう。

井口氏の用いる「作者」は、外在的な資料をもとに恣意的に作り上げられた「西鶴」の「実像」から投影されたものではもはやない。『西鶴諸国はなし』以後の作家的成長や他作品から作り上げられた「西鶴の思想」を当てはめていくのではなく、あくまで本文中の微細な記述を総合して作り上げられた「伴山」の像であり、それを「作者」と言い直しているように思われる。読書行為を通してテクストから必然的に構築されるところの作者像―ウンベルト・エーコの言うところの「モデル作者」[26]のような意味合いで用いられているというべきだろう。すでに井口氏の論の中では、伴山は単なるコメンテーター―作者西鶴の分身としての―の位置付けから逸脱しているといってよい。

このような、作品内ではたす伴山の役割を正面から取り扱ったのが杉本好伸氏の「『懐硯』の構成をめぐって」[27]であった。

杉本氏は、西鶴作か否かをめぐるこれまでの論議を振り返ることから始める。『懐硯』が首尾一貫した統一性を欠いているのは事実であり、また、同じ趣向や諺《ことわざ》が安易に繰り返し用いられるといった不首尾も確認できる。それゆえに、別個に成立した作品に伴山を設定してあえて一本にまとめたとする説[28]、旨恕《しじょ》・団水ら他作者作品混入説[29]、複数作者説[30]などが提示されてきたのだが、矛盾や不首尾が見られるにしろ、編集者に伴山の見聞記として『懐硯』を編集しようとする意図があったことは明瞭である。ならば、まずその編集者の立場に立ってその工夫の跡をたどるべきである、というのが氏の立場として表明されている。以下、『懐硯』全章にわたる伴山に関する記述が網羅的に、しかも既成の「西鶴」像と混同されることなくきわめて客観的に分析されている。

まず氏は、諸国を見聞して回った主体が序文では「我」と一人称で記されているのに、巻一の一の冒頭では伴山が三人称で扱われ、その章の後半では再び見聞する主体としての一人称に変化していることについて言及する。このことについては、序文の後の削られた署名が「伴山」あるいは「一宿道人」であり、そのような趣向と巻一の一冒頭の人称との齟齬が削られた理由である、という井口洋氏の説[31]がすでにあった。杉本氏は、削られた署名が「西鶴」であると考えられなくもないが、ネームバリューのある西鶴の名をわざわざ削り取るのは不自然である、というかたちで井口氏の説を補強し、序文にその名が使用されるほどに、伴山設定の趣向が作者によって強く意識されていた、ととらえている。

では、具体的には伴山はどのような形で作品中に登場しているのだろうか。たとえば、「我」という一人称で語られている章が巻一の一以外に四章（一の二・三の三・三の四・四の三）ある。そのうちの二章では、京を思い起こしつつ世の広さを実感するという記述が見られる。これは巻一の一冒頭の設定を想起させる書き方といえる。また、「おもしろおかしき法師」という設定をふまえて、「法師」「道人」と他人から呼ばれたり自らそのように称する章が七章（一の一・一の二・二の二・二の四・二の五・三の二・五の五）ある。これらは『懐硯』全体の柱ともいうべきもので、伴山が直接話の内容とかかわる章である。多数を占めるとはいえないにしろ、旅の実感を読者に与えようと努める姿勢がうかがえる、と氏は述べている。

さらに氏は、巻ごとに見られる特色をまとめた後で、伴山像の読者に与えるイメージについて言及している。伴山は、竹斎や浮世房のような「滑稽な行為者」にはなりえていない。にもかかわらず、巻一の一冒頭の、「魚鳥もあまさず」食したり「美妾あまたにいざなはれ」たりといった記述などは、「おもしろおかしく」「おろか」な人物、決して高潔ではない僧として、読者に鮮烈なイメージを与えている。そして、作者はあえてそのような人物に教訓的な言葉を吐かせている。つまり、批評すると同時に、笑いの対象にもなっているのである。そのことは、単純に一話を教訓性に収斂させない、構成上の工夫ととらえることができる。

たとえば、巻二の二「付たき物は命に浮桶」では、金箔に浮木を付けて安心している今の世の人心を君子然と批判しているが、伴山自身も一夜にして消えるかもしれないゑびす島のお祭り騒ぎをおもしろく眺めている存在である。また、巻三の二「龍灯は夢のひかり」では、紀三井寺の前の海に現れる龍灯の光を群衆とともに見ようとする。伴山は、見たような気になって後生願いする人々を批判するが、自らも夢うつつの中で瑠璃灯を捧げた童子を見て感激する。これらでは、いささか胡散臭《うさんくさ》い一面を見せているといえる。

これらの章は、あまりにもストレートな教訓的言辞が見られることから、井口洋氏が西鶴作と断定することをためらった章なのだが[32]、その教訓的言辞を作者のものととるか「おもしろおかしき」法師伴山のものととらえるかで、その理解は全く異なったものとなってしまう。そして杉本氏は、特に伴山自身が中心となる章において「おもしろおかしき」姿、矛盾を含んだ姿が繰り返し読み取れるとし、このような皮肉な設定がまた、読者に巻一の一の伴山像を蘇らせることになる、としている。だとすれば、『懐硯』の諸章は、そのような伴山のイメージを念頭に置いて、今一度読み返されなければならないということになる。

杉本氏によって、『懐硯』研究においてようやく「伴山」が正面から対象化されるに至った。伴山即西鶴という先入観に左右されずに、テクストのなかの伴山の姿が究明された意義はきわめて大きく、『懐硯』研究のあらたな段階の到来を示すものといってよいだろう。当然のことながら次の課題は、実作者「西鶴」像に束縛されない伴山理解が作品解釈に何をもたらすのか、ということになる。

注

1. 『近世文芸　研究と評論』六号　昭和四九（一九七四）年五月。
2. 『叙説』一号　昭和五二（一九七七）年十月、『西鶴試論』（和泉書院　平成三年）に再収。
3. 浮橋康彦「『懐硯』の作品構造―感染の契機」『国文学孜』五二号　昭和四五年三月、江本裕「西鶴諸国ばなしと懐硯」『国文学』昭和四五年十二月号。
4. 『近世文芸　研究と評論』七号　昭和四九（一九七四）年十一月。
5. 箕輪氏と同様に、各章における伴山の性格の分類整理を試みたものに、浮橋康彦氏の「西鶴『懐硯』における五つの類型」（『新潟大学教育学部紀要』十六号、昭和五十（一九七五）年三月がある。やはりこれも、『諸国ばなし』との比較を主眼とした従来の評価のあり方を脱して、『懐硯』をあくまで『懐硯』として分析しようとする研究態度からの試みと見ることができよう。浮橋氏の分類は、以下のようなものである。

A実見型（巻一の一、二、五　巻五の五）

B道行（参加）型（巻二の二、四、五　巻三の二）

C立寄型（巻二の三　巻三の三、五　巻四の三、四の五）

D伝聞型（巻一の四、巻二の一、巻三の一、四　五の一、三、四）

E不在型（巻一の三　巻四の一、二　巻五の二）

各章の形式上の分類にとどまっており、その内実にまでは踏み込んではいない。たとえば巻一の四「案内しつて昔の寝所」の末尾が「神妙なる取置ぞかし」となっていることについて談理性が指摘されてはいても、この記述にかかわる伴山の役割、あるいは伴山と作者の関係については言及がない。これは、当時の浮橋氏の問題意識に起因している。伴山が登場人物として意味を持つ章とそうでない章を区別し、そもそも別々の意図の下に書かれた話群をあえて一本にまとめたという、『懐硯』の成立の仮説を説明しようとするところに、氏の意図はあった。

6. 『近世文芸　研究と評論』十一号　昭和五一（一九七六）年十月。

7. 中村幸彦「西鶴文学の軌跡」『国文学　解釈と教材の研究』昭和四二年十二月。森銑三『西鶴と西鶴本』元々社　昭和三十年。井上敏幸「『本朝二十不孝』二題」昭和四九年度日本近世文学会秋季大会における発表。

8. 「近代艶隠者の考察（其の一）（其の二）」『国語・国文』昭和十一（一九三六）年八月号・九月号。『西鶴新新孜』岩波書店、昭和五六（一九八二）年に再収。

9. 森川昭『ビブリア』六八号　昭和五三（一九八七）年四月。

10. 「『懐硯』の行方」『井原西鶴研究』昭和五四（一九七九）年　三弥井書店。

11. 「隠者について」『井原西鶴研究』。

12. 吉江久彌「一宿道人と艶隠者と西鶴」『西鶴とその周辺　論集近世文学3』勉誠社　平成三（一九九一）年。
13. 「西鶴の艶隠者」『江戸文学』十一号、ぺりかん社、平成五（一九九三）年十月。
14. 注10の檜谷論文。なお、このことについては、本書第五章に詳述した。
15. 「『懐硯』新趣向の試み」『国文学　解釈と鑑賞』平成五（一九九三）年八月。
16. このことについては、本書第六章に詳述した。
17. 冨士昭雄「西鶴の構想」『西鶴論叢』中央公論社　昭和五十（一九七五）年。
18. 井上敏幸「懐硯」『西鶴物語』有斐閣　昭和五三（一九七八）年。
19. 『学苑（昭和女子大学近代文化研究所）』四九四号　昭和五六（一九八一）年二月。
20. 『学苑』五一〇号　昭和五七（一九八二）年六月。
21. 注7の前掲書および「本朝二十不孝・懐硯の作者は誰か―続・西鶴は書かなかった―」『伝統と現代』昭和三四（一九五九）年七月。
22. 『叙説』十三号　昭和六一（一九八六）年十月。『西鶴試論』和泉書院　平成三年に再収。
23. 『ことばのことのは』六号　平成元（一九八九）年十二月。『西鶴試論』に再収。
24. 『国語と国文学』六十巻六号　昭和五八（一九八三）年六月。
25. 『檜谷昭彦教授還暦記念論文集　近世編　近世文学の研究と資料』三弥井書店　昭和六三（一九八八）年十二月。
26. ウンベルトエーコ著、和田忠彦訳『エーコの文学講義―小説の森散策』一九九六年　岩波書店。
27. 『安田女子大学　国語国文論集』十八号　昭和六三（一九八八）年六月。
28. 注5の浮橋論文。
29. 『現代語訳　西鶴全集七　西鶴諸国咄　懐硯』小学館　昭和五一（一九七六）年。
30. 注18の井上論文。
31. 注22の井口論文。
32. 注22の井口論文。

第十二章　伴山という方法――近現代における『懐硯』の読み（三）――

一　伴山というフィルター――篠原氏の提起する「老い」――

平成七年に発表された篠原進氏の「午後の『懐硯』」[1]は、出版社のＰＲ誌に掲載された小論ながら、この時点での『懐硯』研究の課題を的確に指摘している。まずこの論稿の示唆するものを明らかにし、一九九〇年以降の研究を整理するための手がかりとしたい。

氏が注目したのは、案内役の伴山が初老に設定されていることであった。そこから、西鶴は諸国話に「老い」のフィルターをかけている、という仮説が導き出される。

巻一の一「二王門の綱」の冒頭には、人生の黄昏《たそがれ》に近い身で「日暮れて道をいそ」ぐ、「僧にもあらず俗ともみへ」ない「おもしろおかしき法師」という、伴山の特異な人物像が提示されている。このことが読者の受容のあり方にある種の屈折をかけている、と氏は指摘する。

従来の研究の中には、伴山の登場しない章もあり人物像が不明確だとして、趣向としての不備を指摘するばかりか、無視してもさしつかえのない存在とする論稿さえあった。ところが、篠原氏は大胆にもその存在感を自明の前提とし、全章段に敷衍《ふえん》させて『懐硯』を読み解こうとしている。伴山の設定が趣向として機能していることの可能性は、第十一章に記したとおり、すでに杉本好伸氏らによって示されていた[2]。それらを経た段階にふさわしい、新たな『懐硯』論の展開である。

そして氏は、伴山の「老い」と『懐硯』全体に水のイメージが透けて見えることとを考え合わせている。雨や洪水といった天候、川、湖、海、そしてそれらに浮かぶ船という舞台設定、水浴びせや行水といった話材など、たしかに『懐硯』には水のイメージが頻出している。水は「不確かな存在である人間の換喩（メトニミー）」であるという。となれば、「集」としての『懐硯』の世界には、その存在の不確かさゆえの人間の悲哀が満ちていることになる。そのような世界に無常を感じて「共振する装置」となるにふさわしい年齢に、伴山は設定されているという。

そして、『西鶴諸国はなし』との差異はまさしくこの「共振する装置」「フィルター」としての伴山の存在にある、と述べている。『西鶴諸国はなし』で示された奇異なる「はなしの世界」は、そのはなし手にとって（そして読者にとっても）外部に位置するものであり、自らを相対化するものであった。ところが『懐硯』では、怪異性よりも人間心理に焦点が当てられていることに加えて、伴山という共鳴装置が存在しているために、「はなしの世界」は内部世界に取り込まれていくことになる。だとするならば、悲惨な印象を与える話が多いということが『懐硯』についてしばしばいわれるのは、読み手の思い込みによるものではなく、伴山の設定によって必然的に導かれた結果なのだといえよう。

ただし、篠原氏の提示した伴山のイメージをそのまま受け入れ、そして、それを全章段にフィルターとして機能させて読むべきかどうかは、検討の余地があるだろう。いささか「老い」ばかりが強調され、シリアスにとらえすぎているような印象も受ける。

ところで篠原氏は、やや暗示的に、もう一つの重要な指摘をしている。「『懐硯』は単なる諸国の奇談異聞集としてではなく、人倫の一つである夫婦の問題を追究するものであった」[3]という西島孜哉氏の見解の引用に続けて、次のように述べている。

成否はともかく、夫婦を含めた（括弧つきの）〈制度〉が人々の欲望を抑制していることは間違いない。それを撹拌した時に垣間見える「もう一人の自分《インターフェイス》」。吸水性の低い紙が可能にするデカルコマニー。初老の伴山はそんなドラマを転写する〈装置〉として適役だったし、単なる「狂言回し」や「能のワキ憎の役」（冨士昭雄「西鶴の構想」『西鶴論叢』八六頁）ではなかった。

伴山を待ち受ける、「邪見里」（巻二「椿は生木の手足」）や「邪見の浜里」（巻四「見て帰る地獄極楽」）。「諸国咄」としての『懐硯』。それについて触れる紙幅はない。ただ表徴の裂け目に地方的特質が伺われることは確かだ（浮橋康彦氏「西鶴説話の地方的特性について—九州の話」『西鶴論叢』）。そしてテクストを反転した時、禁令（『御触書寛保集成』）を横目に博奕（巻一「照を取昼舟の中」）・石打（同「案内しってむかしの寝所」）・衣装贅沢（前掲・巻五「御代のさかりは江戸桜」）などに耽る人々のしたたかさが、「不確かな」午後の鈍色の空の下に浮かび上がって来るのである。

『懐硯』の各説話は、円満で統一性のある物語世界として完結することがない。教訓を導きだそうとしても、また、悲劇としてとらえようとしても、どこかに綻《ほころ》びが生じている。その綻びにさまざまな「制度」の矛盾や歪みが露呈している、と氏の見解をいい直してもかまわないだろう。確かにこの作品では、「仏法の昼」（巻四の五）

や「関戸さゝぬ御代」(巻五の二)にはあってはならないはずの現実が、随所に顔をのぞかせている。

かつて暉峻康隆氏が『懐硯』を文明批評という観点から評価したことがあった[4]。その評価を、伴山設定の意味を問いつつ、全く別の角度から再検討する必要が示されたといえよう。

二　伴山のネットワーク—平林氏が見出した「仏教者」—

(1)　伴山論の成立基盤

篠原氏によって提示された新たな『懐硯』論の課題は、フィルターとしての伴山の機能の追究と、当代の政治・社会状況を視野に入れた読みの探求との二方向であるといえる。このうち前者の課題については、平林香織氏が意欲的に検討を加えている。

平林氏はまず、「『懐硯』の時間—巻三の三「気色の森の倒石塔」を中心として[5]」と「『懐硯』における伴山[6]」という二つの論文において、伴山を論じることそのものの妥当性を考察している。

繰り返し指摘されている通り、『懐硯』のすべての章に伴山が登場しているわけではない。また、伴山が登場している章であっても、人称の不一致や時制の混乱などが見られる。平林氏はまず、そのような伴山論成立にとっての否定的要素とでもいうべきものを、積極的に理解し直すことを試みた。

『懐硯』の人称の問題は、巻一の一の冒頭部分にまず見られる。「我」という一人称で語り始められながら、すぐに伴山自身が三人称で描写され、再び語り手となって作品世界の背後に姿を消していく。このような人称の揺れは読者に違和感を与えるのだが、この違和感を与えるほどの変化こそが、伴山のイメージを読者にとって確かなものにする。そしてまた、人称の揺れは、時に行為者となり時に見聞者となる伴山の多様な役割のあらわれでもあり、自在に変化し積極的に人の心を追い求めて行くおもしろおかしき僧と見れば一貫性がある。だから、巻一から読み進めて行くにつれて伴山についての記述は減少してはいくものの、読者の想像力に支えられて、その存在感は反比例的に濃厚になってゆく、と述べている。

また、巻三の三「気色の森の倒石塔」には、一話の中に夏と冬とが混在している。それぞれが伴山が大隅の片里を一度目に訪れた時と二度目に訪れたときの話であった、と章末に付言されている。安易な執筆態度が生んだ混乱や帳尻合わせにとられかねないこの展開を、平林氏は作者の意図的な操作としてとらえる。すなわち、「消えない罪を背負い続ける娘の時間」と「進行する伴山の時間」とが並行して流れていることを暗示しようとして、あえて現実的には不自然な展開を用いている、というのである。

この作品にとって重要なのは、旅行見聞記としての整合性などではなく、人の心を追い求める旅の僧伴山のイメージの鮮明さではないか。そして実際に『懐硯』というテクストはそれだけの存在感を伴山に付与している、というのが氏の主張の核心であろう。確かに、『好色一代男』の世之介にしても、必ずしも主人公として扱われているわけではなく、詳細に分析すればするほど人物像は矛盾に満ちたものとなる。そうであっても、『好色一代男』を読み進めて行く読者は、おのずと世之介的な人物像をイメージせずにはいられないし、しだいにその存在感を濃厚に感じ取ることとなる。こういったことは、一代記としての形式が整っているか否かとは、別の次元に属することといえるだろう。

そのように考えるならば、読者はたとえ伴山の登場しない場面であっても、その背後に「伴山という憎めない人物の確かな息遣い」を感ぜずにはいられないということになる。もはや「伴山を抜きにして本書を語ることはできない」のであり、『懐硯』を読むという行為は、読者が「想像力を働かせて、与えられただけの情報から伴山の全体像を築いていくという創造的な過程を経験する」ことを意味することとなる。

伴山に関する記述に着目して趣向としての設定の可能性を論じたものに、先にも述べた杉本氏の説があった。そして、伴山を『懐硯』全体にかけられたフィルターとしてとらえる篠原氏の論があるわけだが、両者の間にはいくつかのステップの飛躍があるように感じられる。その中途の段階で処理されるべき問題を、読者論的な発想で埋めているのが平林氏の諸論文であるといえる。それぞれの論者が必ずしも相互に意識し合って書いたわけではないだろうが、以上のように整理して理解することが可能ではないか。

これらの平林氏の論稿は、巻三の三などの個々の章の解釈については意見の分かれるところであろうが、伴山論とでもいうべき新しい『懐硯』へのアプローチの仕方の成立を示すものといってよい。

(2)　ネットワーク論の可能性

では、伴山はいったいどのような役割を果たしているのか。平林氏は続く「『懐硯』と『東海道名所記』」[7]においてそのことに言及している。

この論文で平林氏は、篠原氏の先の論稿での指摘をふまえて、「北山での優雅な生活をいさぎよく捨て去って旅に出た初老の男伴山というフィルター越しに」読者は作品世界に接することになるとする。そして、執着心を持たないフィルターは、たとえば巻一の一「二王門の綱」では、権威の空しさや固執の愚かさを提示するのにふさわしいものとして機能している、とその役割を説明している。

さらに平林氏が強調するのは、「情報の媒体者としての伴山」の役割である。さまざまな世界が伴山によって意識的に統合されていく。それによって、『懐硯』の中の類似した話が相互に対比されて相対化され、「直接書かれていない部分についても雄弁に物語る」ことになるという。この発想は、氏が次に展開する『懐硯』ネットワーク論の前提となるものである。

しかしながら、伴山の特性は初老や無常観ばかりではなく、世俗的な執着心も有しており、魚鳥を食らい美女に耽る「おもしろおかしき僧」という一面もあった。そのことにはどのような意味があるのか。そこで平林氏は西島孜哉氏の次のような見解を引用する。

伴山のような権威のない半僧半俗の人物に語らせることによって、読者に判断をゆだねているのである。権威のない伴山のいうことであるから読者は批評の自由を獲得することが出来る。もちろん西鶴自身もそれに対して批評することが可能な立場にたつことができる。[8]

平林氏はこれを受けて「物語作者の目という一種超越的なまなざし」が伴山において確立している、とする。伴山の視線から作者（あるいは読者）の視線は分離しているということであろう。論理としては理解できるが、個々の話について、具体的にどのような「批評の自由」が考えられるのだろうか。フィルターを意識することで、各章の解釈がどのような観念から解き放たれ、どのような読みを可能にするのかが問題となる。

ともあれ、平林氏は二つの方同性を示したと言ってよい。一つは、「情報の媒体者としての伴山」の役割に注目し、各章を相互に関連づけながら読むこと。それは、集としての『懐硯』を意識することで、表面的には記述されていない何かを読み取ろうとする試みへとつながるものである。そして今一つは、「初老」であり「おもしろおかしき」僧である伴山の目を通すことが、読者の読みの方向性をある程度規定しているという発想である。

平林氏は、続く「『懐硯』における話のネットワーク[9]」において、もっぱら前者に重点を置きつつ論を展開していくことになる。

氏はこの論文で、多様な内容と視点とを内包する『懐硯』という短編集に、伴山を中心に統一された全体像を見出そうと試みている。そもそもこの作品に「多角的な読み取り」が可能なのも、『懐硯』全二十五章が「互いにネットワーク的な構造で連動し合って」おり、そのネットワークシステムが「各話のさまざまな情報をつなぐいくつもの回線からなっているからだ」とする。二十五章の中に散在する互いに共通した要素が伴山を介して関連づけられたとき、表面的には記述されていない何かが浮かび上がってくる―そのような前提に立って氏は、『懐硯』の全体像の把握に挑んでいる。

では、具体的にはどのような形でそのネットワークは作動していると考えられるのか。

たとえば巻一の一「二王門の綱」、一の二「照を取昼舟の中」、二の一「後家に成ぞこなひ」、二の二「付たき物は命に浮桶」は、無常感を吐露しながら旅を続ける伴山が描かれている章であるが、同時にそれは金銭に執着する人間たちを描く章でもある。この両者が交錯するところに、「富に翻弄される人間の姿が立体的多面的に見えてくる」ことになる。その一方で、巻一の三「長持には時ならぬ太鼓」と四の三「文字すはる松江の鱸」にはともに貧しい浪人の娘が登場するが、一方は幸福な結婚をし他方は結婚することができずに尼となるというように、対照的に描き分けられている。

また、巻三では「気色の森の倒石塔」で伴山の仏教者としての自覚が示されるとともに仏教色が強まりはじめ、巻四ではそのような展開の中で「金銭に対するバランス感覚を失った人間を多角的に捕らえる」傾向が前面に出てくる。ところが巻五では、反仏教・反宗教的な傾向が強まっていくととらえている。そして平林氏は、そこに「伴山における仏教其儘から仏教離れへの軌跡」が見て取れるとする。

伴山を軸とした「集」としてとらえたところに浮かび上がってくるもの—『懐硯』に内在する隠された意図—を読み取ろうとするネットワーク論の発想は、極めて魅力的であると言ってよい。しかしながら氏の論述には、二つの問題点がある。

まず、個々の章の把握の仕方にみられる恣意的な傾向である。たとえば巻四の一「大盗人入相の鐘」に登場する僧の吐雲を「五人の盗賊を自然に懺悔させてしまうほどの人物」ととらえ、巻四の仏教色の濃さの証左としているがどうだろうか。本章の中心はあくまで五人の盗賊の方だと思われるし、懺悔話的な形式を借りて書かれてはいても、この五人がこれをきっかけに改心したとは読み取れない。また、四の五「見て帰る地獄極楽」にしても、仏教者を題材としていることは確かだが、詐欺僧と為政者の対決に多様な話柄を織り混ぜつつ描いたこの一話を「仏教色」の一語で片付けてしまうのはあまりに乱暴ではないだろうか[10]。

読書行為が読み手の創造的な作業である以上、解釈に幅が生じるのは当然のことであり、恣意的なものとして退けられるべきは私の方かもしれない。とはいうものの、ネットワークの想起の仕方によっては切り捨てられてしまう細部があり、また、その細部に重要な要素が含まれている可能性も十分にある。

さらに問題であると思われるのは、「伴山」そのものについての理解である。魚鳥もあまさず食らう「おもしろおかしき」半僧半俗の男が、鎮魂の祈りを経て仏教者としての自覚を高め、さらには宗教を相対化するところにまで成長して行く過程を読み取ろうとする教養小説的な読み方は、作品世界全体に整合性を持たせ、それを伴山という人格の中へ取り込んでゆくものである。それは、氏自身が主張していたはずの、伴山というキャラクターのユニークさや読者が伴山の「批評から自由」になりうるといった発想を、否定してしまうことになりはしないだろうか。それでは従来の『懐硯』論によく見られた全知全能的語り手へと後退しかねないように思われる。

伴山＝西鶴というとらえ方の問題については、前章で『近代艶隠者』と関連させて詳述した。そしてそこでは、『西鶴諸国はなし』との比較から作家的成長を論じることへの反論として出発したはずの箕輪氏の論が、最終的には旧来の方向性に回帰してしまったことを指摘した。平林氏の論述もまた、出発点においては明らかにそれらとは方向性を異にするものであったにもかかわらず、なぜか伴山＝西鶴の得悟へと向かう成長譚にからめとられてしまっているように思われる。

先の篠原氏の論についてもいえることだが、作品全体にかかるフィルターとして伴山をとらえる論は、そのシリアスな一面—老いや無常といった側面の強調へと傾きがちである。そのことが、読みを必要以上に生真面目なものへと導き、また、旧来の作家論的な読みに引き戻しかねないものにしているようにも思われる。

三　夫婦という題材―西島氏が読み取った「模索」―

先にも述べたように、『懐硯』の各章を相互に関連させ、それによる共鳴を足掛かりに想像力を飛翔させるネットワーク論という作品把握の方法は、確かに魅力的である。『懐硯』のみならず西鶴の諸作品には、そもそもそのような形で読者の想像力を刺激する特性が備わっているといえなくもない。

杉本好伸氏は「西鶴と広島―〈似せ男〉趣向の淵源」[11]と「西鶴と広島（続稿）―〈似せ男〉話の主題をめぐって」[12]で、巻五の一「俤の似せ男」を『本朝二十不孝』巻四の一「善悪の二つ車」等と関連させて論じているが、これは『懐硯』という集を超えてのネットワーク的な作品把握の試みといってよいのかもしれない。

だが、『懐硯』という集の内部でのネットワークの存在を、平林氏とは別の角度から考えてみる必要がまだまだあるだろう。先にも引用したように、篠原氏は『懐硯』の世界に当代社会の負の側面が散見することを指摘している。旅を続ける伴山を待ち受けているのは「邪見里」や「邪見の浜里」の現実であった。一話の中心的テーマとは一見無関係でありながら、「表徴の裂け目」から顔をのぞかせているのは、禁令破りや犯罪者の横行する世の中である。これらが『懐硯』の内部で共鳴し合うようなネットワークの可能性を考えることはできないのだろうか。フィルターとしての伴山の役割を前提としつつも、そこに単純に収斂されない世界が描かれていることをどうとらえるかが、今後の課題であるように思われる。

もちろん、伴山に西鶴の実像を重ね合わせるというとらえ方が、依然として『懐硯』論の一部をなしていることも事実である。そういった方向からのネットワーク論の試みといえるものに、西島孜哉氏の『懐硯』論がある。西島氏は、「『懐硯』論―多彩な夫婦話」[13]において、『懐硯』五巻二十五話のうち十六話は何らかの形で夫婦の種々の問題を多角的に取り上げており、夫婦関係にまったくふれていないのはわずか四話にすぎないと述べている。また、巻一の一に描かれた、妻もなく家庭生活を持たない伴山がその「身の果」を案じはかなさを抱いて旅立つという設定は、『徒然草』一四二段の記述をふまえて人倫の一つとしての「夫婦の別」を主題にしたことを示すものだ、としている。しかし一方で、西鶴は儒教的教義では解釈しえない具体的事例にも注目しているとも述べている。

たとえば巻二の一「後家に成りぞこなひ」は、一見女房の悪心が露呈したかのように読めるが、その直接的な原因は弟達の家督争いにあり、悪心を抱かざるをえないだけの不安定な立場に女房は置かれている。そこには「夫婦の別」の観念的教訓では片づけられない、家督相続の問題が介在している。

巻三の一「水浴は涙川」は、世間の無責任な言動が不幸を招く話だが、そもそもの前提として妻の弱い立場―三下り半（三行半）によって簡単に追われ、「其方に不義」があると簡単に断定されてしまう―が示されている。この話では妻のみが被害者なのであった。

巻五の一「俤の似せ男」は、封建道徳が支配する下での妻の人心を描いたものである。帰ってきた夫が偽物であることに女房が気づかないはずはない。それが明らかになった時、貞女とされてきた女房の心の中にあるものが露呈したわけである。それでも本当の夫であると主張する妻を、儒教的立場からは非難できても、人間的なあり方としては非難できない。

以上のように西島氏は、『懐硯』内のネットワークに夫婦という回線を見出し、それによって儒教的教義では処理することのできない人の心を浮かび上がらせようとした。もちろん、氏自身も懸念しているように、全章において夫婦が論じられているととらえるには無理があるのだが、結果的には平林氏の発想をより緻密な形で展開させたものになっているといえる。

とはいうものの、氏の論の基本的な立場は、伴山と西鶴を直接に結びつけ、『懐硯』の分析を通して西鶴の作家的成長を説明しようとするところにあった。それゆえにはなし手としての伴山への注目は、フィルターとしての役割―伴山の機能分析へと向かうことはない。伴山の取った態度から、執筆時の西鶴の「実像」を推定するという方向へと向かう。

そのこと自体は旧来の『懐硯』論によく見られた発想である。そしてその多くは、伴山の教訓的言辞を引用して、そこに西鶴の談理の姿勢を見出していた。しかし西島氏はそれらとは異なり、談理の姿勢は強くは感じられず、感想や教訓も決して有効なものとなりえていないことを指摘している。

たとえば、巻二の一ではこれといった主張も記されないまま甚九郎の出家で結びとなり、巻三の一では本題からややずれた形での戒めが述べられ、巻五の一では周囲の冷笑と無関心を記述するだけのあいまいな結末になっている。つまり、『懐硯』の各説話は、必ずしも伴山の所感の中に収まり切るようにはできていないのである。そのことは、伴山を決して得悟の境地には浸らせてくれない。このように、伴山には収斂しきれない世界が描かれていることに着目したところに、西島氏の論の特色がある。

先にも述べたとおり、氏はこのことを作品の趣向や伴山の機能としてはとらえていない。自己の論理で断定できず、見聞者にとどまってしまう伴山は、西鶴の自信のなさの反映だとする。この主張は、「『懐硯』論序説―ターニングーポイントとしての諸国話」[14]でもくりかえされる。『懐硯』の前後の作品では、『本朝二十不孝』にしろ『武道伝来記』にしろ、自信に満ちた語り口で教訓的な言辞が記されている。ところが、『懐硯』での西鶴は、権威のない半僧半俗の伴山に語らせることで読者に判断をゆだねている。これは「常に世相を批評してきた西鶴のあり方としては不可解」であって、西鶴の「人心の不可解さに対して適切な批評を下し得ない」自信のなさの反映ではないのか、と。

西島氏によれば、伴山の姿は、世の人心に対して判断を示しえず「自己の問題意識の解決のための意図的な模索」を続ける作者西鶴の反映であるということになる。そもそも西鶴が、普遍的テーマを諸国奇談集の形式で求めるという矛盾したことに挑戦したのは、今までの創作に思考と方法の行き詰まりを感じていたからであり、西鶴が創作上の大きな転換点に立っていたことを意味する。そのこともあって、従来関係の深かった書肆池田屋三郎右衛門や森田庄太郎との間にこの時期に亀裂が生じていた。氏はこのように推定し、『懐硯』に署名や刊記のないことをもそのことと関連づけて説明している。

四　『懐硯』論の課題―世相や幕政との関連から―

篠原氏にしろ平林氏にしろ、伴山のフィルターとしての機能に注目しつつ、新たな作品理解の方向を模索している。そして、すでに述べたように、二人ともに、論究の過程において西島氏の論を引用している。

すなわち篠原氏は、夫婦に関する話題の多さに着目した西島氏の指摘を引用して、夫婦をはじめとする制度の矛盾に目を向けてしまう伴山の視線に注目する必要性を説いた。平林氏は、おもしろおかしき僧という設定の意味に注目した西島氏の言及を引いて、「批評の自由」の獲得という論旨を引き継いだ。

しかしながら、両者はともに、西島氏の本来の文脈からは全くそれた形でそれらを引用している。伴山という半僧半俗の男が、奇談の世界を前にして明瞭な批判を下せないでいる姿に、西島氏は、悩める作者西鶴の実像を重ね合わせようとした。それに対して篠原氏や平林氏は、伴山の設定を、既存の価値観・倫理観から自由を確保するための装置としてとらえている。

このような齟齬《そご》を指摘したのは、両氏の引用を誤用として批判したいからではもちろんない。前章で指摘したとおり、推定による西鶴の「実像」から逆算的に作品解釈を導き出すという方法は、テクストの細部を無視した恣意的な読みへと必然的に陥る。また、西島氏の読みに関していえば、伴山の設定には積極的な意味が見いだせなくなり、最終的には『懐硯』に対する評価も否定的なものにならざるをえない。氏の把握した伴山―現実を前にして立ちつくし言葉を失っている伴山の姿を、作者の実像とは区別してひとつの機能としてとらえ、精緻で包括的な読みを構築することはできないものだろうか。完璧なフィルターとはなりえないようにあえて設定された伴山によって、どのような批評の自由が獲得されたのかを、より具体的に追究しなければならないように思う。

『懐硯』の理解において、伴山が無視できない存在であることはもはや間違いない。しかし、その設定の意味に着目しての具体的な各章の読みは、まだほとんど論じられていないといってよいのではなか。とりわけ、先にも述べたように、当時の社会状況や幕政等との関連において、伴山に着目した読みがもっと深められてよいように思う。

もちろん、伴山への着目を別にすれば、そのような試みがこれまでなされなかったわけではない。前章でも触れたが、箕輪吉次氏は巻一の五「案内しつてむかしの寝所」や巻二の四「鼓の色にまよふ人」に綱吉の孝道奨励策への懐疑を見出している。[15]また、井口洋氏は巻三の五「誰かは住みし荒屋敷」と巻四の二「憂き目を見する竹の世の中」とに、行き過ぎた忠義孝行への皮肉を読み取っている。[16]綱吉の将軍就任以来『懐硯』の刊行までの七年間、武家には矢継ぎ早に綱紀粛正策が打ち出され、階層を問わず忠義孝行に励むことが求められた。この「善政」が施された「太平の世」の人心に関心を抱きつつ彷徨《ほうこう》する伴山の耳目に触れたのは、まさしく当代の制度によって歪められた人間心理の実態であったといえなくもない。

ならば、伴山に着目して個々の「はなしの世界」への理解を深めつつ、平行して『懐硯』という作品をトータルに論じることはできないものか。伴山という人物の存在によって緩やかに束ねられた雑多な諸国話の世界に、このような制度の破綻が意図的にちりばめられているとしたら、『懐硯』に内在するネットワークは、より毒気を含んだ刺激的なものとして読む者の意識の中に浮かび上がることになる。

巻四の一「大盗人入相の鐘」に注目して考えてみよう。これは伴山の登場しない章であり、代わりに、吐雲という憎が登場する。吐雲は、「よろづ異風」で盗人とも酒を酌み交わす型破りな僧だが、清貧を楽しみとする無欲の人でもある。魚鳥を食らい美女と戯れながら、無常観を抱いてそれに執着しない伴山と類似した性格を持つ。このような人物がいる以上、あえて伴山を登場させる必要はないのだろう。ただしこの一章では、諸国の人心を訪ねていくのではなく、諸国の人心の方が吐雲のいる寺に流れ込んでくるという形式が取られている。

寺に盗みに入りながらも吐雲と意気投合した六人は、盗人になったいきさつを懺悔話として語る。六人の話は相互の関連性がなく、むしろ多様性を持たされている。そのことは、それぞれの出身が士農工商に坊主神主と、近世社会のすべての階層にわたるよう設定されていることからもうかがえる。そしてそこに描かれているのは、武芸に秀でているがために武家社会では生きていけず堕落する侍、年貢を納めずに開き直る百姓、犯罪者に手を貸して儲ける職工、不正な商売で稼ぐ商人、色に溺れる僧侶、詐欺まがいの悪事を働く神主らの姿であった。

話し終えた盗人たちは、「是は御燈《みあかし》」と銀包《かねづつみ》を置いていくが、そこに反省や改心の気持ちがあったとはとても思えない。大笑いの末に、「盗人のものはうけ給はず」と怒る吐雲を無視して無理やり銭箱に押し込むのである。六人の語った現実、六人が抱える闇のすさまじさは、無欲な僧の精神性などでは吸収し切れずに拡散し、不正と腐敗に満ちた現実を垣間見せる小宇宙を形成していく。吐雲は、典拠の『十訓抄』の安養の尼のようには、一話のまとめ役たりえない存在である。盗人たちの「善意」に翻弄されるその姿が、現実のすさまじさを一層印象づけている。

『懐硯』全体もまた同様にとらえ直すことができないだろうか。全国に忠孝札が立てられ、お上の威光があまねく照らす安泰の御代に散見する、数々の破綻。それを随所に垣間見せたのが、集としての『懐硯』という小宇宙ではなかったか。夫婦という話題の外に、忠義や孝行に関する言及が目立つことは、先の箕輪氏や井口氏の指摘によらずとも見て取れよう。このような幕政批判にもなりかねない話題にあえて言及しようとしても、作者の分身らしき人物を登場させて堂々と談理を展開させるわけにはいかない。とすれば、作者は伴山の背後に巧みに身を隠すという手段を選ぶほかはないだろう。

『懐硯』巻４の１の挿絵。吐雲の寺へ押し入った六人の盗賊が酒宴の準備をしている。

もちろん、個々の章それぞれに固有の話材やテーマがある。一見したところでは、忠義や孝行あるいは「制度」についての記述があったにしろ、それは瑣末なことであるように思えたりする。しかし、それぞれが印象深く読者の記憶に止められ、ある時点でネットワークとして意識されたときに、新たな意味が浮かび上がってくる——そのような形での『懐硯』の全体性についての理解が、個々の章の緻密な検討と並行して進められるべきではないだろうか。

いささか私的な興味に引き付けすぎた嫌いはあるが、以上のように『懐硯』の研究史の整理を試みた。内容・方法をめぐる論議が多岐にわたっているため、力量不足により多くの有意義な論稿に言及できなかったことを反省しており、誤読・曲解も少なからず存するのではと危惧している。また、論旨を明確にするためにあえて論文を発表年月順に扱わなかったところがあり、これまた誤解を生じさせるのではとの危惧を抱いている。さらに、旧稿[17]においては、その不備を補うために『懐硯』に関する論文一覧を付したが、論文の検索が容易となった今日、その必要性もなくなったと判断し省略した。

旧稿発表以後、『懐硯』に関する新たな考察が少なからずなされているにもかかわらず、それらを取り入れなかったのは、それらを積極的に取り入れて自分なりに再構成する手間を避けたためであり、怠惰の誇りは免れえない。その点については、本書に収めた『懐硯』についての拙論と一体をなすものとしての研究史の考察であることを前提にご寛恕願いたい。

注

1. 杉本好伸「『懐硯』の構成をめぐって」『安田女子大学国語国文学論集』十八号　昭和六三（一九八八）年六月。
2. 篠原進「午後の『懐硯』」『武蔵野文学』四三号　平成七（一九九五）年十二月。
3. 西島孜哉「『懐硯』論―多彩な夫婦話」『武庫川国文』四十五号　平成七（一九九五）年三月。後に、『西鶴　環境と営為に関する試論』勉誠社　平成十（一九九八）年に再録。
4. 暉峻康隆『西鶴　評論と研究　上』中央公論社　昭和二三（一九四八）年。
5. 平林香織「『懐硯』の時間―巻三の三「気色の森の倒石塔」を中心として」『文芸研究』一三六号　平成六（一九九四）年五月。
6. 平林香織「『懐硯』における伴山」『文化』五十九巻三・四号　平成八（一九九六）年三月。
7. 平林香織「『懐硯』と『東海道名所記』」『文芸研究』一四三号　平成九（一九九七）年一月。
8. 西島孜哉「『懐硯』論序説―ターニングーポイントとしての諸国話」『鳴尾説林』創刊号　平成五（一九九三）年九月。後に、『西鶴　環境と営為に関する試論』勉誠社　平成十（一九九八）年に再録。
9. 平林香織「『懐硯』における話のネットワーク」『長野県短期大学紀要』五二号　平成九（一九九七）年十二月。

10. 第六章参照。
11. 杉本好伸「西鶴と広島―〈似せ男〉趣向の淵源」『安田女子大学大学院博士課程開設記念論文集』平成九（一九九七）年三月。
12. 杉本好伸「西鶴と広島（続稿）―〈似せ男〉話の主題をめぐって」『安田女子大学大学院文学研究科紀要』三号　平成十（一九九八）年三月。
13. （注3）と同。
14. （注8）と同。
15. 箕輪吉次「『懐硯』と『近代艶隠者』―巻二の四「鼓の色にまよふ人」の作者をめぐって」『学苑』四九四号　昭和五六（一九八一）年、同「懐硯の素材と方法」『学苑』五一〇号　昭和五七（一九八二）年六月。
16. 井口洋「『懐硯』一面―「誰かは住みし荒屋敷」の主題―」『叙説』十三号　昭和六一（一九八六）年十月。
17. 拙稿「『懐硯』研究史ノート（3）」『国語国文学報』六十集　平成十四年三月。

終章　「仁政」の闇を見つめる——現代において「西鶴を読む」ということ——

本書では、『本朝二十不孝』『懐硯』という二作品において、どのような題材が扱われ、それがどのような語り口—西鶴特有のはなしの手法—によって提示されているのか、ということを考察した。

くりかえし強調してきたのは、恣意的な西鶴像を勝手に作り上げ、そこから逆算的に解釈を導き出すような研究のあり方の否定である。そして、考察にあたっては、これまで見落とされがちであった記述の細部の検討を心がけた。とはいえ、テクスト内に閉じこもるのではなく、同時代の巷説・説話の広がりや、流動的な社会状況との関連性に重きを置くことを心がけた。

なぜそのような方法を選んだのか。それは、本書の第七章以下に述べた通り、先行研究の批判的検討によって妥当と思われたからである。ただ、その調査・整理の過程において頭をもたげてきた思いがある。この現代において「西鶴を読む」ということはいかなる行為なのか、という問いかけである。

研究史の整理に取り組むことは、図らずも研究者史に取り組むことになっていった。自覚していたか否かにかかわらず、研究者はその時代の空気に左右されることになる。同時代とどのように切り結びながら、西鶴を読み解いていくのか。いや、西鶴を読むという行為によって、自分はどのように世の中と向き合っていることになるのか。

以下、私が現在抱いているこのような問題意識を解説することをもって本書の終章としたい。

一　対照的な西鶴像

いささか余談めくが、若い研究者と懇親会などで話していて、ついつい自慢げに、私は「あの二人の大御所を見たことがある」と言ってしまうことがある。教えを受けたのならともかく、ただ学会の会場や懇親会で見かけたというだけの話なので、こんなことを自慢するのは己の狭量をさらけ出している以外の何物でもない。それでも、何となく歴史的時間の中の一場面に端役として参加していたという思い込みが頭をもたげるときがある。

戦後の近世文学研究をリードしたのは暉峻康隆氏と野間光辰氏という二人の大先達であった。今から三十数年ほど前、近世文学研究という分野に足を踏み入れたばかりの私にとって、お二人は学会などでお見かけしたとしても、恐れ多くて近寄り難い存在であった。野間氏が故人となって早くも三十年近く、暉峻氏が亡くなって十五年近くの歳月が経過している。それでも、この二人の業績を読み返すことから始めなければ研究の入り口に立つことができないという状況は、今日においても変わりはないと思う。というより、そう信じて私はいつも新たな研究のスタートラインに立つようにしてきた。

そのため、入り口どころか、あれこれと調査と思索とを重ねたつもりで論文化したものが、よくよく読み返してみれば、先の二人の手のひらの上を徘徊していたに過ぎなかったということもよくある。この経験は、われわれの世代の研究者にはよくあることだと思う。

周知のことだが、この二人の西鶴観は大きく隔たっており、様々な場面で反駁《はんばく》し合っていた。もちろんその対立は学問上でのことであり、戦後の近世文学会の発展はまさにこの二人の協力と信頼の下になされたと私は聞いている。だがそれにしても、両者が思い描いていた〝井原西鶴〟という作家像には、大きな開きがあった。暉峻康隆氏の豪放磊落《ごうほうらいらく》ともいうべき西鶴像は、その代表的著書『西鶴　評論と研究』上下二冊[1]などで十分に語りつくされている。それを代表するのが、「『一代男』の底抜けの明るさは、じつにこの書がかへりみることなき近世前期町人の青春の賛歌であるからにほかならない」という記述である。これを恣意性の高い推測だと批判することは容易であろうが、「青春の賛歌」というフレーズが長きにわたって存在感を持ち続けてきたことは事実である。

一方、野間氏の西鶴像も、『西鶴年譜考証』[2]をはじめとする様々な著述の中に綴られている。そして野間氏の記述からは、暉峻氏とは対照的な、鬱積《うっせき》した感情が感じられる。その顕著な例が、『本朝二十不孝』への言及であった。

徳川綱吉による孝道奨励政策の最中に親不孝者の話ばかりを集めて刊行したことをふまえ、氏はこれについて次のように述べている。[3]

西鶴が親不孝咄といふテーマを選んだのには、やはり西鶴らしい時代や社会に対する感想が根柢にあつたと思うふ。といふのは、度々繰り返していふやうに、儒教主義の権化ともいふべき将軍綱吉が、これより先天和二（一六八二）年三月、駿河国今泉村の農民五郎右衛門の至孝を旌表して、儒臣林大学頭信篤をしてその伝を作らしめ、同年五月には諸国に令して世にいはゆる「忠孝札」なる高札を建てさせ、ついで天和三年七月将軍政治始めに発布する慣例の「武家諸法度」には、歴代将軍の前例を破って、「文武忠孝を励し、可ㇾ正二礼儀一之事」を第一条に掲げるなど、丁寧懇切に孝道を奨励し、反復人民を教諭してゐるのである。西鶴はこの聖人君子面をぶらさげてゐる将軍の二重人格を、町の生活の中でぢかにそして鋭敏に嗅ぎつけ、むしろ反感を抱ゐていたのではなかつたかと思ふ。「天下様」に対する町人の反感や反撥は、よし痛切な実感であつたとしても、その自由な表現が許されなかつたこと、勿論である。だからこそ表面には「孝にすゝむる一助ならんかし」と謳ひながら、孝道奨励とは逆行する親不孝咄を集めたのである。それは決して、単なる趣向の突飛さ、説話の興味だけに止まるものではない。

強まりつつある恐怖政治への危惧。欺瞞《ぎまん》的な政策に対する憤懣《ふんまん》。「書く」という行為を通して、自らの思いを表出せずにはいられないところへと追い詰められた西鶴の姿が想起できる。

もちろんこのような理解もまた、暉峻氏のものと同様に、恣意的なものとの批判を受けかねない。野間氏自身も十分にその可能性を感じていたはずである。しかし、それ以上に、「将軍に反撥する西鶴像」が氏の内面では確固たるものとして存在感を保っていたのではないか。

元禄という時代に対する作家西鶴の向き合い方を考えるにあたって、まずはこの野間氏の思いについて考察することから出発してみたい。

二　書簡に込められた「憤懣」

先のような野間氏の西鶴に対する思いが、他の文脈の中で突然噴出することもあった。西鶴の残した数少ない手紙のうちの、いわゆる「第五書簡」と呼ばれるものに対する見解もそのひとつである[4]。

この書簡は肥前鹿島藩主鍋島直條《なおえだ》の備忘録『塵袋』に書き留められている。大坂の医師真野長幸（字《あざな》は長澄）に宛てたもので、日付は記されていないものの、野間氏はこれを貞享五年三月執筆であろうと推定した。

野間氏が注目したのは、「此ごろの俳諧の風勢、気に入不申候ゆへ、やめ申候」、つまり、近年の俳諧の傾向が気に入らないのでやめることにする、という記述である。かつて『俳諧大矢数』成就の折には「日本第一」（延宝八年・第二書簡）と自らの俳諧を誇っていた西鶴が、なぜここまで投げやりになったのか。このことについて、野間氏は次のように述べている。

> しからば、西鶴をして、俳諧をやめさせたものは何であるか。西鶴は「此ごろの俳諧の風勢《（情）》気に入不申候ゆへ」といつてゐるが、実は、一種の都会風俗詩ともいふべき談林俳諧にとつて、最も興味ある観察の対象であり、詩想の源泉であり、素材の宝庫でもあつた社会の情勢の変化が西鶴の気に入らぬ故に、俳諧をやめざるをえなかつたのである。端的にいへば、延宝末年から天和・貞享に至る、深刻な不景気と不安な世情が、談林俳諧の生命とする戯謔と哄笑を奪ひ去つてしまつたのである。天和調の一時の流行は、いはばその一つのあらはれである。しかし多くの俳諧師は、この前後から俳諧と絶縁して、俳壇から全く姿を消し去つた。

（中略）俳諧の風勢《（情）》が一変して気に入らぬものとなつたとすれば、その根源は実は世情の不安と危機にありとしなければならぬ。

氏は続けて、天和・貞享こそは五代将軍綱吉の治世の初期、いわゆる「天和の治」の時期であったことを指摘する。つまりここでも、綱吉という恐怖政治家の出現によって、鬱屈し憤懣を蓄積していく西鶴像を野間氏は読み取っているのである。

野間氏の提示したこのような西鶴像は、強烈な印象を多くの研究者に与えはしたものの、その後積極的に肯定・継承されていったわけではなかった。また、今日読み返してみても、確かに氏の想像力がかなり飛躍に富んでいることを認めざるをえない。

三　野間氏の遭遇した「悲劇」

野間氏の見解を仮に恣意的なものと断ずるにせよ、いったい何が氏をそうさせたのだろうか。西鶴研究からはいささか横道にそれるが、あのような西鶴像を野間氏があえて提示しなくてはならなかった理由を考えてみたい。ここで時間を戦中期―昭和十年代まで引き戻してみよう。

昭和十一（一九三六）年九月、日本諸学振興委員会が文部省に設置された。軍国主義の進行に伴う、学界の統合再編成である。その目的は、「国体・日本精神に基づき学問の各分野に亙つてその内容方法を研究批判し、我が国独自の学問文化の創造発展に貢献して延て教育の刷新に資」することにあった。以後、この団体によって様々な研究発表会や講演会が開催されているが、昭和十六年度、すなわち日米開戦の年度からは「大東亜戦争下本委員会の使命」の「愈々《いよいよ》重きを加へたる」ことから、さらに事業は拡大され、『日本諸学』という機関紙も刊行されるようになった[5]。

そんな中、昭和十七年五月に奈良女子高等師範学校講堂で開催された「国語国文学特別学会」において、野間氏は「都の錦の悲劇」という発表を行っている。

梅薗堂《ばいえんどう》都の錦《みやこにしき》は、西鶴とほぼ同時代の浮世草子作者で、その学識を生かした多数の作品を残した。元禄十五（一七〇二）年刊の『元禄太平記』の中で、西鶴を無学文盲だと批判したことで知られており、その生涯は波乱に富んでいる。

架蔵の『日本諸学』第二号（昭和十七年十一月発行）には、西尾実氏（当時は東京女子大学教授）の「国語国文学特別学会所見」が載っており、そこでは、すべての発表は「大東亜新秩序の建設といふ主題からいふと、肇国精神の史的発展として跡づけられるような言語事実・文学事実がまづ」論じられるべきだという立場からの、次のような批評が記されている。

野間氏の発表においては、さういふ片鱗さへ示されなかつた。討議の席上、私は氏の研究発表について、氏に都の錦の文学史的意義をどう考へてゐられるかをお尋ねし、併せて、近世文学研究諸家に、皇国文学の発展における近世文学の意義をどう考へるべきかをお尋ねせざるを得なかつた。（中略）皇国精神の発展における近世文学の意義といふことについては、考へなくてはならない問題が遺されたまゝであつたやうに思れる。

また、同じ号の「国語国文学特別学会記」で、この事に関連して久松潜一氏は次のように述べている。

西尾委員によって近世文学に関して如何なる意義を今日見出すべきかについて、野間氏の所論にふれて質問されたのは意義深きものがあつた。近世文学が戯作者的立場を以て書かれたものが多く、厳粛な精神に乏しいと見ることも一つの見解である。

これらの記事だけからでも会場の雰囲気はある程度想像できよう。またこの件については、小池藤五郎氏[6]と神保五彌氏[7]とが後年記したものがある。

小池氏は、西尾氏が「この犯罪的作家の研究は学問として許されましょうか」と発言し、「江戸文学研究禁止令」まで提案しようとしたと記している。小池氏は、野間氏の発表を擁護しつつ西尾氏に反論したが、そのことが影響して東京高等学校教授を辞職しなくてはならなくなったという。

また神保氏は、「当時の『文芸春秋』誌上に、自分がその研究態度について発言したら、学会で失脚する人物が何人かいるという旨の文章」を書いている「某博士」が、「かかる戦時下に江戸時代の作家などを」と野間氏を非難したとする。加えて、自らや暉峻康隆氏ら、戦時下における西鶴研究者の辛い体験談にも言及し、「それにしてもひどい時代であった」と回想している。

当時学界において重きをなしていた研究者たちが、皇国思想一色の強固な主張を行っていたことは、今日どのくらい認知されているのだろうか。たとえば、日本古代文学の碩学久松潜一氏は「天皇に絶対随順し奉るみ民としての自覚は国文学の教学の根柢」（「国文学の動向と課題」『日本諸学』創刊号）であると述べ、日本思想史の泰斗和辻哲郎氏は「教育や学問は直接に敵を叩きつぶす仕事ではなく、むしろかゝる仕事の基礎工事にほかならぬのであるが、同時にまたそれは大東亜建設の基礎工事でなくてはならない」（「戦時教学の根本方針」同）といった、時局に迎合した発言を行っていた。そんな時代の学者たちが、時局とは縁のない作家について研究発表したことを罵倒《ばとう》するのはいわば当然のことではあった。とはいえ、野間氏にとってはまさに屈辱的な体験であったに違いない。

そして敗戦後十数年を経過した後、野間氏は先のような「反撥」する西鶴像を提示する。昭和十七年の「国語国文学特別学会」の記憶もまだ鮮明であったことだろうが、昭和三十年代という時期は、戦後「民主主義」社会も「逆コース」と呼ばれる動向に流されつつあった。自由な発言が出来ない恐怖政治への拘泥《こうでい》が野間氏の中にあり、西鶴について述べようとする際に、この極めて実証的な学風の研究者をも思わず感情的にさせてしまったという可能性は十分に考えられる。

そのような社会的・個人的な理由が背景にある可能性を述べたのは、野間氏の西鶴像を個人感情に左右された誤解であると断定するためではない。そこにたどりつく思考過程がどうであれ、野間氏の結論そのものの是非の検討は別になされねばならないだろう。むしろ、どのような解釈・鑑賞も読み手の状況認識とは無縁ではありえないと考えるならば、論述がある程度自己表出となるのは当然のことではないか。重要なことは、そのような研究者としての視座そのものの特質をも含みこんだ形での、野間氏の問題提起の検討である。

四　カモフラージュ、「ぬけ」、寓言

野間氏の西鶴像がそのまま受け入れられなかった最大の理由は、それを確実に証明する文献が見当たらないことにある。

『本朝二十不孝』には多数の親不孝者が登場はするものの、幕政に対する批判の明言はない。しかも、登場する親不孝者たちは、ほとんど全てが悲惨な末路を迎えており、天罰が下されていると理解できる。西鶴がもし綱吉に対して強い反発や敵意を感じていたのであれば、出版取り締まり云々の事情を考慮したにしろ、何か別の結末にすることができたはずではないか、という疑問が生じる。

というのも、西鶴以前の仮名草子にすでに武家や役人への批判の例を見出すことができるからである。たとえば『薬師通夜物語（福斎物語）』（寛永二十年刊か）には次のような記述がある。

侍《さむらひ》は、物《もの》をたくはへぬ物と聞《きく》に、利分《りぶん》やすき借銀《しやくぎん》なされ、米《はちぼく》たばひをき、しめ売被成《うりなされ》候を、また隣国《りんごく》に聞、徳分《とくぶん》のあるゆへ、いづくもおなじ事に高直《かうぢき》になり、天下太平《たいへい》なれば、猶《なを》さぶらひ欲心《よくしん》ありて如此《かくのごとく》なり。人間は申にをよばず、人倫《じんりん》に近き生類《しやうるい》、牛《うし》、馬《むま》、犬《いぬ》、猫《ねこ》、鼠《ねづみ》までも、飢饉《ききん》に成。侍《さふらい》の金銀わきて悦《よろこ》び候へば、世界《せかい》の者《もの》かなしみ死《しす》る、ことの外《ほか》なる、殺生《せつしやう》をあそばす事やと、下《した》〲は申ける。（谷脇理史編『早稲田大学資料影印叢書　仮名草子集』早稲田大学出版会・平成六〔一九九四〕年による。ただし句読点を改めたところがある。）

また、『浮世物語』（寛文四年以後刊）の巻三の二「侍の善悪批判の事」にも、「侍道にも良きは稀」として、次のような辛辣な批評がある。

目の前にては利口才覚《りこうさいかく》めきて表裡軽薄《ひやうりけいはく》を繕《つくろ》ひ、利欲に傾き恩を忘れ、人を謗《そし》りて慈悲なく、親疎《しんそ》を言はず物を掠《かす》め取り、よき人を嫉《そね》み妬《ねた》み押倒さむとす。これらの奴原《やつばら》世に多く、恥をも知らず人目をも憚《はゞ》からず、主君に追従《ついせう》をいたし、家老の前に御鬚《おひげ》の塵《ちり》を取り、様々諂《へつら》へば、誠によき者と思はれ、程無く出頭人《しゆつとうにん》にもなり、知行を加増せらるゝ。（前田金五郎校注『日本古典文学大系90　仮名草子集』岩波書店・昭和四十〔一九六五〕年による。ただし振り仮名は適宜省略した。）

松田修氏はこういった記述を「仮名草子における批判的リアリズムの系譜」[8]と呼んで注目した。この過激さに比べれば『本朝二十不孝』の教訓的言辞などは凡庸なものに過ぎないともいえる。

しかしながら、それだけで野間氏の見解を恣意的なものと断定するのは性急に過ぎよう。綱吉の将軍即位直後である貞享年間の時代背景や、すでに流行作家として知られていた西鶴の立場が、先の仮名草子の諸作の場合とは異なっている。表現することの困難さは深まり、カモフラージュの必要性はより高まっていたはずである。

延宝八（一六八六）年の一日一夜四千句の独吟（生玉寺内）に関する、「天下にさはり申候句もなし」という一言が同年六月二十日付けの西鶴書簡（下里勘州宛）にあるだけでも、出版取締りを強く意識していたことは、谷脇理史氏が指摘しているように十分に推測できる。そして、その裏に「西鶴が、単に綱吉や「御公儀」の施策に対するばかりではなく、より広く武家（とりわけ上流の武家）に対する反撥、面白からぬ気持ち」があった[9]とする可能性も考えられよう。

谷脇氏のように「カモフラージュ」と言い切るのとは別に、それに近似した一面を持つ「ぬけ」や「寓言《ぐうげん》」といった当時の俳諧手法や文学概念から西鶴の意図を読み解こうとする試みもなされてきた。この「ぬけ」や「寓言」によって、野間氏のいう西鶴の「本音」や谷脇氏の「カモフラージュ」を説明することは可能だろうか。

談林俳諧の流行手法であった「ぬけ」は、そのものを表現面にはあらわに記さず、余意としてそれと想起させる手法のことである。カモフラージュの意識とはやや異質なもので、あくまで表現のおかしみを求めることを目的とするものであり、謎解き的な一面を持った、言語遊戯的な範疇にあるものと理解されている。[10]となると、幕政への反発と結びつけるのは難しく、とても恐怖政治への憤懣とは縁がなさそうである。この手法から導き出せるのは、佐竹昭広氏がかつて述べた、『本朝二十不孝』の読み方は『本朝孝子伝』という原拠探しの謎解きの楽しみにある、という方向性であろう。

では、「寓言」という概念はどうだろうか。これはそもそも老荘思想の用語であったが、近世日本において「寓言」の理解はさまざまに派生した。とりわけ他に託して何かを述べるという本来の発想から転じて、いかに奇抜に表現するかということに重きを置く方向へと展開していったとされている。

そして、近世における寓言説の展開は、大きく二つの流れに分化していったという。表現の心底に何らかの心理を蔵した寓意性に重きを置いたものと、表現の珍しさに重きを置きおかしみや遊びの要素を重視したものである。西鶴の属していた談林の俳諧師の間で論じられた文学理論としての寓言論は、もっぱら後者であったらしい[11]。また、寓言論を散文―前期戯作の創作方法として論じた中野三敏氏は、この二通りのあり方を、熊沢蕃山の影響を受けた佚斎樗山《いっさいちょざん》と、中国の渾詞小説をふまえた清田儋叟《せいたたんそう》の理解とに代表させて説いている[12]。前者が、あくまで虚をもって実を勧めるために奇抜な表現を用いたもので、そこに作者の「士大夫の世界」あるいは「第一文芸へも通じる意識と自負」が垣間見られるのに対し、後者は、徹底した表現主義を目指し、倫理性や道徳性を離れた慰み草としての性格を強く持つという。

とすれば、このような「寓言」理解からも、やはり「反発する西鶴像」は導き出しがたい。

前者の寓言観にたてば、『本朝二十不孝』は教訓性や実用性を備え、虚構性を駆使してそれらを奇抜に表現した譬え話であるということになる。長谷川強氏や勝又基氏は、西鶴は「教訓も慰み」になりうるとして親不孝者の惨めな末路を描いたという理解を提示している。それはこの前者の寓言論と合致するものといえるだろう。[13]

一方、後者のように、あくまで奇抜な表現を求めることを第一として内面性や倫理性とのかかわりを放棄したものを寓言とし、それを『本朝二十不孝』にあてはめるならばどうなるか。当時の常識的倫理観などに西鶴はそもそも深い関心などなく、「面白おかしく語り、読者を楽しませ」ることに努めた「慰み草」を書こうとしたととらえるのが妥当となる。谷脇理史氏がかつて主張した西鶴作品＝「戯作説」はその範疇にある見解といえそうである。[14]

いずれにせよ、「ぬけ」や寓言論の発想の内側で考える限りは、野間氏の抱く西鶴像に対しては否定的にならざるをえない。つまり、その後の研究者が野間氏の説を継承しなかったのは、西鶴作品の叙述そのものからは幕府に対する明確な反発を見出せないのと同時に、当時の常套的な創作手法や文学概念から考えても裏づけが困難であったからにほかならない。

もっとも、日本文学における寓言論は、『源氏物語』等を対象に中世以来論じられた長い伝統を持ち、また近世期を通じて複雑多岐にわたって展開していった。それを、俳諧と初期戯作についての先行研究の結論のみを整理して大雑把に二つのパターンに限定し、そこに西鶴作品を二者択一的にあてはめるのは乱暴であろう。

実は、従来の「ぬけ」や寓言論の枠組みからの逸脱もすでに試みられつつある。篠原進氏が近年提示した、「寓言」の語に治世に対する屈折した批判精神を含ませて理解する刺激的な論がそれである。[15]従来のステレオタイプの理解からは逸脱したこの「寓言」観が認められるのであれば、野間氏のような西鶴像の再評価の可能性もあるということになろう。

五　西鶴の「毒」と「天和の治」

よくよく考えてみれば、現存する文献から研究者が整理分類して明確化した「寓言」観を西鶴が熟知しており、その理論を遵守して執筆を行っていたなどという保障はどこにもない。それだけに、先のような「ぬけ」や「寓言」の定義は、当時の一般的な理解の様相を探りあてることができたにしろ、その範囲内で西鶴作品を説明しようとすることが適切だとはいいがたい。野間氏や暉峻氏と並ぶ戦後近世文学研究の大御所であった中村幸彦氏も、寓言論と西鶴との関連を論じつつ、「談林の寓言論で提出されたままの客観主義のみで片付けられない何かを持っている」「談林でも表現のみでもなく、広い視野の寓言論があった如く、西鶴の浮世草子でも、作者の文学観や、人間観にふれないでは通れない処に達したのではなかろうか」と述べ、寓言論からの西鶴理解のアプローチの限界を指摘している。[16]

中村氏の言うような「何か」の存在を実感させる文体であるからこそ、西鶴作品の解釈をめぐる論争はなかなか決着がつかない。一時期は「戯作」説や「謎解き」説が全盛のように思われた『本朝二十不孝』研究も、それらとは異質なものを追究しようとする系譜に属する論が次第に数を増しつつあるように思われる。

矢野公和氏、[17]箕輪吉次氏、[18]大久保順子氏、[19]篠原進氏、[20]杉本好伸氏、[21]そして本書における私もまた、それぞれのアプローチでこの作品に込められたアイロニイや批判を読み取ろうとしてきた。その共通性を、篠原氏のもっともわかりやすい表現でいうならば、幕政に対するある種の「毒」をこの作品は有している、という発想である。

これらの論稿は、野間氏の論をどこかで意識しつつも、そのいささか感情的にも思える筆致とは異なった形で、すなわち、作品内部の詳細な分析を通して根拠を見つけ出すという方法を取り、それぞれの解釈を提示している。その妥当性を証明するために今後取り組むべき課題は、西鶴の抱く幕政観、社会観といったものの裏づけであろう。それがなければ、「ぬけ」や寓言論などの既成の文学概念の用法の実証によって反論され、西鶴が幕政に対して批判的な意識など持っていたはずはない、そんな発想は近代主義によるさかしらである、という従来の固定観念の壁を前にしての逡巡が続くことになる。

とはいえ、幕政や国家に対する西鶴の意識を明確に記した文書などありはしない。ならば、歴史学などの関連諸科学の新しい成果を踏まえながら作品そのものを再検討し、西鶴が幕府の政策とどんな姿勢で向き合っているのかを、記述の細部から読み解き浮かび上がらせるほかはないのではないか。とりわけ、綱吉政権初期の政治状況や思想的状況の解明については、十分な目配りをする必要があろう。

西鶴の生涯（一六四二～一六九三）は、将軍綱吉の生きていた時期（一六四六～一七〇九）とほぼ重なり、綱吉が将軍となってからの時期（一六八〇以降）が浮世草子作者としての活躍期である。この五代将軍の治世の開始は、周知の通り単なる「個性的」な君主の登場に止まるものではなかった。幕府の支配機構が実務中心の官僚組織に再編成されていく構造改革期にあたっているのである。

綱吉の治世の間に三十四名もの代官が年貢延滞等の理由で処罰され、その結果ほとんどの代官がこの時期交代し、従来の世襲的代官から徴税官的代官へと転換したことなどはその証左である。代官に対して農政担当官としてのあり方、つまり、民といかなる関係を結ぶか、農業に精通した環境整備が行えるか、「私」を排除し公正な仕置き・直裁を行うか等が求められるようになり、それを実行する能力がなければ処罰されたという。そもそも、老中としていわゆる「天和の治」をリードした堀田正俊その人自身が、戦国期の武勇を誇る譜代の家柄ではなく、文官出身者であった。

このような大きな改革が行われるにあたっては、当然の事ながら、その背景としてそれに対応した理念の提示というものが必要となる。延宝八（一六八〇）年の綱吉の将軍即位早々に代官に対して出された、「民は国之本」条目とよばれる全七条は、次のような第一条で始められている。

一、民は国の本なり、御代官の面々常に民の辛苦をよく察し、飢寒等の愁これなきやう申しつけらるべき事

（『御触書寛保集成』岩波書店による）

これが、堀田正俊の発案によるものか、将軍綱吉自身の意思によるものかは判然としないようだが、単なる題目に止まるものではなかった。悪政に苦しむ百姓が江戸まで訴訟に出掛けるといった事件が起き、また、そのような動向に恐れおののいた領主が、にわかに「救《すくい》」のために百姓に米などを与えている。国と君主とが分離して認知され、国家・君主・民の三者のあるべき関係が求められるという、条目に示された理念の現れとみなすことができる。

もちろん、このような条目の効力によって世間の認識が急に変わったわけではなく、社会構造の変化が「仁政イデオロギー」ともいうべき発想を受け入れる時期に達した結果であることは、すでに多くの歴史学研究の成果が示している。

ただ、そのような「仁政イデオロギー」あるいは「国は民の本」という発想が、上は老中や幕閣、そして儒者

などの知識人、領主や代官、はては百姓町人にまで、共通のテキストの読解あるいは講釈によって確立されていったという指摘がなされていることは極めて興味深い。それは、『太平記評判秘伝理尽鈔《たいへいきひょうばんひでんりじんしょう》』をはじめとする太平記のさまざまな注解である。この事実を明らかにしたのは、若尾政希氏の論稿であった[22]。

このような「仁政イデオロギー」が顕在化してきた時期と、『本朝二十不孝』や『懐硯』の刊行とは重なっている。ならば、両者を重ね合わせて読むことでこそ、そこに西鶴の作家としての姿勢を見出すことができるはずではないだろうか。

六　「仁政」の下で――現実の把握と隠蔽――

若尾氏は、先の条目が出る以前に、「民は国之本」なる語をキーワードとした農政論を、兵学者でもあった儒者、山鹿素行《やまがそこう》が展開していたことを指摘している。寛文五年（一六六五）成立の『山鹿語類』五巻で「民生」を論じるにあたり、その最初に「民を以て国之本と為すを論ず」という編を設けて、そこに根本理念の必要性を提示しているのである。また陽明学者の熊沢蕃山《くまざわばんざん》も『集義和書《しゅうぎわしょ》』（寛文一二年初版刊）巻十六の中で、近年改易された領主はいずれも国の本である民を困窮させたために天命に見離されたのだと述べている。

若尾氏はそれらの主張を詳細に検討した結果、『太平記評判秘伝理尽鈔』の提示する以下のような理想の代官像が強く意識されていたとする。そして、実はこれは、具体的には楠正成《くすのきまさしげ》の姿（もちろん伝承の中の）と重なるものであることを明らかにした。

凡そ郡司は郡の人民の歎を了《し》りて此を止《や》め、御自分の余れる事有らは某に可被申、貧なる者をすくうを以て第一とする。民に飢へたる色なきを以て政を善と欲《ほっ》する事なるに（巻十六）

凡そ国を治めん者は余多《あまた》の心得有べし。一には上下遠からしめず下民の歎を能く知り、二には奉行頭人をえらんで其の器に当るを以てし（中略）七には詔《うつたへ》を忿る事なかれ、忿る則は民の詔べきを詔へず。上下遠フシテ国中の善悪民の歎を知らざる物ぞ（巻三五）

（高知県立図書館山内文庫蔵本・国文学資料館所蔵の写真版による）

素行や蕃山といった儒学者らと、幕府や各大名の人脈との関わりの深さを考えれば、上級武士にも、「民は国の本」という観念は当然強く意識されていたはずである。

また、徳川家宣に儒官として仕えた新井白石が幼少時、父親が太平記の講釈を受けているのを傍で聞いたというエピソードが『折たく柴の記』に記されている。書物だけでなく、諸芸能における『太平記』・正成物の流行、庶民層を対象とした太平記読みの盛行も十七世紀後半の顕著な現象であった。河内国石川郡大塚村の庄屋であった壺井五兵衛の子孫への教訓書『河内屋可正旧記』にも太平記読みの影響は見られ、その享受の幅広さを確認することができる。

ところで山鹿素行は、『山鹿語類』五巻で「民は国之本」という考え方を強調し、その具体的政策の一つとして、各地の政治の善悪を知るために巡察使を派遣することをあげている。優れた聖人君主によって善政が行われるためには、諸国の実情調査は必要不可欠であり、もし不正があれば罰し、善行は賞賛しなければならない。これはいわば当然の発想といえるだろう。だとすれば、綱吉がその新しい治世を聖人による理想的なものと認めさせるために、全国に「忠孝札」を立てて信賞必罰を強調し、そして諸国巡見使を派遣して現状把握に努めたのも当然のことといえる。後の生類憐れみの令もそれと同じ発想が背景にあるといえよう。

そもそも諸国巡見使は、将軍の代替わりの際に恒例的に実施されたもので、綱吉が初めて行ったわけではない。また、江戸後期に至って視察のあり方は形式的なものになっていった。だが、この天和の諸国巡見使は、「天和の治」を徹底する上で重要な役割を果たしたという。この時の巡見使の報告内容について具体的に知り得る資料である「九州土地大概」によれば、各藩の治世の状況が「中之美政」「中之悪政」「悪政」などといったかたちでランク付けされて詳しく報告され、その記事の中には孝子表彰についての記述もみられる。[23]

こういった形で諸国の統治の状況が厳しく詮議されるのも、まさしく「太平記読み」の言説に影響された「仁政イデオロギー」の一作用といえよう。もしこの幕府公認の建前が堂々と通用していたのであれば、松田修氏の言う「批判的リアリズム」に立脚した役人批判なども、この時期にはさほど困難ではなかったということになる。

しかしながら、いうまでもないことだが、この「太平記読み」の政治論は、為政者にとっての危険性を含んでいる。楠正成というわかりやすい理想像が支配層のみならず在野の教養人や民衆にまで浸透し、領主と民との関係意識＝「仁政イデオロギー」の形成に寄与したとするなら、理想と現実との乖離もまた明確となり、領主層に対する批判意識が必然的に発生する。当世を「有がたき御代」と賛美する河内国の一庄屋の可正でさえも、責務を実践しない領主層への批判的言辞を書き残しているほどである。となれば、諸国巡見使が見てきたような現実の悪政を、幕府は何としても隠蔽して、世間に伝わらないようにしなくてはならない。

七　結語――「仁政」と対峙する西鶴――

「仁政イデオロギー」の発想は、仁政が行われなければ世の秩序が乱れる、ということと表裏の関係にある。実際に「民は邦之本」条目を受けて、美濃の国の百姓が代官の悪政を訴えようと大勢で江戸へ向い、代官の使者が熱田まで追いかけ説得して留める、という事態も起きた[24]。

また、飢饉は単なる天変地異による避けがたい悲劇ではなく、商品の流通過程に原因があるととらえられるようになっていた。寛永の京都の様相を描いた『薬師通夜物語（福斎物語）』は、「米国土にみち〳〵て有ながら」の飢饉を、大名領主らによる米の買占め・占売りが元凶だと指摘する。そのような批判の矛先は当然幕府へと向かうことにもなる。

延宝・天和期にも飢饉は頻発しており、都市部に大量の「貧人」が流入するような現象も顕在化していた。『本朝二十不孝』や『懐硯』刊行直前の時期にあって、「飢饉は人災」という意識は高まりつつあったと考えられる[25]。

それに対して、幕府は情報収集には努めつつも、それらの事実の隠蔽と偽装とに腐心する。厳しく行政改革を行い、領主・代官の勤務の査定をしつつも、その一方で、あたかも「仁政」がすでに実現されているかのような「幻想」を流布させる。そのような欺瞞的なキャンペーンの一環が全国への忠孝札の設置、孝子の表彰、孝子伝の刊行であったのであり、やがてそれは「生類憐れみの令」へもつながっていく。

優れた君主が、従順な民に支えられて、国を確立させているという建前の明示。ここに一種のナショナル・アイデンティティの萌芽を見出すことができるとはいえないだろうか。もちろん、これは本稿で扱いきることなどできない大きな問題である。しかし、ナショナル・アイデンティティの確立は、幕末の黒船到来以来だというかつての思想史の常識が、近年は蘭学・国学の確立期まで遡るようになり、さらに近世初期の商業資本主義確立期に既に見出せるとの見解も示されるようになった。[26]

話を西鶴に戻すならば、虚妄であり幻想である「仁政」に対峙するかのように、『本朝二十不孝』や『懐硯』の各説話は、疲弊し秩序の乱れた諸国の集合体としての国家を浮かび上がらせているということができる。もちろん、「仁政イデオロギー」が一つの国家像―ナショナル・アイデンティティに近いまとまりを見せているのに対し、西鶴のものは、読み手が各説話をモザイク状に組み合わせていった後に浮かび上がってくる、不安定であいまいな総体にすぎない。とはいえ、危険な、いわば際どい集合体であることは確かである。なぜあえてそのような作品を書くのかといえば、名人は危うきに遊ぶがごとく、それ自体が書く喜びであり、読者の期待するものでもあったというほかはない。

そのような意識を果たして「戯作」と呼ぶことが可能であろうか。このことについては、現在の私にはかなりの抵抗感がある。

先に戦時下における久松潜一氏の、「近世文学が戯作者的立場を以て書かれたものが多く、厳粛な精神に乏しい」という見解を紹介した。国粋主義になんら資することのない「くだらない」「不真面目な」文学という意味合いで「戯作」という名称が使用されていたことは、このことだけからでも十分に感じ取れる。今となってはこれ自体が誇らしいとも私は感じるが、このような認識の下、多くの近世文学研究者が屈辱的な思いをしたことであろう。

そのトラウマのためか、戦後の西鶴研究は、作品がいかに人生に正面から向かい合っているかを語ることから出発した。発想としては戦前の片岡良一氏の継承ではあるが、町人社会を真剣に見つめ成長していく西鶴の生涯を語るという、一種教養小説的な西鶴研究が多数派であった。暉峻氏であれ野間氏であれ、その点では共通している。自らの同時代に対する認識が、研究に影を落とすことを否定したいのではない。それは至極当然のことであり、逃れようのないことである。

そのような状況を、あまりに西鶴が真面目に読まれすぎているとし、「慰み草」あるいは「戯作」的であるとして批判したのが谷脇理史氏の論考であった。これには、中村幸彦氏や中野三敏氏らによる戯作研究の隆盛によって、この呼称自体のマイナスイメージが払拭されたからこそといえよう。あるいは、文学研究を含む人文科学研究全体のあり方が変容していったという大状況をふまえるべきだろうか。とはいうものの、人格者西鶴を否定して娯楽の提供者西鶴という作者像を想定する谷脇氏の方法は、一見テクスト論的な外見を備えながらも、決して世間に真面目に向き合うことがない西鶴像を想定していた点で、やはり作家論的な発想の上に成り立っていた。

谷脇氏が西鶴の「戯作」的性格を強調したことに中野三敏氏は賛同の意を示し、西鶴をはじめとする近世文学全体の特質を「戯作」という語句に代表させることを主張した。しかしそれに対して谷脇氏をはじめとする何人かの研究者から反論があり、今日までその論争は尾を引いている。とはいえ、あまり生産的でかみ合った論議とはなっていないのが実状である。思うに、「戯作」ということばそのものに歴史的な背景を負った重層性があるため、研究者それぞれの思い入れが論議の障害となっているのではないか。たとえば、中村幸彦氏から中野三敏氏へと継承された「戯作」観は、「①現実の肯定を核とし、現実・権力・政治への批判は全く含まない　②パロディを主とした弄文性＝表現第一主義　③内容的には教訓と滑稽が第一義」という定義が示すように、西鶴を論じるにはあまりに禁欲的なもののように思われる[27]。

現在のところ、このような混迷した状況で、あえて「西鶴は戯作である」というレッテル貼りをする必要性はないと考える。戯作という語を「毒にも薬にもならない笑い」と狭義に把握するのではなく、篠原氏の指摘したようなある種の毒気・危険性と解することが市民権を得たというのであれば、多少状況は異なるかもしれないが。ともあれ、野間氏いう綱吉に対する抵抗・反発説とは異質な、すなわち個人的な憤慨や義憤を超えた、透徹した意識が西鶴作品には見出せるように思える。

もちろんこれとても、恣意的な西鶴像の一つに過ぎないといわれるだろう。近代的な個人対社会の概念で西鶴作品を深読みしている、元禄の一浮世草子作者がそのような社会認識を持つはずがない、という批判は当然受けるものと予想している。ただ、私なり根拠を示して実証的に論じ、『本朝二十不孝』と『懐硯』というテクストには、同時代の社会・思想状況と共鳴し合うものがあることを本書で示したつもりである。

ただこのことは、つきつめれば「西鶴を読む」という行為がおのれにとって何であるのかという問題に行きつく。研究者、あるいは読者の、現代の闇の深さに向き合おうとする姿勢が、『本朝二十不孝』『懐硯』の闇を直視させその毒に反応する。これまたテクスト論と受容理論を安易に混ぜ合わせた邪道な発想といわれるであろう。

だが、テクストの誘惑に対して禁欲的であることばかりが、実証的な文学研究とはいえないのではないか。欺瞞的な「仁政」と対峙しその闇を凝視しようとする西鶴。つまるところ、このような可能性を認めることが、従来の西鶴研究が陥りがちであった、典拠探しや同時代の常識との共通項探しといった袋小路から脱出するための有効な方策ではないか。これが、本書における私の結論である。

注

1. 暉峻康隆『西鶴　評論と研究』中央公論社　昭和二三（一九四八）年。
2. 野間光辰『西鶴年譜考証』中央公論社　昭和五八（一九八三）年。
3. 野間光辰「西鶴と西鶴以後」『岩波講座　日本文学史』巻十（近世）昭和三四（一九五九）年。『西鶴新新攷』岩波書店　昭和五六（一九八一）年に再収。
4. 野間光辰「西鶴の転向―西鶴第五書簡をめぐつて」『文学』昭和四一（一九六六）年一月号）。『西鶴新新攷』に再収。
5. 藤野恵「発刊の辞」『日本諸学』創刊号・昭和十七（一九四二）年四月。
6. 小池藤五郎『新資料による西鶴の研究』風間書房　昭和四一年。
7. 「いま思うこと―文反古・胸算用と関連させて―」『完訳日本の古典53　万の文反古　世間胸算用』月報　昭和五九（一九八四）年。
8. 松田修『日本近世文学の成立』法政大学出版局　昭和四七（一九七二）年。
9. 谷脇理史「西鶴の自主規制とカムフラージュ　一応の総括と今後の課題」『西鶴と浮世草子研究』第一号　笠間書院　平成十八（二〇〇六）年六月。
10. 尾形仂「ぬけ風の俳諧」『俳諧史論考』桜楓社　昭和五二（一九七七）年。
11. 野々村勝英「談林俳諧の寓言論をめぐつて」『国語と国文学』昭和三一（一九五六）年十一月号。
12. 中野三敏「前期戯作の方法―寓言と戯作と―」『国語と国文学』昭和四六（一九七一）年十月号。

13. 長谷川強『西鶴をよむ』笠間書院、平成十五（二〇〇三）年。勝又基「不孝説話としての『本朝二十不孝』」、木越治編『国文学解釈と鑑賞別冊　西鶴　挑発するテキスト』至文堂・平成十七（二〇〇五）年三月。

14. 谷脇理史「『本朝二十不孝』論序説」『国文学研究（早大）』三六号、昭和四二（一九六七）年三月。後に『日本文学研究資料叢書　西鶴』有精堂・昭和四四年、『西鶴研究所説』新典社・昭和五六（一九八一）年に再収。

15. 篠原進「二つの笑い―『新可笑記』と寓言―」『国語と国文学』平成二十（二〇〇八）年六月号。

16. 『中村幸彦著述集　第二巻　近世的表現』中央公論社・昭和五七（一八八二）年。

17. 矢野公和「『本朝二十不孝』論―アイロニイとしての孝道奨励について―」『国語と国文学』五十巻六号　昭和四八（一九七二）年六月。

18. 箕輪吉次「『本朝二十不孝』の背景―その二元的世界」『学苑』五四一号　昭和六十（一九八五）年一月。

19. 大久保順子「『本朝二十不孝』「跡の剥げたる嫁入長持」論―「評語」の表現をめぐって―」『文化』平成四（一九九二）年三月。

20. 篠原進「『本朝二十不孝』―表象の森」『青山語文』二九号　平成十一（一九九九）年三月。

21. 杉本好伸「〈八百屋〉の構図―『本朝二十不孝』の創作意図をめぐって―」『鯉城往来』六・七、平成十五、十六（二〇〇三、二〇〇四）年。

22. 若尾政希『「太平記読み」の時代―近世政治思想史の構想―（平凡社選書192）』平凡社　平成十一（一九九九）年。

23. 多仁照広「江戸幕府諸国巡見使の観察報告―「九州土地大概」について―」『日本歴史』三一四号　昭和四九（一九七四）年七月。

24. 「揖斐記」徳川林政史研究会蔵。『岐阜県史』資料編　近世二（昭和四一（一九六六）年）所収。また、『岐阜県史』通史編　近世下、第十六章（布川清司執筆分、昭和四七（一九七二）年）参照。

25. 菊池勇夫『近世の飢饉』吉川弘文館・平成九（一九九七）年。

26. 前田勉氏は「いわゆる「西欧の衝撃」以前に、すでに近世日本のなかに、「日本人」というナショナル・アイデンティティの可能性が全くなかったとはいえない」とし、そうした「日本人」というナショナル・アイデンティティの可能性は、「近世の兵営国家を内側から突き崩す力とともに生まれてきた」のであり、「近世日本の兵役国家を内側から崩壊させていったのは、貨幣経済・商品経済の進展であった」と述べている。前田勉『兵学と朱子学・蘭学・国学―近世日本思想史の構図―（平凡社選書225）』平凡社　平成十八（二〇〇六）年。

27. この問題については、中野三敏氏の「西鶴戯作者説再考—江戸の眼と現代の眼の持つ意味—」（『文学』第十五巻・第一号。平成二六年一、二月）をきっかけとして、第三八回西鶴研究会（平成二六年三月二七日、青山学院大学）を中心に活発な論議がなされている。詳しくは笠間書院ホームページ内の「saikaku　repository」などを参照していただきたい。

あとがき

先入観による恣意的な読みからは極力距離を置きたい。しかし、叙述に仕掛けられた誘惑は貪欲に享受したい。本書をまとめ上げるなかで徐々に形成されてきた、私の「読み」の姿勢を簡潔に述べるならば、このようなものになる。

本書のもととなった諸々の論文を列挙すると以下のようになる。最も古いものから数えると、約十五年間もこんなことを考えながら『本朝二十不孝』と『懐硯』の二作品について論じ続けてきたことになる。

「二王門の綱」試論―『懐硯』巻一の一の「二王」と「鬼」―
『日本文学』四十八巻六号（日本文学協会）一九九九年六月

「見て帰る地獄極楽」試論―『懐硯』巻四の五の素材と伴山の役割―
『国語国文学報』五十八号（愛知教育大学国語国文学研究室）二〇〇〇年三月

『懐硯』研究史ノート（1）―戦前から昭和四十年代まで―
『国語国文学報』五十九号（愛知教育大学国語国文学研究室）二〇〇一年三月

『懐硯』研究史ノート（２）―伴山の理解と作品論の展開―
『研究報告　人文・社会科学編』五十一輯（愛知教育大学）二〇〇二年三月

『懐硯』研究史ノート（３）―近年の『懐硯』論と今後の課題―
『国語国文学報』六十号（愛知教育大学国語国文学研究室）二〇〇二年三月

『懐硯』試論―伴山の存在と共鳴し合う当代説話―
『国語国文学報』六十一号（愛知教育大学国語国文学研究室）二〇〇三年三月

『本朝二十不孝』研究史ノート（１）
『国語国文学報』六十二号（愛知教育大学国語国文学研究室）二〇〇四年三月

『本朝二十不孝』研究史ノート（２）―「戯作」説の展開―
『国語国文学報』六十三号（愛知教育大学国語国文学研究室）二〇〇五年三月

『本朝二十不孝』研究史ノート（３）―多声的な「はなし」の空間をどう捉えるか―
『国語国文学報』六十四号（愛知教育大学国語国文学研究室）二〇〇六年三月

『本朝二十不孝』論序説―『本朝孝子伝』と諸国巡見使を視野に入れて―
『国語と国文学』八十三巻十号（東京大学国語国文学会）二〇〇六年十月

「本に其人の面影」考―『本朝二十不孝』―巻四の四に描かれた不孝―
『国語国文学報』六十五号（愛知教育大学国語国文学研究室）二〇〇七年三月

『本朝二十不孝』と「家」―巻二の四・長男を圧殺した「孝」―

『文学・語学』一九五号（全国大学国語国文学会）二〇〇九年十一月

いずれも、本書に収録するに当って大幅に書き改めた。論理や表現の稚拙さはもちろんのこと、発表当初気づかなかった誤字・誤記なども多く、読み返してみて思わず赤面することが何度もあった。ともあれ、これらの拙稿はもはや論文としての使命を終えたものとお認めいただきたい。

年数の割には論文数が少なく、まことに遅々たる歩みであったというほかはない。大学という職場が研究に専念できる場所でなくなってきたという言い訳は可能だが、それはいずこも同じことである。やはりただ己が怠惰であったというほかはないだろう。

しかしながら、自分なりの志を通したという思いもある。それは、先にも述べた通り、あくまでもテクストの解釈に徹するという姿勢で、論を練り直し続けたということである。もちろんそれは、記述されたものから一歩も踏み出さないという禁欲的なものではなく、同時代の世相や巷説・説話や社会状況の大海の上に西鶴の一話を浮かべ、視野を広げて眺めなおすことによってどれだけ豊穣な想像力が喚起されるかを試みることであった。

それこそ、自分の知りえた知識のみに頼った恣意的な読みではないか、と批判されるかもしれない。それも一理はあろうが、西鶴と同時代の社会や経済、文化についての近年の研究成果には目を見張るものがある。かつての歴史社会学派などの影におびえることなく、周辺諸分野の研究成果を積極的に取り入れて、新たな作品論の視座を提示することこそが重要だと考えている。

このような姿勢をかろうじて貫くことができたのは、一にも二にも西鶴研究会のおかげである。

一九九五年三月に、篠原進先生、杉本好伸先生、染谷智幸氏そして私の四人の呼びかけで発足したこの会は、現在に至るまで年二回のペースで定例会を開催し続け、数点の著作物を刊行するまでに至った。学閥などにとらわれず、どこまでも自由闊達な論戦を保証するこの会がなければ、私の西鶴研究は今日まで続いていたかどうか怪しい。この機会に、西鶴研究会の会員諸氏には改めて深謝申し上げる。

昨今の政治的・社会的動向は、大学における人文諸科学の研究や教育に携わる者を、かなり息苦しい状況に追い詰めている。本書の終章に述べたようなことは蛇足と思われる方もいるかもしれないが、私の抱いている危機感が杞憂に過ぎないのかどうか、一度お考えいただけたら幸いである。

文学研究書の出版が極めて困難な昨今、本書の刊行に至るまで長期にわたり御世話いただいた三弥井書店の吉田智恵様に、最後になったが心より御礼を申し上げたい。

二〇一五年一月五日

著者略歴

有働　裕（うどう　ゆたか）

1957年、兵庫県生まれ。東京学芸大学大学院教育学研究科修了（教育学修士）。現在は愛知教育大学教授。専門は、近世文学および国語教育。著書に、『西鶴はなしの想像力』（翰林書房、1998年）、『「源氏物語」と戦争』（インパクト出版会、2002年）、『西鶴が語る江戸のミステリー』（共著、西鶴研究会編、ぺりかん社、2004年）、『西鶴が語る江戸のラブストーリー』（共著、西鶴研究会編、ぺりかん社、2006年）『西鶴と浮世草子研究　Vol.2　怪異』（共編、笠間書院、2007年）、『西鶴諸国はなし』（共著、西鶴研究会編、三弥井書店、2009年）、『これからの古典ブンガクのために』（ぺりかん社、2010年）、『西鶴が語る江戸のダークサイド』（共著、西鶴研究会編、ぺりかん社、2011年）、『「むだ」と「うがち」江戸絵本　黄表紙名作選』（共著、笠間書院、2011年）などがある。

西鶴　闇への凝視——綱吉政権下のリアリティ——

2015年4月6日　初版発行

定価はカバーに表示してあります。

発行者　吉 田 栄 治

発行所　株式会社 **三 弥 井 書 店**

〒108－0073東京都港区三田3－2－39

電話03－3452－8069

振替00190－8－21125

ISBN978-4-8382-3279-6 C0093　印刷　藤原印刷株式会社